ESPECIAIS

Obras do autor publicadas pela Galera Record

Além-mundos
Amores infernais
Impostores
Tão ontem
Zeróis
Zumbis x Unicórnios

Série **Vampiros em Nova York**
Os primeiros dias
Os últimos dias

Série **Feios**
Feios
Perfeitos
Especiais
Extras

Série **Leviatã**
Leviatã
Beemote
Golias

SCOTT WESTERFELD

ESPECIAIS

Tradução
André Gordirro

2ª edição

Galera

2024

CIP-BRASIL. CATALOGAÇÃO NA PUBLICAÇÃO
SINDICATO NACIONAL DOS EDITORES DE LIVROS, RJ

W539e   Westerfeld, Scott
        Especiais / Scott Westerfeld ; tradução André Gordirro. - 2. ed. -
    Rio de Janeiro : Galera Record, 2024.
    (Feios ; 3)

    Tradução de: Specials
    ISBN 978-65-5981-336-0

    1. Ficção americana. I. Gordirro, André. II. Título. III. Série.

23-84651   CDD: 813
                               CDU: 82-3(73)

Gabriela Faray Ferreira Lopes - Bibliotecária - CRB-7/6643

Título original em inglês:
Specials

Copyright @ 2006 by Scott Westerfeld
Publicado mediante acordo com Simon Pulse, um selo de Simon & Schuster
Children's Publishing Division.

Todos os direitos reservados. Proibida a reprodução, no todo ou em parte,
através de quaisquer meios. Os direitos morais do autor foram assegurados.

Texto revisado segundo o Acordo Ortográfico da Língua Portuguesa de 1990.

Direitos exclusivos de publicação em língua portuguesa somente para o Brasil
adquiridos pela
EDITORA GALERA RECORD LTDA.
Rua Argentina, 120 – Rio de Janeiro, RJ – 20921-380 – Tel.: 2585-2000
que se reserva a propriedade literária desta tradução

Impresso no Brasil

ISBN 978-65-5981-336-0

Seja um leitor preferencial Record.
Cadastre-se no site www.record.com.br
e receba informações sobre
nossos lançamentos e nossas promoções.

Atendimento e venda direta ao leitor:
sac@record.com.br

EDITORA AFILIADA

*Para todos os fãs que me escreveram sobre essa série.
Obrigado por dizer o que estava certo, o que estava errado
e em quais trechos vocês jogaram o livro longe.
(Vocês sabem quem são.)*

Parte I
SER ESPECIAL

Ao arrancar as pétalas
você não nota a beleza da flor.

— Rabindranath Tagore,
Pássaros Perdidos

PENETRAS

As seis pranchas voadoras passaram entre as árvores com a rapidez e a delicadeza de cartas sendo jogadas no ar. Os pilotos se abaixavam e costuravam entre os galhos cheios de gelo, rindo com os joelhos dobrados e os braços abertos. Eles deixavam um rastro reluzente de chuva de cristais, pedacinhos de gelo arrancados das folhas de pinheiro que caíam e brilhavam sob a luz do luar.

Tally percebia com uma lucidez sagaz o vento frio nas mãos nuas e a alteração de gravidade que mantinha os pés presos à prancha voadora. Ela respirou o ar da floresta e sentiu o cheiro de pinho cobrir a garganta e a língua como se fosse uma camada de xarope.

O ar frio parecia deixar os sons mais evidentes: a barra do casaco do dormitório aberto estalava como uma bandeira ao vento, os tênis de solado aderente rangiam contra a superfície da prancha a cada curva. Fausto transmitia música dance pela dermantena de Tally, mas ninguém ouvia lá fora. Sobre a batida frenética, ela ouvia cada movimento de seus novos músculos recobertos por monofilamentos.

Tally piscava por causa do frio, os olhos lacrimejando, mas as lágrimas deixavam a visão ainda mais aguçada.

Pedacinhos de gelo passavam voando e reluzindo, e a luz do luar tornava o mundo prateado, como um velho filme preto e branco sendo exibido.

Essa era a vantagem de ser um Cortador: *tudo* era sagaz agora, como se a pele absorvesse o mundo. Shay chegou perto de Tally, seus dedos tocaram-se por um instante e ela sorriu. Tally tentou devolver o sorriso, mas seu estômago se revirou ao ver o rosto de Shay. Os cinco Cortadores estavam disfarçados naquela noite, as íris pretas escondidas por lentes de contato sem graça, os traços dos belos maxilares cruéis atenuados por máscaras de plástico adaptável. Eles haviam se transformado em feios porque iam entrar de penetra em uma festa no Parque Cleópatra. Na mente de Tally, era cedo demais para brincar de se fantasiar. Ela era uma Especial há poucos meses apenas, mas, quando olhava para Shay, esperava ver a beleza cruel e maravilhosa da melhor amiga, e não o disfarce de feio daquele momento.

Tally desviou de lado com a prancha para evitar um galho coberto de gelo e se afastou de Shay. Ela se concentrou no mundo reluzente ao redor e em equilibrar o corpo para manobrar a prancha entre as árvores. O vento gelado a ajudou a voltar sua atenção para o ambiente e afastar da mente a saudade que sentia, motivada pelo fato de Zane não estar ali com eles.

— Um bando de feios festejando à vista. — As palavras de Shay cortaram a música, captadas pelo chip no maxilar e transmitidas pela rede de dermantenas como se fosse um sussurro ao pé do ouvido. — Tem certeza de que está pronta, Tally-wa?

Tally respirou fundo e absorveu o frio para desanuviar a mente. Os nervos ainda estavam à flor da pele, mas recuar agora seria caótico.

— Não se preocupe, chefe. Isso vai ser sagaz.

— Deve ser. É uma festa, afinal — disse Shay. — Vamos bancar os feiozinhos felizes.

Alguns dos Cortadores riram ao olhar para as máscaras uns dos outros. Tally novamente teve consciência da própria máscara de milímetros de espessura, com saliências e depressões que deixavam o rosto imperfeito e cheio de espinhas, escondendo o belo conjunto de tatuagens dinâmicas. Uma dentadura irregular cobria os dentes afiados e até as mãos tatuadas foram pintadas por um jato de pele falsa.

Uma olhada no espelho mostrou para Tally como estava parecida com uma feia. Tosca, nariguda, bochechuda e com uma expressão de impaciência pelo próximo aniversário, pela cirurgia que a deixaria avoada e por atravessar o rio. Era mais uma medíocre de 15 anos, em outras palavras.

Aquele era o primeiro truque de Tally desde que virara Especial. Ela esperava estar pronta para qualquer coisa agora. As operações a deixaram com músculos novos e sagazes, e reflexos velozes como os de uma cobra. Depois, passou dois meses de treinamento no acampamento dos Cortadores, vivendo na natureza sem provisões e dormindo pouco.

Mas bastou uma olhada no espelho para abalar sua confiança.

Para piorar, eles entraram na cidade passando pelos subúrbios da Vila dos Coroas, voando sobre uma série de casas apagadas, todas iguais. O tédio medíocre do lugar em que cresceu fez com que suas axilas transpirassem, o que foi agravado pelo contato do uniforme reciclável de dormitório contra sua nova pele sensível. As árvores bem-cuidadas do cinturão verde pareciam sufocar Tally, como se a cidade tentasse reduzi-la à mediocridade outra vez. Ela gostava de ser livre, de ser Especial, sagaz e *superior*, e mal podia esperava para voltar para a natureza e arrancar aquela máscara de feia do rosto.

Tally apertou os punhos e prestou atenção na rede de dermantenas. Foi invadida pela música de Fausto e pelos barulhos dos demais, os sons suaves de respiração, o vento contra os rostos. Tally imaginou que podia ouvir seus batimentos cardíacos, como se a empolgação dos Cortadores ecoasse nos ossos dela.

— Vamos nos separar — disse Shay quando se aproximaram das luzes da festa. — Não queremos parecer um grupinho.

Os Cortadores se afastaram. Tally ficou com Fausto e Shay, enquanto Tachs e Ho foram para o topo do Parque Cleópatra. Fausto desligou a caixa de som e a música sumiu, deixando apenas o vento cortante e o barulho distante da festa.

Nervosa, Tally respirou fundo outra vez e sentiu o cheiro da multidão, do suor de feios e de bebida alcoólica entornada. O sistema de som da festa não usava dermantenas, e transmitia a música de maneira tosca pelo ar, espalhando ondas sonoras que refletiam entre as árvores. Feios sempre foram barulhentos.

Por causa do treinamento, Tally sabia que podia fechar os olhos e usar qualquer eco, por menor que ele fosse, para navegar a esmo pela floresta como um morcego sendo guiado pelos próprios guinchos. Mas ela precisava de sua visão especial naquela noite. Shay tinha espiões na Vila Feia e eles tinham ouvido que forasteiros entrariam de penetra na festa — Novos Enfumaçados que distribuiriam nanoestruturas e provocariam confusão.

Era por isso que os Cortadores estavam ali: se tratava de uma Circunstância Especial.

Os três pousaram fora do alcance das luzes pulsantes dos globos voadores e pularam no solo da floresta, estalando as folhas de pinheiro congeladas. Shay enviou as pranchas para que esperassem no alto das árvores e olhou surpresa para Tally.

— Você cheira a nervosismo.

Tally deu de ombros, sentindo-se desconfortável dentro do uniforme de dormitório dos feios. Shay sempre conseguia cheirar o que a pessoa sentia.

— Talvez sim, chefe.

Aqui tão perto da festa, Tally lembrou como sempre se sentia quando chegava a uma balada. Mesmo como uma perfeita avoada, Tally odiava o nervosismo de estar no meio de uma multidão, sentindo o calor de tantos corpos e os olhares de todo mundo sobre ela. Agora a máscara parecia grudenta e estranha, uma barreira que a separava do resto do mundo. Muito pouco especial. As bochechas ficaram vermelhas por um instante debaixo do plástico, ela estava com vergonha.

Shay apertou sua mão.

— Não se preocupe, Tally-wa.

— São apenas feios. — O sussurro de Fausto cortou o ar. — E estamos bem aqui ao seu lado. — Ele colocou a mão no ombro de Tally para apressá-la com delicadeza.

Tally assentiu, ouvindo a respiração calma e devagar dos demais via dermantena. Era exatamente como Shay havia prometido: os Cortadores estavam ligados, eram um grupo inseparável. Ela jamais ficaria sozinha outra vez, mesmo quando sentisse falta de alguma coisa. Mesmo quando sentisse falta de Zane de uma maneira desesperadora.

Ela avançou pelos galhos, seguindo Shay em direção às luzes pulsantes.

As memórias de Tally eram perfeitas agora, ao contrário da época em que era uma avoada, quando as lembranças eram confusas. Ela se recordava de como a Festa da Primavera era importante para os feios. A chegada da estação significava dias mais longos para truques e andar de prancha, além de mais festas ao ar livre.

Mas conforme ela e Fausto seguiam Shay pelo meio da galera, Tally não sentia a mesma energia do ano anterior. A festa parecia tão morna, tão caída e medíocre. Os feios estavam apenas parados e tão envergonhados que qualquer um que dançasse daria a impressão de estar fazendo muito esforço. Todos pareciam tão sem graça e artificiais como os figurantes em um vídeo musical esperando os verdadeiros astros aparecerem.

Ainda assim, era verdade o que Shay gostava de dizer: os feios não eram tão sem noção quanto os perfeitos. A galera abria espaço, todos davam passagem para ela. Por mais que tivessem rostos imperfeitos e cheios de espinhas, os olhos dos feios eram aguçados e atentos. Eles eram espertos o suficiente para perceber que os três Cortadores eram diferentes. Ninguém encarou Tally por muito tempo ou notou sua verdadeira aparência debaixo da máscara de plástico adaptável, mas as pessoas se afastaram ao menor toque de Tally, sentindo um arrepio pelos ombros, como se os feios tivessem noção de que havia algo perigoso no ar.

Era fácil ver os pensamentos dos feios em seus rostos. Tally conseguia notar ciúmes e ódios, rivalidades e atrações, tudo exposto nas expressões e no jeito com que se mexiam. Agora que era uma Especial, tudo estava às claras, como se observasse uma trilha na floresta do alto.

Tally se viu sorrindo, finalmente relaxando e pronta para a caçada. Descobrir os penetras seria simples.

Ela vasculhou a galera, procurando por qualquer pessoa que parecesse deslocada: confiante ou musculosa demais, bronzeada por viver na natureza. Tally sabia como era a aparência dos Enfumaçados.

No outono anterior, quando era feia, Shay fugiu para o mato a fim de escapar da operação dos avoados. Tally a seguiu para trazê-la de volta e as duas acabaram vivendo por algumas longas semanas na Velha Fumaça. Sobreviver como um animal tinha sido uma tortura, mas aquelas memórias serviam para alguma coisa agora. Os Enfumaçados eram arrogantes e se achavam superiores às pessoas da cidade.

Tally levou apenas alguns segundos para notar Ho e Tachs do outro lado da festa. Eles se destacavam como um par de gatos passando em meio aos patos.

— Não acha que estamos sendo óbvios demais, chefe? — sussurrou ela, deixando que a dermantena transmitisse as palavras.

— Óbvios como?

— Eles parecem tão sem noção. Nós parecemos... especiais.

— Nós *somos* especiais. — Shay olhou para trás, na direção de Tally, e sorriu.

— Mas eu achei que devíamos estar disfarçados.

— Isso não quer dizer que a gente não possa se *divertir*! — Shay avançou de repente pela galera.

Fausto se aproximou e tocou o ombro de Tally.

— Observe e aprenda.

Fausto era um Especial há mais tempo que ela. Os Cortadores eram um novíssimo grupo da Divisão de Circunstâncias Especiais, mas a operação de Tally durara mais do que a dos outros. Ela tinha feito muitas coisas medíocres no passado e os médicos demoraram a retirar toda a culpa e vergonha acumuladas. Sobras de emoções medíocres podiam embaralhar o cérebro, o que não era muito especial. O poder vinha da lucidez sagaz, de saber exatamente o que a pessoa era — e de se cortar.

Então Tally ficou ao lado de Fausto, observando e aprendendo.

Shay agarrou um rapaz aleatoriamente e o tirou da companhia da garota com quem conversava. Ele derramou a bebida no chão enquanto tentava se afastar reclamando, mas então viu o olhar de Shay.

Tally notou que Shay não era tão feia quanto os demais, que os tons violetas dos olhos ainda eram visíveis apesar do disfarce. Eles brilhavam como os olhos de um predador sob as luzes pulsantes enquanto Shay puxava o rapaz mais para perto, encostando seu corpo no dele, os músculos ondulando como uma corda sendo estalada.

Depois disso, ele não afastou mais o olhar, mesmo quando passou a bebida para a garota medíocre, que assistia boquiaberta. O rapaz feio colocou as mãos nos ombros de Shay e começou a acompanhar com o corpo os movimentos dela.

As pessoas passaram a observá-los.

— Eu não me lembro desta parte do plano — disse Tally, baixinho.

Fausto riu.

— Especiais não precisam de planos. Não de planos complexos, pelo menos. — Ele ficou atrás de Tally, com os braços em volta de sua cintura. Ela sentiu a respiração dele na nuca e um formigamento percorreu seu corpo.

Tally se afastou. Os Cortadores se tocavam o tempo todo, mas ela não estava acostumada com esse aspecto de ser uma Especial. Tally se sentiu mais esquisita por Zane não ter se juntado a eles ainda.

Através da rede de dermantenas, Tally conseguiu ouvir Shay sussurrando para o rapaz. Ela estava arfando, embora pudesse correr um quilômetro em dois minutos sem suar. Um som agudo e áspero foi transmitido pela rede quando ela roçou seu rosto no do rapaz. Fausto riu quando Tally recuou.

— Calma, Tally-wa — disse ele, massageando seus ombros. — Ela sabe o que está fazendo.

Aquilo era óbvio. A dança de Shay estava se espalhando, atraindo as pessoas ao redor. Até então, a festa era uma bolha flutuando tensa no ar até que Shay a estourou, liberando algo sagaz. A galera começou a se dividir em pares, braços envolvendo um ao outro e os movimentos acelerando. O responsável pelo som deve ter notado, porque o volume aumentou, o baixo ficou mais grave, os globos voadores pulsavam mais intensamente. A galera começou a se agitar com a música.

Tally sentiu o coração acelerar, impressionada ao ver como foi fácil para Shay envolver todo mundo. A festa mudou de cara, estava bombando, e tudo por causa de Shay. Isso não era como os truques estúpidos dos tempos de feias, como atravessar o rio escondida ou roubar jaquetas de bungee jump. Isso era *magia*.

Magia de Especial.

E daí que ela estava com uma cara feia? Como Shay sempre dizia no treinamento, os avoados entendiam tudo errado: não importava a aparência da pessoa, e sim como ela se comportava, como ela se *via*. Força e reflexos representam apenas um aspecto da questão — Shay simplesmente *sabia* que era especial e, por isso mesmo, ela era. Os demais representavam apenas papéis de parede, um cenário fora de foco, um zumbido sem sentido, até que Shay jogasse a própria luz sobre eles.

— Venha — sussurrou Fausto, puxando Tally para longe da galera cada vez maior. Eles recuaram para o limite da área da festa e passaram despercebidos pelos olhos que prestavam atenção em Shay e no rapaz medíocre. — Vá por ali. Fique atenta.

Tally concordou com a cabeça e ouviu os outros Cortadores sussurrarem enquanto se espalhavam pela festa. De repente, tudo fez sentido...

A festa estava caída demais, desanimada demais para acobertar os Especiais e seus alvos. Mas agora a galera pulava de braços para o alto, sacudindo ao ritmo da música. Copos de plástico voavam pelo ar, tudo era uma tempestade de movimento. Se os Enfumaçados planejavam entrar de penetra, aquele era o momento pelo qual estavam esperando.

Ficara difícil andar. Tally passou por um grupo de meninas, praticamente crianças, todas dançando juntas de olhos fechados. O glitter espalhado pela pele irregular delas reluzia sob a luz pulsante dos globos voadores. Elas não se arrepiaram quanto Tally forçou a passagem, sua aura especial tinha sido atenuada pela nova energia da festa, pela dança mágica de Shay.

Os esbarrões com os corpos feios lembraram Tally do quanto ela havia mudado por dentro. Os novos ossos eram feitos de cerâmica aeroespacial, leves como bambus e duros como diamantes. Os músculos eram feixes de monofilamentos autorreparadores. Os feios pareciam frouxos e fracos contra ela, como brinquedos de pelúcia que ganharam vida — barulhentos, porém inofensivos.

Um ping soou dentro da cabeça de Tally quando Fausto aumentou o alcance da rede de dermantenas. Ela ouviu trechos de barulhos: os gritos de uma garota que dançava ao lado de Tachs, a batida retumbante ao local de Ho, próximo aos alto-falantes e, por baixo de tudo isso, as palavras de distração que Shay sussurrava no ouvido do rapaz medíocre. Era como ouvir cinco pessoas ao mesmo tempo, como se a consciência de Tally estivesse espalhada pela festa inteira, absorvendo a energia em uma mistura de ruídos e luzes.

Ela respirou fundo e se encaminhou ao limite da clareira, procurando a escuridão fora do alcance da claridade dos globos voadores. Tally poderia observar melhor a situação daquele ponto, controlar melhor a lucidez.

Ao andar, Tally descobriu que era mais fácil dançar, seguir o ritmo da galera em vez de forçar passagem por meio das pessoas. Ela se permitiu ser empurrada aleatoriamente pela multidão, como quando deixava as correntes de vento guiarem a prancha, imaginando que era uma ave de rapina.

Fechando os olhos, Tally absorveu a festa com os outros sentidos. Talvez isso fosse o significado de ser um Especial *de verdade*: dançar com os demais, enquanto tinha a sensação de ser a única pessoa real na multidão...

De repente, ela sentiu um arrepio na nuca e abriu as narinas. Percebeu um cheiro distinto ao de suor humano e de cerveja entornada que trouxe a lembrança dos dias de feia, a fuga e a primeira vez em que ficou sozinha no mato.

Ela sentiu o cheiro de fumaça — o odor persistente de uma fogueira.

Tally abriu os olhos. Não era permitido que os feios das cidades queimassem árvores, nem mesmo tochas. A única luz da festa vinha de globos voadores e da lua minguante.

O cheiro devia ter vindo de algum lugar do lado de fora.

Tally começou dar voltas pela festa, lançando olhares para além da multidão, tentando descobrir a fonte do odor.

Ninguém se destacava. Era apenas um bando de feios sem noção dançando sem parar, balançando os braços, derramando cerveja. Não havia ninguém gracioso ou confiante ou forte...

E então Tally viu a garota.

Ela estava dançando música lenta com algum rapaz, sussurrando em seu ouvido, enquanto os dedos dele tremiam de nervoso nas costas dela, fora de ritmo com a batida. Os dois pareciam crianças tentando brincar juntas pela primeira vez. O casaco da garota estava amarrado na cintura, como se não se importasse com o frio. E do lado de dentro do braço havia algumas áreas pálidas onde estiveram adesivos de protetor solar.

Essa garota passava muito tempo fora da cidade.

Ao se aproximar, Tally sentiu o cheiro de madeira queimada outra vez. Os olhos novos e perfeitos notaram como o tecido da blusa da garota era rústico, feito de fibras naturais e costurado à mão, e apresentava outro cheiro estranho... de sabão em pó. A roupa não fora feita para ser vestida e jogada em um reciclador, e sim *lavada* com sabão e esfregada contra as pedras de um córrego. Tally viu o corte irregular do cabelo da garota, feito à mão com tesouras de metal.

— Chefe — sussurrou ela.

A voz de Shay soou desanimada:

— Já, Tally-Wa? Eu estou me *divertindo*.

— Acho que encontrei uma Enfumaçada.

— Tem certeza?

— Absoluta. Ela cheira a roupa lavada.

— Acabo de ver a garota — falou Fausto sobre a música. — De blusa marrom? Dançando com aquele cara?

— Sim. E ela está *bronzeada*.

Houve um suspiro de irritação e desculpas murmuradas enquanto Shay se afastava do rapaz feio.

— Mais algum Enfumaçado?

Tally vasculhou a galera outra vez, dando uma volta ao redor da garota, tentando identificar outro cheiro de fumaça.

— Não até onde sei.

— Não tem mais ninguém que pareça esquisito para mim. — A cabeça de Fausto passou perto, abrindo caminho em direção à garota. Do outro lado da festa, Tachs e Ho se aproximavam.

— O que ela está fazendo? — perguntou Shay.

— Dançando e... — Tally parou ao ver a mão da garota colocando algo no bolso do rapaz. — Ela acabou de passar alguma coisa para ele.

Shay bufou com irritação. Até algumas semanas atrás, os Enfumaçados traziam apenas propaganda para a Vila Feia, mas agora eles estavam contrabandeando algo bem mais perigoso: pílulas cheias de nanoestruturas.

As nanoestruturas removiam as lesões que mantinham os perfeitos avoados, libertando as emoções violentas e os instintos básicos. Ao contrário do efeito temporário de uma droga qualquer, a mudança era permanente. As nanoestruturas eram máquinas microscópicas vorazes que cresciam e se reproduziam, surgindo mais a cada dia. Se a pessoa desse azar, elas podiam devorar o resto do cérebro. Bastava uma pílula para se perder a cabeça.

Tally já tinha visto isso acontecer.

— Peguem a garota — disse Shay.

A adrenalina disparou pelas veias de Tally, a mente aguçada abafou a música e o movimento da galera. Ela havia localizado a garota antes dos demais, então era seu dever, seu *direito* capturá-la.

Tally mexeu no anel no dedo médio para liberar uma pequena agulha. Bastava uma picada e a Enfumaçada iria cambalear e desmaiar como se tivesse bebido demais. Ela acordaria no quartel-general da Divisão de Circunstâncias Especiais, pronta para ser operada.

Pensar que a garota em breve seria uma avoada causou um arrepio em Tally. Ela se tornaria perfeita, linda e feliz. E totalmente sem noção.

Pelo menos a garota estaria em uma situação melhor que a do pobre Zane.

Tally protegeu a agulha com os dedos, tendo o cuidado de não espetar algum feio medíocre no meio da multidão. Deu mais alguns passos e puxou o rapaz com a outra mão.

— Posso interromper? — perguntou.

O rapaz arregalou os olhos e deu um sorriso.

— O quê? Vocês duas querem dançar?

— Tudo bem — disse a Enfumaçada. — Talvez ela queira um pouco também. — A garota desamarrou o casaco da cintura e o colocou nos ombros. As mãos mexeram nas mangas e bolsos, e Tally ouviu o barulho de um saco plástico.

— Divirta-se — falou o rapaz, dando um passo para trás e um olhar malicioso para elas. A expressão deixou Tally corada. O cara estava se divertindo e *sorrindo* daquele jeito para ela, como se Tally fosse medíocre e disponível — como se ela não fosse Especial. O plástico adaptável que deixava seu rosto feio começou a aquecer.

Esse rapaz estúpido achava que Tally estava aqui para diverti-lo. Ele precisava saber que não era nada disso.

Tally decidiu mudar os planos.

Ela apertou um botão no bracelete antiqueda e mandou um sinal para o plástico adaptável no rosto e mãos na velocidade do som. As moléculas inteligentes se soltaram umas das outras, a máscara feia virou poeira e revelou a beleza cruel debaixo dela. Tally piscou os olhos com força, ejetando as lentes de contato e expondo os olhos escuros e selvagens ao frio do inverno. Ela sentiu a prótese dentária se soltar e a cuspiu aos pés do rapaz, devolvendo seu sorriso com as presas descobertas.

A transformação inteira levara menos do que um segundo e quase não deu tempo para o queixo do rapaz cair.

Tally sorriu.

— Cai fora, feio. E você — disse, virando-se para a Enfumaçada —, tire as mãos dos bolsos.

A garota engoliu em seco e abriu os braços.

Tally ficou empolgada ao ver que sua beleza cruel atraía os olhares das pessoas, que ficaram impressionadas com as tatuagens escuras que pulsavam e reluziam na pele. Ela terminou de dar voz de prisão.

— Não quero lhe fazer mal, mas farei se for necessário.

— Não vai ser necessário — falou a garota calmamente e então fez algo com as mãos, apontando os dois polegares para o alto.

— Nem pense... — começou Tally e então notou, tarde demais, que as saliências na roupa da garota eram tiras como as de uma jaqueta de bungee jump. Elas se moviam por conta própria e se prenderam aos ombros e à cintura.

— A Fumaça vive — grunhiu a garota.

Tally esticou a mão...

... assim que a garota disparou para cima como um estilingue. A mão de Tally passou no vazio. Ela olhou para o alto, boquiaberta. A garota continuava a subir. De alguma maneira, a bateria da jaqueta de bungee jump tinha sido modificada para dispará-la para o alto, mesmo parada no solo.

Mas ela não cairia de volta?

Tally percebeu um movimento no céu escuro. Da borda da floresta, duas pranchas voaram sobre a festa, uma pilotada por um Enfumaçado vestindo roupas rústicas, a outra vazia. Quando a garota atingiu o ápice da subida, ele a pegou em pleno ar e colocou-a na prancha vazia.

Tally sentiu um arrepio ao reconhecer o casaco de couro feito à mão do rapaz Enfumaçado. Quando ele passou pela luz pulsante de um globo voador, a visão especial de Tally notou a cicatriz em uma das sobrancelhas.

David, ela pensou.

— Tally! Cuidado!

O aviso de Shay chamou a atenção de Tally, que notou mais pranchas voando sobre a multidão pouco acima da altura da cabeça. O bracelete antiqueda a avisou da aproximação da própria prancha. Tally dobrou os joelhos, preparada para pular quando chegasse.

As pessoas estavam se afastando, assustadas com a beleza perfeita e cruel de seu rosto e com a subida repentina da garota, porém o rapaz que estava dançando com a Enfumaçada tentou agarrar Tally.

— Ela é uma Especial! Ajudem os dois a fugir!

A tentativa foi devagar e atrapalhada, e Tally espetou a agulha na palma do rapaz. Ele puxou a mão, olhou com uma expressão estúpida por um instante e desabou.

Quando o rapaz caiu no chão, Tally já estava no ar. Ela agarrou a borda aderente da prancha com as duas mãos e jogou os pés sobre a superfície, usando o peso do corpo para controlá-la.

Shay já estava no comando da situação.

— Pega o cara, Ho! — ordenou, apontando para o rapaz feio inconsciente, enquanto a própria máscara virava pó. — O resto, venha comigo!

Tally já havia disparado na frente, sentindo o vento frio contra a face sem máscara, dando um grito de guerra sagaz, enquanto centenas de rostos atônitos olhavam para ela lá de baixo, do chão molhado de cerveja.

David era um dos líderes dos Enfumaçados, o melhor troféu que os Cortadores podiam ter esperado para aquela noite fria. Tally mal podia acreditar que ele havia ousado vir à cidade, mas faria o possível para que David jamais fosse embora outra vez.

Ela passou por entre os globos e voou sobre a floresta. Os olhos rapidamente se ajustaram à escuridão e notaram dois Enfumaçados a não mais do que cem metros à frente. Estavam voando baixo, inclinados para a frente como surfistas em uma onda gigante.

Eles tinham certa vantagem, mas a prancha voadora de Tally também era especial, a melhor que a cidade podia fabricar. Ela avançou, passando pelo topo das árvores com a borda da prancha, quebrando as pontas de gelo.

Tally não se esqueceu de que foi a mãe de David que inventou as nanoestruturas, as máquinas que deixaram o cérebro de Zane do jeito que estava. Nem se esqueceu que foi David que atraiu Shay para o mato a tantos meses atrás, a seduziu e depois conquistou Tally, fazendo o possível para destruir a amizade das duas.

Os Especiais não se esquecem dos inimigos. Jamais.

— Peguei você agora — disse ela.

CAÇADORES E PRESAS

— Espalhem-se — disse Shay. — Não deixem que eles cheguem ao rio.

Tally apertou os olhos diante do vento cortante e passou a língua nas pontas descobertas dos dentes. Sua prancha de Cortadora possuía hélices na frente e atrás para mantê-la voando além dos limites da cidade. Porém, os modelos antigos de pranchas dos Enfumaçados cairiam como pedras assim que saíssem da malha magnética. Era isso que eles ganhavam por viver fora da cidade: queimaduras de sol, mordidas de insetos e tecnologia tosca. Em algum momento, os dois Enfumaçados teriam que seguir para o rio e seus veios de minério.

— Chefe? Quer que eu ligue para o acampamento e peça reforços? — perguntou Fausto.

— Estamos longe demais para que cheguem a tempo.

— E quanto à dra. Cable?

— Esqueça a doutora — falou Shay. — Este é um truque de Cortador. Não queremos nenhum Especial comum levando o crédito.

— Especialmente desta vez, chefe — disse Tally. — É o David lá na frente.

Houve uma longa pausa e então a risada afiada de Shay foi transmitida pela rede, passando como um dedo gelado pela espinha de Tally.

— Seu antigo namorado, hein?

Tally cerrou os dentes contra o frio e sentiu uma pontada no estômago ao lembrar os vergonhosos dramas da época de feia. De certa forma, a velha culpa jamais tinha desaparecido totalmente.

— E seu também, chefe, se me lembro bem.

Shay simplesmente riu outra vez.

— Bem, acho que nós duas temos contas a acertar. Não chame ninguém, Fausto, não importa o que aconteça. Aquele cara é nosso.

Tally fez uma expressão determinada, mas o nó no estômago permanecia. Na época da Fumaça, Shay e David tinham ficado juntos. Mas então Tally chegou e David decidiu que gostava mais dela. Como sempre, o ciúme e a carência característicos dos feios pioraram a situação. Mesmo depois da destruição da Fumaça, até na época em que Shay e Tally eram perfeitas sem noção, a raiva de Shay pela traição jamais tinha desaparecido totalmente.

Agora que elas eram Especiais, os velhos dramas não deviam mais importar. Porém, ver David perturbara de alguma forma a sagacidade de Tally, e ela suspeitava que Shay ainda reprimisse sua raiva.

Talvez a captura do rapaz desse um fim ao problema entre elas de uma vez por todas. Tally respirou fundo e se inclinou para a frente, aumentando a velocidade da prancha.

O limite da cidade estava se aproximando. Lá embaixo, o cinturão verde repentinamente abriu espaço para os subúrbios cheios de casas sem graça onde os perfeitos de meia-idade criavam os filhos. Os dois Enfumaçados desceram até as ruas e voaram pelas esquinas de joelhos dobrados e braços abertos.

Tally preparou-se para fazer a primeira curva fechada da perseguição e deu um sorriso enquanto o corpo dobrava e se contorcia. Era assim que os Enfumaçados costumavam escapar. Os Especiais comuns em seus toscos carros voadores só eram velozes em linha reta. Mas os Cortadores eram Especiais *especiais*: tinham tanta manobrabilidade quanto os Enfumaçados e eram tão desmiolados quanto eles.

— Cola neles, Tally-wa — falou Shay. Os outros ainda estavam muitos segundos atrás.

— Sem problemas, chefe. — Tally passou raspando pelas ruas estreitas a um metro do concreto. Ainda bem que os perfeitos de meia-idade nunca estavam fora de casa tão tarde assim. Se alguém topasse com a perseguição, um toque de raspão de uma prancha transformaria a pessoa em purê.

Os espaços apertados não diminuíram a velocidade dos alvos de Tally. Ela se lembrava da época em que passara na Fumaça, de como David era tão bom sobre uma prancha como se tivesse nascido sobre uma. E a garota provavelmente treinara bastante nos becos das Ruínas de Ferrugem, a antiga cidade fantasma de onde os Enfumaçados faziam suas incursões na cidade.

Mas Tally era especial agora. Os reflexos de David não se comparavam aos dela e todo o seu treinamento não compensava o fato de que ele era medíocre, uma criatura criada pela natureza. Mas Tally tinha sido *feita* para isso — ou *refeita*, afinal —, criada para caçar os inimigos da cidade e trazê-los perante a justiça. Para salvar a natureza da destruição.

Ela acelerou em uma curva fechada, batendo de raspão na esquina de uma casa às escuras, amassando a calha. David estava tão próximo que Tally ouviu o rangido dos tênis aderentes mudando de posição na prancha.

Em poucos segundos, ela poderia pular e agarrá-lo, caindo até que os braceletes antiqueda parassem os dois em um tranco capaz de torcer o ombro. Claro que, a essa velocidade, mesmo o corpo especial de Tally ficaria um pouco machucado, e o de um humano normal poderia quebrar em uma centena de maneiras...

Tally cerrou os punhos, mas manteve a prancha um pouco atrás. Ela teria que atacar em espaço aberto. Afinal de contas, não queria matar David, apenas vê-lo domado, transformado em um perfeito avoado, sem noção e fora da sua vida de uma vez por todas.

Na curva fechada seguinte, ele arriscou olhar sobre o ombro e Tally notou que David a reconheceu. Suas novas feições, perfeitas e cruéis, deviam ser um tremendo choque sagaz.

— É, sou eu, namorado — sussurrou ela.

— Calma, Tally-wa — falou Shay. — Espere chegar ao limite da cidade. Apenas fique perto.

— OK, chefe. — Tally ficou ainda mais para trás, satisfeita por David saber quem estava atrás dele agora.

A perseguição a toda velocidade logo chegou à zona industrial. Todos aumentaram a altitude para evitar os caminhões automáticos de entrega que seguiam no escuro e usavam faróis inferiores de luz laranja para ler as placas das ruas e seguir para seus destinos. Os outros três Cortadores se espalharam atrás de Tally para impedir qualquer chance de os Enfumaçados darem meia-volta.

Ao olhar para as estrelas e fazer uns cálculos rápidos, Tally percebeu que os dois continuavam se afastando do rio, voando para a inevitável captura no limite da cidade.

— Isso é meio estranho, chefe — disse ela. — Por que ele não está indo para o rio?

— Talvez tenha se perdido. Ele é apenas medíocre, Tally-wa. Não o garoto corajoso de quem você se lembra.

Tally ficou corada ao ouvir risadinhas pela dermantena. Por que os Cortadores continuavam agindo como se David ainda significasse algo para ela? Ele era apenas um medíocre qualquer. E, afinal de contas, David mostrou alguma *coragem* ao entrar na cidade em segredo dessa forma... mesmo que tenha sido uma atitude bem estúpida.

— Talvez estejam indo para as Trilhas — sugeriu Fausto.

As Trilhas eram uma grande reserva ecológica do outro lado da Vila Feia, o tipo de lugar que os perfeitos de meia-idade iam explorar para fingir que estavam na natureza. Parecia selvagem, mas a pessoa sempre podia chamar um carro voador quando ficasse cansada.

Talvez os Enfumaçados achassem que conseguiriam fugir a pé. Será que David não sabia que os Cortadores podiam voar além do limite da cidade? Que eles enxergavam no escuro?

— Devo atacar? — perguntou Tally. Ali na zona industrial, ela poderia tirar David da prancha sem matá-lo.

— Calma, Tally — disse Shay, secamente. — É uma ordem. A malha magnética acaba aqui, não importa para onde sigam.

Tally cerrou os punhos, mas não discutiu.

Shay era especial há mais tempo que qualquer um deles. Sua mente era tão sagaz que ela praticamente tinha virado uma Especial por conta própria, pelo menos no tocante ao cérebro, de qualquer forma. Ela se livrou do estado borbulhante com nada mais do que uma faca afiada contra a própria pele. E foi Shay quem fez o acordo com a dra. Cable permitindo que os Cortadores destruíssem a Nova Fumaça da maneira que quisessem.

Então, Shay era a chefe, e obedecê-la não era tão ruim assim. Era mais sagaz do que pensar, o que poderia confundir a mente de uma pessoa.

Os belos terrenos da Vila Feia apareceram lá embaixo. Jardins vazios passavam em velocidade, esperando que os perfeitos de meia-idade plantassem as flores da primavera. David e sua cúmplice diminuíram a altitude e ficaram praticamente no nível do solo, voando baixo para que as pranchas tirassem todo o impulso possível da malha magnética.

Tally viu os dedos deles se tocarem ao passarem por uma cerca baixa e se perguntou se estavam juntos. Provavelmente David encontrara uma nova Enfumaçada cuja vida arruinaria.

Esse era o dom de David: recrutar feios para fugir da cidade, seduzir os melhores e mais experientes jovens com promessas de rebelião. E ele sempre tinha as favoritas. Primeiro Shay, depois Tally...

Tally balançou a cabeça para se concentrar e lembrou que a vida social dos Enfumaçados não interessava a uma Especial.

Ela inclinou-se para a frente, fazendo a prancha ganhar mais velocidade. A vastidão escura das Trilhas estava logo adiante. A perseguição ia acabar em breve.

Os dois avançaram na escuridão e desapareceram entre a densa cobertura de árvores. Tally subiu para passar rente ao topo da floresta e procurou por sinais da passagem deles sob a luz da lua. Ao longe, depois das Trilhas, ficava a natureza selvagem de verdade, a escuridão profunda de fora da cidade.

O topo das árvores tremeu quando as pranchas dos dois Enfumaçados passaram como uma lufada de vento pela floresta...

— Eles continuam rumo ao mato — informou ela.

— Estamos logo atrás de você, Tally-wa — respondeu Shay. — Que tal se juntar a nós aqui embaixo?

— Claro, chefe. — Ela cobriu o rosto com as mãos ao descer. As folhas de pinheiro espetavam dos pés à cabeça enquanto os galhos das árvores raspavam seu corpo. Logo Tally estava entre os troncos, disparando pela floresta de joelhos dobrados e olhos bem abertos.

Os outros três Cortadores a alcançaram, separados mais ou menos cem metros, os rostos perfeitos e cruéis iluminados pelo luar.

À frente, na fronteira entre as Trilhas e o mato de verdade, os dois Enfumaçados já começavam a descer, pois as pranchas perdiam a sustentação magnética por falta de metal. A descida vertiginosa ecoou pela floresta, seguida pelo som de pés correndo.

— Fim de jogo — disse Shay.

As hélices da prancha de Tally começaram a girar, um zumbido baixo que passava pelas árvores como o rugido de uma fera hibernando. Os Cortadores diminuíram a velocidade e baixaram alguns metros de altitude, vasculhando o horizonte escuro à procura de movimentos.

Um arrepio de prazer percorreu a espinha de Tally. A perseguição tinha virado um jogo de esconde-esconde.

Mas não era exatamente um jogo *justo*. Ela gesticulou com os dedos, e os chips nas mãos e cérebro responderam, abrindo uma projeção infravermelha sobre a visão de Tally. O mundo se transformou, o chão coberto de neve virou um azul frio, as árvores emitiam auras verdes, cada objeto foi iluminado pelo próprio calor. Alguns pequenos mamíferos se destacaram pulsando em vermelho e viraram a cabeça como se soubessem por instinto que havia algo perigoso por perto. Não muito longe, Fausto brilhava ao flutuar, o intenso calor do corpo de Especial emitia um amarelo reluzente, e as próprias mãos de Tally pareciam cobertas por chamas laranja.

Mas na escuridão roxa diante dela, nada do tamanho de um corpo humano aparecia.

Tally franziu a testa, alternando entre a visão normal e a infravermelha.

— Para onde eles foram?

— Eles devem ter trajes de camuflagem — sussurrou Fausto. — Caso contrário, seria possível vê-los.

— Ou sentir o cheiro deles, pelo menos — falou Shay. — Talvez seu namorado não seja tão medíocre afinal, Tally-wa.

— O que a gente faz agora? — perguntou Tachs.

— A gente sai das pranchas e usa os ouvidos.

Tally abaixou a prancha até a altura do chão. As hélices cortaram ramos e folhas secas até pararem. Ela saiu de cima quando a prancha ficou imóvel e o vento frio do fim do inverno penetrou pelos tênis de solado aderente.

Ela mexeu os dedos dos pés e prestou atenção na floresta, viu a respiração se condensar em frente ao rosto e esperou que o zumbido das outras pranchas parasse. Quando o silêncio ficou mais profundo, os ouvidos captaram um som suave ao redor, o barulho do vento balançando as folhas de pinheiro cobertas por finas camadas de gelo. Alguns pássaros cruzaram o ar e esquilos famintos que haviam acordado do longo sono do inverno procuravam nozes enterradas. A respiração dos outros Cortadores era ouvida através da rede de dermantenas, separada do resto do mundo.

Mas não havia barulho de nada parecido com um ser humano se movendo pelo solo da floresta.

Tally sorriu. Pelo menos David tornou a situação interessante ao ficar completamente imóvel daquela forma. Mas mesmo com os trajes de camuflagem escondendo o calor do corpo, os Enfumaçados não poderiam permanecer estáticos para sempre.

Além disso, ela podia *sentir* sua presença. Ele estava próximo.

Tally desligou a dermantena e interrompeu o barulho dos outros Cortadores, ficando em um mundo silencioso e infravermelho. Ajoelhou e fechou os olhos, colocando a palma da mão nua sobre o solo duro e congelado. As mãos especiais tinham chips que detectavam vibrações por menores que fossem e Tally fez com que o corpo inteiro prestasse atenção em sons incidentais.

Havia algo no ar... um zumbido no limite da audição, mais uma coceira no ouvido do que um som de verdade. Era uma dessas presenças ilusórias que ela conseguia ouvir agora, como a tensão do próprio sistema nervoso ou o chiado de lâmpadas fluorescentes. Sons que eram inaudíveis aos feios e perfeitos podiam ser captados pelos ouvidos de um Especial, tão estranhos e surpreendentes quanto os sulcos e espirais da pele sob um microscópio.

Mas o que era *exatamente* esse ruído? O barulho ia e vinha com a brisa, como os sons de uma linha de transmissão dos painéis de energia solar da cidade. Talvez fosse alguma espécie de armadilha, um fio esticado entre duas árvores. Ou seria uma faca afiada cortando o vento?

Tally manteve os olhos fechados, prestou mais atenção e franziu a testa.

Mais ruídos se juntaram ao primeiro vindo de todas as direções. Três, quatro e então cinco sons agudos surgiram, sem fazer mais barulho do que um beija-flor a cem metros.

Ela abriu os olhos e, enquanto se acostumava à escuridão, subitamente notou uma alteração no cenário que revelou cinco figuras humanas espalhadas na floresta, com trajes de camuflagem que as misturavam ao ambiente quase que por completo.

Foi então que percebeu que as figuras estavam de pé, com as pernas afastadas, um braço puxado para trás e o outro esticado à frente, e então soube o que eram os ruídos...

Arcos sendo puxados e prontos para disparar.

— Emboscada — falou Tally, que então se deu conta de que havia desligado a dermantena.

Ela ligou a rede assim que a primeira flecha foi disparada.

LUTA À NOITE

Flechas cortaram o ar.

Tally rolou para o chão e deitou no solo coberto por folhas de pinheiro congeladas. Algo passou voando, perto o bastante para mexer em seu cabelo.

A vinte metros de distância, uma das flechas atingiu alguém, e um zumbido elétrico chegou ao ouvido de Tally como uma sobrecarga na rede, abafando o grito de Tachs. Então uma flecha acertou Fausto, e Tally ouviu seu gemido antes que a transmissão fosse cortada. Ela se arrastou até a proteção de uma árvore próxima e escutou dois corpos caírem contra o solo duro.

— Shay? — sussurrou.

— Eles não me acertaram — veio a resposta. — Eu notei a emboscada.

— Eu também. Eles com certeza estão com trajes de camuflagem. — Tally ficou de costas contra o tronco e vasculhou por silhuetas entre as árvores.

— E visão infravermelha também — disse Shay. A voz estava calma.

Tally olhou para as mãos, que brilhavam na visão infravermelha, e engoliu em seco.

— Então eles podem nos ver claramente, mas nós *não*?

— Acho que não dei o devido crédito ao seu namorado, Tally-wa.

— Talvez se tivesse se importado em lembrar que ele foi *seu* namorado também, você teria...

Algo se mexeu nas árvores à frente e, assim que Tally parou de falar, ouviu o som de um arco. Ela se jogou para o lado e a flecha atingiu a árvore, zumbindo como um bastão de choque e cobrindo o tronco com uma rede luminosa.

Ela se arrastou e rolou até um ponto onde os galhos de duas árvores estavam emaranhados. Tally se enfiou em um vão apertado entre eles e disse:

— Qual o plano agora, chefe?

— O plano é detonar com eles, Tally-wa — falou Shay baixinho, em tom de reprovação. — Nós somos *especiais*. Eles deram o primeiro golpe, mas são apenas medíocres. — Outro arco disparou, e Shay soltou um gemido, seguido pelo barulho de passos correndo pelo mato.

Mais disparos fizeram Tally se jogar no chão, mas as flechas foram na direção em que Shay havia fugido. Sombras ligeiras passaram pela floresta, seguidas pelos sons de descargas elétricas.

— Erraram de novo. — Shay riu para si mesma.

Tally engoliu em seco, tentando ouvir algo além da batida frenética de seu coração, furiosa com o fato de os Cortadores não terem trazido trajes de camuflagem, armas ou *qualquer coisa* que ela pudesse usar naquele momento. Tudo o que possuía era a faca, as unhas, os reflexos especiais e os músculos.

O mais vergonhoso é que ela tinha se perdido de alguma forma. Será que estava mesmo escondida *atrás* das árvores?

Ou havia um inimigo olhando diretamente para ela, colocando com calma mais uma flecha no arco para abatê-la?

Tally ergueu o olhar para se posicionar pelas estrelas, mas os galhos faziam do céu um desenho ilegível. Ela esperou, tentando respirar calmamente e se controlar. Se não haviam atirado de novo, ela devia estar fora de alcance.

Mas deveria correr? Ou aguardar?

Acuada entre as árvores, Tally se sentiu nua. Os Enfumaçados jamais haviam lutado daquela forma. Eles sempre corriam e se escondiam quando os Especiais apareciam. O treinamento de Cortadora tinha sido voltado para perseguição e captura; ninguém falou nada sobre inimigos invisíveis.

Ela notou a silhueta amarela de Shay indo em direção às Trilhas, se afastando cada vez mais, deixando Tally sozinha.

— Chefe? — sussurrou ela. — Talvez a gente devesse chamar uns Especiais comuns.

— Nem pensar, Tally. Não ouse me envergonhar diante da dra. Cable. Apenas fique onde está que eu vou dar a volta pelo outro lado. Talvez a gente consiga armar a nossa própria emboscada.

— OK. Mas como isso vai funcionar? Tipo, eles estão invisíveis e nós nem...

— Paciência, Tally-wa. E um pouco de silêncio, por favor.

Tally suspirou e fez um esforço para ficar de olhos fechados e diminuir a frequência cardíaca. Prestou atenção para ouvir o som de arcos.

Um barulho agudo surgiu não muito atrás dela, como um arco puxado com a flecha pronta para ser disparada.

Então Tally ouviu outros dois sons idênticos... mas as flechas estavam apontadas para *ela*? Tally contou devagar até dez, aguardando o barulho do disparo.

Que não ocorreu.

Ela devia estar escondida ali. Mas havia contado cinco Enfumaçados no total. Se três puxaram os arcos, onde estavam os outros dois?

Então, ela ouviu um som mais baixo do que a respiração controlada de Shay, o ruído de passos através das folhas de pinheiro. Mas eram passos mais cautelosos e silenciosos do que os de um medíocre nascido na cidade seria capaz de dar. Somente alguém que crescera no mato poderia se mover em tamanho silêncio.

David.

Tally ficou de pé devagar, esfregando as costas no tronco da árvore, de olhos abertos.

Os passos se tornaram mais próximos, vindo pela direita. Tally se dirigiu para o lado e manteve o tronco entre ela e o som.

Arriscando um olhar para cima, Tally se perguntou se os galhos eram grossos o suficiente para impedir que o calor do corpo fosse notado pela visão infravermelha. Mas não havia jeito de subir na árvore sem que David ouvisse.

Ele estava próximo... Talvez se ela corresse e o espetasse com a agulha antes que os outros Enfumaçados disparassem as flechas... Afinal, eles eram apenas medíocres arrogantes que não contavam mais com o elemento surpresa.

Tally mexeu no anel, preparando uma nova agulha.

— Shay, onde ele está? — sussurrou.

— A 12 metros de você. — As palavras vieram em um sussurro. — Ajoelhado, olhando para o chão.

Partindo da inércia, Tally era capaz de correr 12 metros em poucos segundos... Seria um alvo rápido demais para os outros Enfumaçados acertarem?

— Má notícia — murmurou Shay. — Ele encontrou a prancha de Tachs.

Tally mordeu o lábio inferior e percebeu qual era o motivo da emboscada: os Enfumaçados queriam obter uma prancha da Circunstâncias Especiais.

— Prepare-se — disse Shay. — Estou voltando em sua direção. — A silhueta brilhante surgiu ao longe entre duas árvores, óbvia demais, porém muito veloz e distante para ser acertada por algo tão lento como uma flecha.

Tally fez novo esforço para ficar de olhos fechados e prestou muita atenção. Ela ouviu outros passos, mais barulhentos e desajeitados que os de David. Era o quinto Enfumaçado procurando por outra prancha dos Cortadores.

Era hora de entrar em ação. Tally abriu os olhos...

Um som perturbador ecoou pela floresta: as hélices de uma prancha sendo ligadas, cortando ramos e folhas de pinheiro.

— Não deixe que ele fuja! — rugiu Shay.

Tally já estava em movimento, disparando em direção ao barulho, incomodada ao perceber que as hélices faziam um ruído alto capaz de abafar o som dos arcos. A prancha levitou diante dela com uma figura amarela brilhando, caída nos braços de uma silhueta escura.

— Ele está levando o Tachs! — gritou. Mais dois passos e poderia pular...

— *Tally, se abaixe!*

Tally pulou para o chão e as penas de uma flecha roçaram seu ombro enquanto ela girava no ar, os cabelos eriçados pela descarga elétrica. Outro disparo passou perto enquanto Tally rolava e ficava de pé, torcendo que as flechas tivessem parado.

A prancha estava a três metros de altura e subia devagar devido ao peso dobrado. Tally pulou em linha reta para cima, sentindo a ventania das hélices soprando em sua direção. Naquele instante, imaginou os dedos sendo cortados pelas hélices em uma chuva de sangue e cartilagem, e vacilou. Os dedos pegaram a borda da prancha, mal conseguindo apoio, e o peso adicional de Tally começou a puxar lentamente a prancha para o solo.

De canto de olho, Tally notou uma flecha voando em sua direção e se contorceu em pleno ar para desviar. O projétil passou direto, mas os dedos perderam o apoio. Uma das mãos escorregou e depois a outra...

Enquanto Tally caía, o rugido de uma segunda prancha cortou o ar. Os Enfumaçados estavam roubando mais uma.

O grito de Shay surgiu sobre o barulho.

— Dá um impulso!

Tally caiu ajoelhada no meio do furacão de folhas de pinheiro e viu a figura amarela de Shay correndo em alta velocidade em sua direção. Entrelaçou os dedos das mãos na altura da cintura, pronta para lançar Shay até a prancha, que estava com dificuldade para subir outra vez.

Mais uma flecha surgiu da escuridão na direção de Tally. Mas se ela desviasse, Shay seria acertada em pleno ar. Tally cerrou os dentes, esperando a agonia de um golpe de bastão de choque na coluna.

Mas a ventania dos rotores da prancha alterou o curso da flecha como um golpe invisível. Ela acertou o ponto entre os pés de Tally e explodiu em uma rede reluzente no chão gelado. Tally sentiu a eletricidade no ar úmido e dedos minúsculos e invisíveis percorreram sua pele, mas os pés estavam isolados graças ao solado aderente do tênis.

Então o peso de Shay pousou em suas mãos entrelaçadas e Tally grunhiu ao arremessar a amiga para cima com toda a força.

Shay gritou enquanto subia.

Tally pulou para o lado, imaginando mais flechas em sua direção, e os pés desviaram do bastão de choque que ainda zumbia. Ela deu meia-volta e caiu de costas no chão.

Outra flecha passou raspando e errou seu rosto por centímetros...

Tally olhou para cima: Shay havia pousado na prancha, fazendo com que ela balançasse violentamente. As hélices rangeram com o peso triplicado. Shay levantou a mão armada com a agulha, mas a silhueta escura de David jogou Tachs em sua direção. Isso obrigou Shay a pegar o corpo inconsciente e se equilibrar na borda da prancha, tentando evitar que ambos caíssem.

Então David atacou, acertando o ombro de Shay com um bastão de choque. Outra rede de fagulhas iluminou o céu da noite.

Tally ficou de pé e correu até a briga. Os Enfumaçados *não* estavam lutando limpo!

Acima dela, uma figura amarela estava caindo de cabeça da prancha... Tally pulou para a frente e esticou as mãos. O peso morto caiu em seus braços com ossos especiais tão duros quanto um saco de tacos de beisebol. Tally desabou no chão.

— Shay? — sussurrou ela. Mas era Tachs.

Tally olhou para cima. A prancha estava a dez metros agora, completamente fora de alcance, e a silhueta escura de David abraçava a figura inconsciente de Shay de maneira desajeitada.

— Shay! — Tally gritou enquanto a prancha subia ainda mais. Então os ouvidos captaram o som de um arco, e ela se jogou no chão outra vez.

A flecha errou feio, pois quem quer que tenha atirado estava correndo. Silhuetas camufladas surgiram por toda parte, mais pranchas foram ligadas ao redor de Tally e os Enfumaçados voaram.

Ela acionou o bracelete antiqueda, mas não sentiu nenhuma resposta. Os Enfumaçados levaram as quatro pranchas dos Especiais. Tally fora abandonada no chão, como um medíocre qualquer perdido na floresta.

Ela balançou a cabeça, incapaz de acreditar no que havia acontecido. Onde os Enfumaçados conseguiram os trajes de camuflagem? Desde quando eles atiravam nas pessoas? Como esse truque fácil conseguiu dar tão errado?

Tally conectou a dermantena à rede da cidade, prestes a ligar para a dra. Cable. Então hesitou por um instante ao lembrar das ordens de Shay. Não era para chamar ninguém, não importava o que acontecesse. Ela não desobedeceria.

As quatro pranchas estavam voando agora e emitiam uma claridade laranja por causa do calor das hélices. Tally conseguiu ver Shay inconsciente nos braços de David e a silhueta brilhante de outro Especial sendo levado em uma prancha diferente.

Tally praguejou. Como Tachs ainda estava no chão, eles deveriam ter capturado Fausto também. Ela *precisava* pedir reforços, mas isso seria desobedecer às ordens...

Um ping surgiu pela rede.

— Tally? — perguntou uma voz distante. — O que está acontecendo aí?

— Ho! Onde você está?

— Seguindo os seus localizadores. Chego dentro de alguns minutos. — Ele riu. — Você não vai acreditar no que o rapaz da festa me contou. Sabe aquele que estava dançando com a sua Enfumaçada?

— Isso não importa! Venha rápido para cá! — Tally vasculhou o ar e viu, frustrada, as pranchas dos Cortadores subirem cada vez mais alto no céu escuro. Em um minuto, os Enfumaçados teriam fugido para valer.

Era tarde demais para os Especiais comuns chegarem aqui, tarde demais para qualquer coisa...

Tally sentiu uma raiva e frustração quase insuportáveis. David *não* iria vencê-la, não dessa vez! Ela não podia perder a cabeça.

Ela sabia o que tinha que fazer.

Formando uma garra com a mão direita, Tally enfiou as unhas na carne do braço esquerdo. Os nervos delicados da pele gritaram, uma corrente de dor passou por ela e sobre-carregou o cérebro.

Mas então surgiu o momento especial, a lucidez sagaz substituiu o pânico e a confusão. Ela arfou e respirou o ar gelado...

Claro. David e a garota deixaram as próprias pranchas para trás. Deviam estar próximas.

Tally deu meia-volta e correu em direção à cidade, procu-rando na escuridão pelo cheiro de David, do qual ela mais ou menos se lembrava.

— O que aconteceu? — perguntou Ho. — Por que você é a única on-line?

— Nós fomos atacados. Fique *quieto*.

Longos instantes depois, o nariz de Tally captou o cheiro de David nos locais tocados pelas mãos dele, onde o suor caíra durante a perseguição. Os Enfumaçados não se importaram em recuperar as velhas pranchas. Ela não estava completamente sem recursos.

Ao estalar dos dedos, a prancha de David levantou do esconderijo feito às pressas com folhas de pinheiro. Tally pulou sobre ela, que balançou como um trampolim sem o apoio vigoroso das hélices. Mas Tally havia pilotado uma prancha igual a essa meses atrás, e ela seria o suficiente agora.

— Ho, estou indo encontrar você! — A prancha disparou pelo limite da cidade e ganhou velocidade quando os sustentadores passaram sobre a malha magnética.

Ela subiu pelas árvores e vasculhou o horizonte. Os Enfumaçados cintilaram ao longe, os corpos dos dois prisioneiros brilhando como brasas em uma lareira.

Olhando para as estrelas, Tally calculou ângulos e direções...

Os Enfumaçados estavam indo em direção ao rio, onde poderiam usar os sustentadores magnéticos. Levando dois passageiros por prancha, eles precisavam de toda sustentação que conseguissem arrumar.

— Ho, vá para a fronteira oeste das Trilhas. *Rápido!*

— Por quê?

— Para poupar tempo! — Ela tinha que manter os alvos à vista. Os Enfumaçados podiam ser invisíveis, mas os dois Especiais capturados brilhavam como faróis infravermelhos.

— OK, estou chegando — respondeu Ho. — Mas o que está acontecendo agora?

Tally não respondeu e disparou em zigue-zague pelo topo das árvores como uma esquiadora. Ho não ia gostar do que Tally precisava fazer, mas não havia outra escolha. Era *Shay* que estava sendo levada por David. Essa era a chance de Tally pagar por todos os velhos erros.

De provar que era realmente especial.

Ho estava lá, esperando onde as árvores escuras das Trilhas começavam a rarear.

— Ei, Tally — disse Ho quando ela se aproximou. — Por que você está pilotando essa lata velha?

— A história é longa. — Tally manobrou e parou ao lado dele.

— É, bem, você pode me dizer, *por favor*, o que... — Ho deu um grito de susto quanto Tally o empurrou para fora da prancha, deixando que caísse na escuridão lá embaixo.

— Foi mal, Ho-la — disse ela, que saiu da prancha dos Enfumaçados para a de Ho e apontou em direção ao rio. As hélices entraram em ação quando ela cruzou a fronteira da cidade. — Preciso pegar sua prancha emprestada. Não tenho tempo para explicar.

Outro gemido chegou aos ouvidos de Tally quando os braceletes de Ho interromperam a queda.

— Tally! Que...

— Eles pegaram Shay. Fausto também. Tachs está inconsciente nas Trilhas. Veja se ele está bem.

— O *quê*? — A voz de Ho estava sumindo quanto mais Tally disparava para o mato, deixando a rede de estações repetidoras da cidade para trás. Ela vasculhou o horizonte e viu dois pontos distantes cintilando na visão infravermelha, como dois olhos brilhantes à frente: Fausto e Shay.

A caçada continuava de pé.

— Nós fomos atacados. Você não *escutou* o que eu disse? — Ela arreganhou os dentes. — E Shay falou para ninguém ligar para a dra. Cable. A gente não quer ajuda com essa situação. — Tally tinha certeza que Shay odiaria se a Divisão de Circunstâncias Especiais descobrisse que os Cortadores, os Especiais muito *especiais* da dra. Cable, tinham sido feitos de idiotas.

Falando nisso, um esquadrão de carros voadores barulhentos apenas deixaria evidente para os Enfumaçados que eles estavam sendo seguidos. Sozinha, Tally seria capaz de se aproximar de mansinho.

Ela se inclinou para a frente e acelerou ao máximo na prancha emprestada, enquanto os protestos de Ho sumiam lá atrás.

Tally iria alcançá-los. Eles eram cinco Enfumaçados com dois prisioneiros em quatro pranchas. Não havia como atingirem a velocidade máxima. Tally apenas precisava lembrar que eles eram medíocres e ela era especial.

Ainda havia uma chance de resgatar Shay, capturar David e deixar tudo bem.

RESGATE

Tally voou baixo e veloz, quase roçando a superfície do rio, e olhava para as árvores escuras de cada margem.

Onde eles *estavam*?

Os Enfumaçados não podiam estar tão à frente assim, não com apenas alguns minutos de vantagem. Mas, da mesma forma como Tally, eles voavam baixo e usavam os depósitos minerais do leito do rio para ganhar mais impulso, ficando sob a cobertura das árvores. Mesmo o brilho quente e infravermelho dos corpos de Shay e Fausto não conseguia penetrar a escuridão da floresta. E isso era um problema.

E se eles já tivessem saído do rio e se escondido entre as árvores para vê-la passar voando? Nas pranchas roubadas, os Enfumaçados podiam seguir para qualquer direção que quisessem.

Tally precisava parar alguns segundos no céu e olhar para baixo. Mas os Enfumaçados também tinham visão infravermelha. Para observar sem ser vista, ela teria que baixar a temperatura do corpo.

Ela olhou para a água escura passando debaixo dos pés e sentiu um arrepio.

Isso não seria divertido.

Tally parou e a traseira da prancha levantou um jorro de água gelada que bateu em seu braço e rosto, provocando outro arrepio até os ossos. O rio corria rápido, cheio até a borda de neve congelada que descia das montanhas, tão frio quanto um balde de champanhe da época em que era perfeita.

— Que maravilha. — Tally fez uma cara feia e saiu da prancha.

Ela pulou na vertical no rio e mal espirrou água, mas o frio fez seu coração disparar. Em questão de segundos, os dentes estavam batendo e os músculos retesaram, quase quebrando os ossos. Ela puxou a prancha de Ho para dentro d'água e as hélices soltaram vapor ao esfriarem.

Tally começou uma interminável e sofrida contagem até dez, desejando má sorte e destruição a David, aos Enfumaçados e a quem quer que tenha inventado a água gelada. O frio se espalhou por seu corpo, penetrando fundo em seus ossos e fazendo seus nervos gritarem.

E então ela sentiu o momento especial. Era como quando se cortava, a dor aumentando até ficar quase insuportável... E de repente tornando-se o oposto. De dentro da agonia a estranha lucidez emergiu de novo, como se o mundo tivesse passado a fazer sentido.

Exatamente como a dra. Cable havia prometido há tanto tempo, isso era melhor que borbulhante. Todos os sentidos de Tally estavam em chamas, mas a mente parecia distante deles, observando as sensações sem ser sobrecarregada.

Ela não era medíocre, estava acima da mediocridade... era quase sobre-humana. E tinha sido criada para salvar o mundo.

Tally parou de contar e respirou com calma. Aos poucos, a tremedeira passou. A água gelada havia perdido seu poder.

Ela voltou para a prancha de Ho, agarrando as bordas com as articulações pálidas dos dedos. Tentou três vezes estalar os dedos dormentes, mas finalmente a prancha começou a voar em direção ao céu escuro, subindo o máximo que os sustentadores magnéticos frios e silenciosos conseguiram. Assim que passou das árvores, o vento a atingiu como uma avalanche gelada, mas Tally o ignorou e vasculhou o mundo perfeitamente nítido agora.

Lá estavam eles, mais ou menos um quilômetro à frente, um cintilar de pranchas contra a água escura, um vislumbre de um ser humano brilhando no espectro infravermelho. Os Enfumaçados pareciam avançar devagar, praticamente imóveis. Talvez estivessem descansando, sem saber que eram seguidos. Mas, para Tally, era como se o instante de concentração sagaz tivesse feito com que parassem de vez.

Ela desceu com a prancha e ficou fora do alcance da visão antes que o calor do corpo voltasse a aparecer através das roupas ensopadas e frias. O uniforme do dormitório estava grudado como um cobertor de lã molhado. Tally tirou o casaco e deixou cair no rio.

A prancha acelerou com as hélices ligadas a pleno vapor e deixou uma onda de um metro como rastro.

Tally podia estar ensopada e morrendo de frio, em desvantagem de cinco contra um, mas o mergulho tinha acalmado sua mente. Os sentidos dissecavam a floresta ao redor, os instintos estavam acelerados, ela calculava pelas estrelas no céu exatamente quanto tempo levaria para alcançá-los.

As mãos estavam dormentes, mas Tally sabia que eram as únicas armas de que precisava, não importavam os truques que os Enfumaçados armassem.

Ela estava pronta para a briga.

Um minuto depois, Tally notou uma prancha sozinha esperando por ela logo após uma curva do rio. A silhueta escura do piloto segurava calmamente a figura brilhante de um Especial.

Tally fez uma curva fechada e parou, vasculhando entre as árvores. O cenário de um roxo intenso da floresta estava repleto de figuras se mexendo ao sabor do vento, mas nenhuma delas tinha forma humana.

Ela olhou para a silhueta escura que bloqueava a passagem pelo rio. O traje de camuflagem escondia o rosto, mas Tally se lembrava do jeito como David ficava sobre uma prancha, com um pé atrás virado em um ângulo de 45°, como um dançarino esperando a música começar. E ela podia *sentir* que era David.

A figura brilhante caída em seus braços tinha que ser Shay, ainda inconsciente.

— Você me viu te seguindo? — perguntou ela.

Ele balançou a cabeça.

— Não, mas sabia que seguiria.

— E o que é isso? Outra emboscada?

— A gente precisa conversar.

— Enquanto seus amigos se afastam cada vez mais? — Tally retesou as mãos, mas não avançou e atacou. Era estranho ouvir a voz de David outra vez, nítida sobre o barulho do rio, demonstrando algum nervosismo.

Tally percebeu que David estava com medo dela.

Claro que ele estava, mas ainda assim era estranho...

— Você consegue se lembrar de mim? — perguntou ele.

— O que você acha, David? — Tally fechou a cara para ele. — Eu me lembrava mesmo quando era perfeita. Você sempre foi marcante.

— Ótimo — disse David, como se ela tivesse falado aquilo como um elogio. — Então se lembra da última vez que me viu. Você tinha sacado que a cidade havia mexido com sua cabeça e fez um esforço para pensar direito outra vez, não como uma perfeita. E você escapou. Lembra?

— Eu me lembro do meu namorado deitado sobre uma pilha de cobertores, quase um vegetal — respondeu Tally. — Graças às pílulas que sua mãe criou.

À menção de Zane, ela notou um tremor na silhueta escura de David.

— Aquilo foi um erro.

— Um *erro*? Você quer dizer que mandou as pílulas para mim por *acidente*?

Ele se remexeu em cima da prancha.

— Não. Mas você foi alertada sobre os riscos. Não se lembra?

— Eu me lembro de tudo agora, David! Finalmente *entendi*! — Sua mente estava aguçada como a de um Especial, livre de emoções descontroladas de feios e pensamentos avoados de perfeitos. Tally percebeu a verdade sobre os Enfumaçados. Eles não eram revolucionários, não passavam de egocêntricos que brincavam com a vida dos outros, deixando um rastro de destruição.

— Tally... — apelou David baixinho, mas ela apenas riu. As tatuagens dinâmicas de Tally não paravam de mudar de forma, movidas pela água gelada e pela raiva. A mente ficou aguçada como uma navalha e percebeu a silhueta de David mais nítida a cada batida de seu coração disparado.

— Vocês roubam *crianças*, David, jovens da cidade que não sabem como é perigoso viver no mato. E vocês os enganam.

Ele balançou a cabeça.

— Eu nunca... nunca quis enganar você, Tally. Sinto muito.

Ela ia responder, mas viu o sinal de David a tempo. Não foi nada além de um dedo se mexendo, mas a mente estava tão aguçada que o pequeno movimento se destacou como fogos de artifício na escuridão.

A percepção de Tally se expandiu para todas as direções e vasculhou a escuridão ao redor. Os Enfumaçados escolheram um ponto onde pedras semissubmersas aumentavam o barulho do rio e abafavam sons sutis, mas, de alguma forma, Tally *pressentiu* o momento do ataque.

Um instante depois, a visão periférica notou as flechas vindo em sua direção, uma de cada lado, como dedos esmagando um inseto. Sua mente fez o tempo ficar em câmera lenta. A menos de um segundo de atingirem o alvo, as flechas estavam perto demais para a gravidade puxar Tally para baixo, não importa a velocidade com que dobrasse os joelhos. Mas ela não precisava da gravidade...

As mãos de Tally dispararam para os lados, os cotovelos dobraram, os dedos se fecharam em torno das flechas. Elas avançaram alguns centímetros dentro das palmas das mãos, a fricção queimou como uma vela sendo apagada com os dedos, mas o movimento dos projéteis foi contido.

As pontas emitiram faíscas elétricas por um instante, tão perto que Tally foi capaz de sentir o calor nas bochechas, e então as flechas chiaram e se apagaram, frustradas.

Os olhos continuavam fixos em David e, mesmo com o traje de camuflagem, Tally notou que ele ficou boquiaberto. Um som baixo de surpresa atravessou o rio.

Ela gargalhou.

A voz de David saiu trêmula:

— O que eles fizeram com você, Tally?

— Eles me fizeram enxergar — respondeu.

David balançou a cabeça com ar de tristeza e, então, jogou Shay no rio.

O corpo inerte desabou e caiu no rio de cara, com força. David deu meia-volta com a prancha e espirrou água ao disparar em fuga. Os dois arqueiros saíram das árvores e o seguiram ligando as pranchas.

— Shay! — Tally gritou, mas o corpo inerte já estava sendo tragado pelo rio, puxado pelo peso dos braceletes antiqueda e pela roupa molhada. As cores infravermelhas de Shay começaram a se alterar na água gelada, as mãos indo do amarelo brilhante para um tom de laranja. A corrente rápida fez com que Shay passasse por debaixo de Tally, que jogou longe as flechas, deu meia-volta e pulou no rio gelado.

Tally deu algumas braçadas nervosas e chegou ao lado da figura que aos poucos se apagava. Ela pegou Shay pelo cabelo e puxou a cabeça para fora d'água. As tatuagens dinâmicas mal se mexiam no rosto pálido, mas eis que Shay tremeu e esvaziou os pulmões com uma tosse repentina.

— Shay-la! — Tally girou na água e segurou a amiga mais firme.

Shay balançou os braços sem força e cuspiu mais água. Mas aos poucos as tatuagens dinâmicas voltaram à vida, mudando de forma rapidamente à medida que os batimentos cardíacos aumentavam. O rosto ficou mais brilhante na visão infravermelha quando o sangue tornou a aquecê-lo.

Tally segurou Shay de outra maneira e tentou manter as duas cabeças fora d'água, ao mesmo tempo em que acionava o bracelete antiqueda.

A prancha emprestada respondeu dando um puxão magnético, a caminho.

Shay abriu os olhos e piscou algumas vezes.

— É você, Tally-wa?

— Sim, sou eu.

— Pare de puxar meu cabelo. — Ela tossiu de novo.

— Ah, foi mal. — Tally soltou os dedos das mechas molhadas. Quando a prancha voadora cutucou suas costas, ela colocou um braço por cima e outro ao redor de Shay. Um longo arrepio passou pelas duas.

— A água está gelada... — disse Shay. Os lábios estavam quase azuis na visão infravermelha de Tally.

— Sim. Mas pelo menos fez você acordar. — Ela conseguiu levantar Shay até a prancha e colocá-la sentada. A amiga ficou ali, encolhida, sofrendo com a brisa enquanto Tally permaneceu no rio, encarando seu olhar sem expressão.

— Shay-la? Você sabe onde está?

— Você me acordou, então eu estava... dormindo? — Shay balançou a cabeça e fechou os olhos para se concentrar. — Droga. Isso quer dizer que eles me acertaram com uma daquelas flechas idiotas.

— Não foi uma flecha. David tinha um bastão de choque na mão.

Shay cuspiu no rio.

— Ele trapaceou. Jogou Tachs em mim. — Ela franziu a testa e abriu os olhos outra vez. — Tachs está bem?

— Sim. Eu o peguei antes que atingisse o chão. Então David tentou levá-la, mas eu trouxe você de volta.

Shay conseguiu dar um pequeno sorriso.

— Bom trabalho, Tally-wa.

Tally sentiu um riso trêmulo surgir no rosto.

— E quanto a Fausto?

Tally suspirou de novo ao subir na prancha e as hélices entraram em ação por causa do peso.

— Os Enfumaçados levaram Fausto também. — Ela olhou para o rio e não viu nada além de escuridão. — E acho que agora eles estão bem distantes.

Shay passou um braço trêmulo e molhado ao redor de Tally.

— Não se preocupe. Nós vamos recuperá-lo. — Ela abaixou o olhar, confusa. — Então, como eu fui parar no rio?

— Eles voaram com você até aqui para usá-la como isca. Queriam me capturar também. Mas como eu fui rápida demais, David atirou você no rio para me distrair, imagino. Ou talvez estivesse ganhando tempo para os outros Enfumaçados fugirem com Fausto.

— Hum. Isso me ofende um pouco — disse Shay.

— O quê?

— Os Enfumaçados *me* usaram como isca em vez de Fausto?

Tally sorriu e abraçou Shay ainda mais forte.

— Talvez eles tivessem mais certeza de que eu pararia por você.

Shay cobriu a boca para tossir.

— Bem, quando eu pegá-los, eles vão desejar ter me jogado de um morro no lugar do rio. — Ela respirou fundo com os pulmões finalmente limpos. — Engraçado, não é típico dos Enfumaçados jogar alguém inconsciente em água gelada. Sabe o que isso significa?

Tally assentiu.

— Talvez eles estejam ficando desesperados.

— Talvez. — Shay sentiu um novo arrepio. — É como se viver na natureza estivesse transformando os Enfumaçados em Enferrujados. Usar arco e flecha pode *matar* uma pessoa, afinal de contas. Eu gostava mais do jeito que eram antigamente.

— Eu também — suspirou Tally. A empolgação causada pela raiva estava passando e o ânimo esfriou como a roupa molhada. Não importa o quanto ela tenha se esforçado em dar um jeito na situação, Fausto havia sido levado e David fugira também.

— De qualquer forma, obrigada pelo resgate, Tally-wa.

— Tudo bem, chefe. — Tally apertou a mão da amiga. — Então... estamos quites agora?

Shay gargalhou e deu o braço a Tally, abrindo um sorriso que revelou cada um dos dentes pontiagudos.

— Eu e você não temos que nos preocupar em ficar quites, Tally-wa.

Tally ficou um pouco emocionada, como sempre acontecia quanto Shay sorria.

— Sério?

Shay concordou com a cabeça.

— Nós estamos mais ocupadas sendo especiais.

Elas encontraram Ho no ponto da emboscada. Ele conseguiu manter Tachs acordado e chamou o restante dos Cortadores, que chegariam sedentos de vingança dentro de vinte minutos, trazendo pranchas extras.

— Não se preocupem com acertos de contas, pois nós vamos visitar os Enfumaçados em breve — disse Shay, sem comentar o problema com o plano: ninguém sabia onde ficava a Nova Fumaça. Desde a destruição da Fumaça original, os Enfumaçados mudavam de lugar a toda hora. E agora que eles possuíam quatro pranchas voadoras novinhas da Circunstâncias Especiais, seria ainda mais difícil localizá-los.

Enquanto Shay e Tally torciam as roupas molhadas, Ho e Tachs vasculhavam a escuridão das Trilhas, procurando por pistas. Logo encontraram a prancha que a Enfumaçada havia abandonado.

— Verifique a bateria — ordenou Shay para Tachs. — Pelo menos dá para calcular quanto ela teve que voar para chegar aqui.

— Boa ideia, chefe — disse Tally. — Não há como recarregar a bateria solar à noite, afinal.

— É, estou me sentindo muito esperta mesmo — disse Shay. — Mas a distância não vai dizer muita coisa. Precisamos de mais detalhes.

— Nós *temos* mais detalhes, chefe — disse Ho. — Como eu estava tentando dizer antes de ser empurrado para fora da minha prancha pela Tally, eu conversei com o rapaz feio da festa, aquele que recebeu as nanoestruturas da Enfumaçada. Antes de entregá-lo aos guardas, eu consegui intimidá-lo um pouco.

Tally não teve dúvidas quanto a isso. As tatuagens dinâmicas de Ho incluíam o rosto de um demônio desenhado em linhas vermelhas sobre as próprias feições, que fazia caretas selvagens no ritmo de seus batimentos cardíacos.

Shay falou com desdém:

— *Aquele* moleque sabia onde fica a Nova Fumaça?

— Que nada. Mas ele sabia onde deveria entregar as nanoestruturas.

— Deixa eu adivinhar, Ho-la — disse Shay. — Nova Perfeição?

— Sim, claro. — Ele levantou o saco plástico. — Mas isso não era para qualquer um, chefe. O rapaz devia entregar as nanoestruturas aos *Crims*.

Tally e Shay se entreolharam. Quase todos os Cortadores tinham sido Crims na época em que eram perfeitos. A turma só tinha como objetivo arrumar confusão: eles agiam como feios, superavam o efeito das lesões no cérebro e conseguiam evitar que a vida fútil em Nova Perfeição dominasse a mente.

Shay deu de ombros.

— Os Crims são um sucesso hoje em dia. Há centenas deles. — Ela sorriu. — Desde que Tally e eu os tornamos famosos.

Ho concordou com a cabeça.

— Ei, eu fui um Crim também, lembra? Mas o rapaz feio falou o nome da pessoa para quem deveria entregar pessoalmente as nanoestruturas.

— É alguém que a gente conhece? — perguntou Tally.

— Sim... Zane. Ele disse que as nanoestruturas eram para Zane.

A PROMESSA

— Por que você não me *contou* que Zane voltou?

— Porque eu não sabia. Aconteceu há apenas duas semanas.

Tally suspirou fundo.

— Qual é o problema? — perguntou Shay. — Não acredita em mim?

Tally virou o rosto para olhar a fogueira, sem saber o que responder. Não confiar nos outros Cortadores não era muito sagaz. Isso provocava dúvidas e pensamentos confusos. Mas, pela primeira vez desde que se tornou uma Cortadora, ela se sentiu deslocada, incomodada com o próprio corpo. Os dedos nervosos passavam pelas cicatrizes nos braços, e os sons da floresta ao redor deles deixavam Tally tensa.

Zane voltou do hospital, mas não estava ali com ela no acampamento dos Cortadores, na natureza que era seu lugar. E isso parecia *errado*...

Ao redor, os demais Cortadores estavam se mantendo sagazes. Fizeram uma fogueira com troncos caídos — uma forma de Shay elevar o moral depois da emboscada da noite anterior. À exceção de Fausto, todos os 16 Cortadores estavam reunidos. Eles desafiavam uns aos outros a andar descalços sobre as chamas e contavam vantagens sobre o que fariam com os Enfumaçados quando finalmente os pegassem.

E, no entanto, Tally se sentia deslocada de alguma forma.

Ela geralmente adorava fogueiras pela maneira como davam vida às sombras e pela maldade de queimar árvores. Essa era a principal razão de ser especial: a pessoa existia para manter os demais na linha, mas isso não queria dizer que *ela* precisava se comportar.

Porém, naquela noite, a fogueira trouxe lembranças da época em que Tally era Enfumaçada. Alguns Cortadores tinham parado de cortar a pele e passado a marcar os braços com fogo usando lenha incandescente. Assim como os cortes, isso mantinha a mente sagaz. Mas, para Tally, o cheiro lembrava os animais mortos que os Enfumaçados cozinhavam. Então ela continuou usando facas.

Ela chutou um graveto para a fogueira.

— Claro que confio em você, Shay. Mas nos últimos dois meses, eu pensei que Zane fosse se juntar a Circunstâncias Especiais assim que melhorasse. Eu o imaginei em Nova Perfeição, com um rosto lindo... — Ela balançou a cabeça.

— Se eu pudesse trazê-lo para cá, Tally-wa, eu o faria.

— Então você vai falar com a dra. Cable sobre isso?

Shay abriu os braços.

— Tally, você conhece as regras: para se juntar a Circunstâncias Especiais, a pessoa tem que *provar* que é especial. Precisa superar a tolice.

— Mas Zane era praticamente especial quando liderou os Crims. Cable não percebe isso?

— Mas ele não mudou de verdade até tomar a pílula da Maddy. — Shay se aproximou e passou o braço pelo ombro de Tally. Os olhos brilhavam vermelhos na luz da fogueira. — Eu e você *superamos* a tolice sem nenhuma ajuda.

— Zane e eu começamos a mudar desde o primeiro beijo — disse Tally, se afastando. — Se ele não tivesse fritado o cérebro, seria um de nós agora.

— Então por que está preocupada? — Shay deu de ombros. — Se ele fez uma vez, vai conseguir fazer de novo.

Tally virou e olhou feio para Shay, incapaz de dizer o que ambas estavam pensando. Será que Zane ainda era o sujeito borbulhante que fundou os Crims? Ou o dano cerebral mudara tudo aquilo e ele estava condenado a viver para sempre como um avoado?

A situação era totalmente injusta. Completamente medíocre.

Quando os Enfumaçados trouxeram as primeiras nanoestruturas para Nova Perfeição, eles deixaram duas pílulas para Tally encontrar, juntamente com uma carta escrita por ela mesma alertando sobre os perigos, mas que continha uma "autorização consciente". Tally sentiu muito medo a princípio, mas Zane sempre foi borbulhante, sempre quis superar a estupidez dos perfeitos. Ele se ofereceu para tomar as pílulas, que ainda não haviam sido testadas.

As nanoestruturas deveriam ser capazes de libertar os perfeitos e fazer com que deixassem de ser avoados para virarem... Bem, ninguém se importou em pensar no *que* eles iam virar exatamente. O que uma pessoa faria com um bando de indivíduos lindos e mimados que não tinham limites para suas vontades? Deixaria que ficassem à solta no mundo frágil para que ele fosse destruído da mesma forma que os Enferrujados quase conseguiram fazer há três séculos?

De qualquer forma, a cura não funcionou como deveria. Tally e Zane dividiram as pílulas, e ele escolheu a errada.

As nanoestruturas devoraram as lesões que o tornavam um tolo, mas seguiram em frente e consumiram cada vez mais sua mente...

Tally se arrepiou ao pensar como teve sorte. A única função da pílula que tomou era desligar as nanoestruturas contidas na outra. Ingerida sozinha, não teve efeito algum. Ela apenas *pensou* que tinha sido curada. E, no entanto, Tally deixou de ser avoada por conta própria, sem nanoestruturas, sem operação, sem sequer se cortar como a turma de Shay fazia.

Era por isso que ela fazia parte da Divisão de Circunstâncias Especiais.

— Mas qualquer um de nós podia ter tomado aquela pílula — disse Tally, baixinho. — Não é justo.

— Claro que não é justo. Mas isso não quer dizer que a culpa seja *sua*, Tally. — Um Cortador descalço passou rindo pelas chamas entre elas e levantou fagulhas. — Você teve sorte. É o que acontece quando a pessoa é especial. Por que se sentir culpada?

— Eu nunca disse que me sentia culpada. — Tally partiu um graveto em dois. — Só quero fazer algo a respeito. Então vou com você hoje à noite, OK?

— Não acho que esteja bem para isso, Tally-wa.

— Estou bem, sim. Desde que não precise usar uma máscara de plástico.

Shay riu e passou a unha do dedo mindinho pelas tatuagens dinâmicas de Tally.

— Não estou preocupada com o seu rosto, apenas com o seu cérebro. Dois ex-namorados em sequência podem fazer um estrago.

Tally se afastou.

— Zane não é um ex-namorado. Ele pode ser um cabeça de vento agora, mas vai conseguir superar.

— Olhe para você — disse Shay. — Está tremendo. Isso não é muito sagaz.

Tally olhou para as mãos. Cerrou os punhos para tentar se controlar.

Ela chutou uma tora pesada em direção ao fogo e levantou fagulhas. Observou a madeira ser envolvida pelas chamas e abriu as mãos para sentir o calor. De alguma maneira, o rio gelado fez com que sentisse um frio que não ia embora, não importava a proximidade com o fogo.

Ela apenas precisava ver Zane outra vez para que a sensação ruim de frio passasse.

— Você está tremendo porque viu David?

— David? — Tally falou com desdém. — Por que acha isso?

— Não fique com vergonha, Tally-wa. Ninguém pode ser sagaz o tempo todo. Talvez você precise de um corte. — Shay sacou a faca.

Tally queria, mas desdenhou da oferta e cuspiu no fogo. Não deixaria que Shay a fizesse se sentir frágil.

— Eu encarei David muito bem... melhor do que você, se me lembro direito.

Shay riu e deu um soco de brincadeira no ombro de Tally, mas só que *doeu* de verdade.

— Ai, chefe — disse Tally. Aparentemente, Shay ainda estava chateada por ter sido vencida por um medíocre em um combate corpo a corpo na noite anterior.

Shay olhou para o punho.

— Foi mal. Não era minha intenção, de verdade.

— Deixa para lá. Então, estamos quites agora? Posso ir ver Zane com você?

Shay suspirou.

— Não enquanto ele ainda for um perfeito avoado, Tally-
-wa. Só iria perturbar você. Por que você não vai ajudar a
procurar por Fausto, em vez disso?

— Você não acha que eles vão encontrar alguma coisa,
acha?

Shay deu de ombros e desligou a conexão da dermantena
com os outros Cortadores.

— Tenho que arrumar alguma coisa para eles fazerem
— falou baixinho.

Mais tarde, os demais Cortadores deveriam zarpar nas
pranchas voadoras para vasculhar o mato. Os Enfumaçados
não poderiam retirar a dermantena de Fausto sem matá-lo,
então o sinal seria detectável a mais ou menos um quilômetro
de distância. Mas Tally sabia que meros quilômetros não significavam nada na natureza. A caminho da Fumaça, ela havia
viajado de prancha por vários dias sem encontrar um sinal
sequer de seres humanos, viu cidades inteiras engolidas pelas
areias do deserto e pela floresta. Se os Enfumaçados quisessem
desaparecer, a natureza era grande o suficiente para isso.

— Isso não significa que eu tenha que perder o meu tempo
também — disse Tally com desdém.

— Quantas vezes eu preciso explicar, Tally-wa? Você é
especial agora. Não devia estar sofrendo por um perfeito
qualquer. Você é uma Cortadora e Zane, não. É simples assim.

— Se é tão simples, por que então eu me sinto assim?

Shay resmungou.

— Porque você, Tally, está armando o truque de sempre:
complicar a situação.

Tally suspirou e chutou a fogueira, levantando fagulhas. Ela
se lembrou das várias ocasiões em que foi feliz como uma tola,

e até mesmo como uma Enfumaçada. Mas, de alguma forma, a felicidade nunca durava muito tempo. Tally sempre mudava, forçava os limites e arruinava tudo para as pessoas ao redor.

— Nem sempre a culpa é minha — disse, baixinho. — A situação se *complica* às vezes.

— Bem, acredite no que eu digo dessa vez, Tally. Ver Zane vai complicar *mesmo* a situação. Dê um tempo para que ele chegue aqui por conta própria. Você não está feliz conosco?

Tally assentiu devagar. Ela *estava* feliz. Os sentidos especiais deixavam o mundo inteiro sagaz e cada momento vivido no novo corpo era melhor que um ano sendo perfeita. Mas agora que ela sabia que Zane estava bem, a ausência dele estragava tudo. De repente, Tally se sentiu incompleta e artificial.

— Estou feliz, Shay-la. Mas lembra quando eu e Zane fugimos da cidade na última vez? E deixamos você para trás? Bem, eu não posso fazer isso novamente.

Shay balançou a cabeça.

— Às vezes é preciso abandonar as pessoas, Tally-wa.

— Então eu devia ter abandonado *você* ontem à noite, Shay? Deixar que se afogasse?

Shay resmungou.

— Ótimo exemplo, Tally. Olha, isso é para o seu próprio bem. Acredite em mim, você não quer que a situação se complique.

— Então vamos facilitar as coisas, Shay-la. — Tally colocou a ponta do polegar entre os dentes afiados e mordeu. Com uma pontada de dor, o gosto de sangue se espalhou pela língua, e a mente clareou um pouco.

— Assim que Zane se tornar especial, eu paro. Jamais vou complicar a situação outra vez. — Ela esticou a mão. — Eu prometo, sangue por sangue.

Shay olhou para a pequena gota de sangue.

— Você jura?

— Sim. Vou ser uma boa Cortadora e fazer tudo o que você e a dra. Cable mandarem. Só me devolva Zane.

Shay fez uma pausa e então passou o polegar pela faca. Viu o sangue surgir, pensativa.

— Tudo o que eu sempre quis foi que a gente estivesse do mesmo lado, Tally.

— Eu também. Só quero Zane aqui com a gente.

— O que for preciso para fazer você feliz. — Shay sorriu e pegou a mão de Tally, pressionando os polegares... com força. — Sangue por sangue.

Com a dor, Tally sentiu a mente ficar sagaz pela primeira vez no dia. Conseguiu ver o futuro agora, um caminho direto, sem desvios ou distrações. Ela havia lutado contra ser feia e ser perfeita, mas isso tudo tinha acabado; Tally só queria ser especial de agora em diante.

— Obrigada, Shay-la — disse Tally, baixinho. — Vou cumprir essa promessa.

Shay a soltou e limpou a faca com rápidas passadas pela coxa.

— Vou me certificar de que você cumpra.

Tally engoliu em seco e lambeu o polegar, que ainda latejava.

— Então posso ir com você hoje à noite, chefe? Por favor.

— Acho que agora você tem que ir — disse Shay e deu um sorriso triste. — Mas pode não gostar do que vai ver.

NOVA PERFEIÇÃO

Depois que os outros Cortadores seguiram para o mato, Shay e Tally apagaram a fogueira, pularam nas pranchas e voaram em direção à cidade.

Nova Perfeição estava iluminada por explosões coloridas no céu, como todas as noites. Balões de ar quente flutuavam amarrados às torres de festa e lâmpadas a gás iluminavam os jardins como cobras brilhantes subindo pela encosta da ilha. A sombra dos prédios mais altos mudava com a luz repentina dos fogos de artifício, que alterava a silhueta da cidade a cada explosão.

Ao se aproximarem de Nova Perfeição, elas foram recebidas pelos altos berros dos perfeitos bêbados. Por um instante, o som alegre fez com que Tally se sentisse como uma feia invejosa observando do outro lado do rio, enquanto esperava fazer 16 anos. Aquela era sua primeira viagem à Nova Perfeição desde que virara uma Especial.

— Você sente saudade da época em que era perfeita, Shay-la? — perguntou Tally. Elas só passaram alguns meses juntas no paraíso borbulhante antes que a situação ficasse complicada. — *Foi* meio divertido.

— Foi falso — respondeu Shay. — Eu prefiro ter um cérebro.

Tally suspirou. Não dava para discordar, mas ter um cérebro às vezes era motivo de tanto *sofrimento*. Ela lambeu o dedo onde um ponto vermelho marcava a promessa.

Subindo a encosta da ilha através de um jardim, as duas seguiram pelas sombras a caminho do centro da cidade. Passaram por cima de alguns casais abraçados, mas ninguém as notou no alto.

— Falei que a gente não precisava ligar o traje de camuflagem, Tally-wa. — Shay riu baixinho e deixou a voz ser transmitida pela rede de dermantenas. — Se depender dos avoados, nós já estamos invisíveis.

Tally não respondeu, apenas olhou para os novos perfeitos que passavam lá embaixo. Eles pareciam tão sem noção, tão completamente alheios aos perigos de que precisavam ser protegidos. A vida deles podia ser cheia de prazer, mas os perfeitos pareciam não fazer sentido para Tally agora. Ela não podia deixar Zane viver daquela forma.

De repente, surgiram risos e gritos pelas árvores, vindo rápido... na velocidade de uma prancha voadora. Tally ligou o traje de camuflagem e manobrou para a densa folhagem do topo dos pinheiros mais próximos. Um grupo de penetras passou esquiando pelo jardim, rindo como capetas. Ela se abaixou mais e sentiu que o traje imitou a folhagem. Imaginou como tantos feios conseguiram invadir a Nova Perfeição ao mesmo tempo. Não era um truque ruim...

Talvez valesse a pena seguir esse grupo.

Mas então ela viu os rostos: lindos, simétricos e com olhos grandes, completamente sem defeitos. Eles eram *perfeitos*.

O grupo passou alheio à presença de Tally, gritando a plenos pulmões e voando em direção ao rio. Os berros foram sumindo e deixaram apenas o cheiro de perfume e champanhe para trás.

— Chefe, você viu...

— Sim, Tally-wa, vi sim. — Shay ficou em silêncio por um momento.

Tally engoliu em seco. Perfeitos não andam de prancha voadora. É preciso ter reflexos para não cair, não dá para pilotar sendo um avoado que se distrai facilmente. Quando os novos perfeitos queriam adrenalina, eles pulavam dos prédios usando jaquetas de bungee jump ou andavam em balões de ar quente, coisas que não precisavam de muita habilidade.

Mas esses perfeitos não estavam apenas andando de prancha — estavam pilotando *bem*. As coisas mudaram na Nova Perfeição desde a última vez em que Tally estivera ali.

Ela se lembrou do último relatório da Circunstâncias Especiais sobre o aumento dos fugitivos a cada semana, uma epidemia de feios que desapareciam no mato. Mas o que aconteceria se os *perfeitos* decidissem fugir?

Shay saiu do esconderijo e seu traje mudou do padrão de folhagem para preto fosco.

— Talvez os Enfumaçados estejam distribuindo mais pílulas do que a gente imaginou — falou. — Eles podem estar fazendo isso bem aqui na Nova Perfeição. Afinal de contas, se eles possuem trajes de camuflagem, podem ir a qualquer lugar.

Os olhos de Tally vasculharam o arvoredo ao redor. Em um traje bem-calibrado, era possível se esconder dos sentidos de um Especial, como provou a emboscada de David.

— Falando nisso, chefe, onde os Enfumaçados conseguiram aqueles trajes? Eles não são capazes de *fabricá-los*, são?

— Nem pensar. E eles também não roubaram os trajes. A dra. Cable disse que todas as cidades mantêm registro sobre seus equipamentos militares. E nenhuma relatou algo desaparecido, em nenhum lugar do continente.

— Você contou para ela sobre ontem à noite?

— Sobre os trajes de camuflagem, sim. Mas não sobre perder Fausto ou as pranchas.

Tally levou em consideração o que Shay disse enquanto flutuava calmamente sobre uma lâmpada piscando.

— Então... você acha que os Enfumaçados encontraram alguma antiga tecnologia dos Enferrujados?

— Trajes de camuflagem são muito sofisticados para os Enferrujados. Eles só sabiam matar.

Shay ficou calada por um momento enquanto um grupo de Festeiros passava pelas árvores lá embaixo, batucando alto enquanto se dirigiam para alguma festa no rio. Tally olhou para eles, imaginando se pareciam mais animados do que Festeiros normais. Será que *todo mundo* na cidade estava ficando mais borbulhante? Talvez os efeitos das nanoestruturas estivessem contagiando até mesmo os perfeitos que não tinham tomado uma pílula, assim como a simples presença de Zane sempre a deixara mais borbulhante.

Depois que o grupo passou, Shay disse:

— A dra. C acha que os Enfumaçados têm amigos novos. Amigos na cidade.

— Mas apenas a Circunstâncias Especiais tem trajes de camuflagem. Por que um de nós...?

— Eu não falei *nesta* cidade, Tally-wa.

— Ah — murmurou Tally. As cidades não costumavam se meter nos assuntos das outras porque esse tipo de conflito era perigoso. Podia acabar em guerras como aquelas que os Enferrujados faziam, com continentes inteiros disputando controle e matando uns aos outros. Só de pensar em lutar contra a Circunstâncias Especiais de outra cidade, Tally sentiu um arrepio na espinha...

Elas pousaram no topo da Mansão Pulcher entre painéis solares e exaustores. Havia alguns perfeitos no telhado, porém, eles estavam distraídos demais pelos balões de ar quente e fogos de artifício e não notaram nada.

Era estranho estar de volta ao telhado da Mansão Pulcher. Tally praticamente morara ali com Zane no inverno anterior, mas agora enxergava tudo de maneira diferente. As coisas também tinham outro cheiro — os odores dos moradores humanos saíam pelos exaustores espalhados pelo telhado. Ao contrário do ar fresco do mato, o cheiro a deixava ansiosa e oprimida.

— Olha só isso, Tally-wa. — Shay enviou uma imagem pela dermantena. Quando Tally abriu o arquivo, o prédio debaixo dos pés ficou transparente e revelou uma malha de linhas azuis marcada por pontos brilhantes.

Ela piscou algumas vezes, tentando entender a projeção.

— Isso é uma espécie de visão infravermelha?

Shay riu.

— Não, Tally-wa. É uma transmissão da interface da cidade. — Ela apontou para um conjunto de pontos dois andares abaixo. — Aquele é Zane-la e alguns amigos. Ele continua no velho quarto, viu?

Cada ponto que Tally focava, tinha seu nome identificado ao lado. Ela se lembrou dos anéis de interface usados pelos perfeitos e feios, que serviam para a cidade manter controle sobre as pessoas. Porém, como todos os perfeitos encrenqueiros, Zane devia ter recebido um bracelete, que essencialmente era um anel de interface impossível de ser retirado.

Os outros pontos no quarto de Zane estavam marcados com nomes, mas Tally não reconhecia a maioria. Todos os velhos amigos Crims tinham feito parte da grande fuga para o mato no inverno passado. Assim como Tally, eles tinham conseguido superar a tolice por conta própria, então haviam virado Especiais, à exceção daqueles que continuaram na natureza, ainda como Enfumaçados.

O nome de Peris surgiu próximo ao de Zane. Ele era o melhor amigo de infância de Tally, mas desistira da fuga no último minuto, decidindo continuar a ser um perfeito. Ele era um perfeito que jamais seria especial, disso Tally tinha certeza.

Mas, pelo menos, Zane tinha alguém conhecido por perto. Tally franziu a testa.

— Deve ser estranho para Zane. Todo mundo o reconhece pelos truques que armou, mas ele pode nem sequer se lembrar disso... — sussurrou cada vez mais baixo, afastando os maus pensamentos.

— Pelo menos ele tem bom gosto — disse Shay. — Há uma dezena de festas hoje à noite em Nova Perfeição, mas aparentemente nenhuma delas é borbulhante o bastante para Zane e sua turma.

— Mas eles estão apenas sentados no quarto. — Nenhum dos pontos parecia se mover. O que quer que estivessem aprontando, não parecia muito borbulhante.

— É. Falar em particular vai ser complicado. — Shay tinha planejado seguir Zane por um tempo e então puxá-lo para um canto escuro entre uma festa e outra.

— Por que eles não estão fazendo *nada*?

Shay tocou o ombro de Tally.

— Calma, Tally-wa. Se deixaram que Zane voltasse para Nova Perfeição, significa que está em condições de festejar. De outra forma, que sentido teria em voltar para cá? Talvez esteja cedo demais e sair seja falso.

— Espero que sim.

Shay fez um gesto e a projeção sumiu um pouco, deixando o mundo real entrar em foco ao redor.

— Venha, Tally-wa. Vamos descobrir por nós mesmas.

— Não dá para escutá-los pela interface da cidade?

— A não ser que a gente queira que a dra. Cable escute também. Eu prefiro manter isso entre nós Cortadores.

Tally sorriu.

— OK, Shay-la. Então, aqui entre nós Cortadores, qual é o plano afinal?

— Achei que você quisesse ver Zane — falou Shay, dando de ombros. — De qualquer forma, Especiais não precisam de planos.

Escalar era fácil agora.

Tally não tinha mais medo de altura, nem se sentia sagaz por estar prestes a cair. Só havia uma pequena sensação de alerta quando olhava da beirada do telhado. Nada que a deixasse em pânico ou nervosa — era apenas um lembrete do cérebro para ter cuidado.

Ela passou as pernas pela beirada e desceu, deixando os pés escorregarem pela parede lisa da Mansão Pulcher. A ponta do tênis de solado aderente entrou na ranhura entre duas placas de cerâmica. Tally parou para que o traje de camuflagem adquirisse a tonalidade da mansão. Ela sentiu as escamas se alterando a fim de copiar a textura do prédio.

Quando o traje terminou os ajustes, Tally soltou a beirada do telhado. Ela foi caindo e escorregando enquanto os pés e mãos arranhavam a cerâmica, procurando freneticamente por mais ranhuras, bordas de janelas, rachaduras na parede. Nenhuma dessas imperfeições era suficiente para sustentar seu peso, mas os apoios momentâneos amorteceram um pouco a queda e mantiveram a descida sob controle. Era um equilíbrio frágil e estimulante, como se Tally fosse um inseto que corria tão rápido sobre a água a ponto de não afundar.

Quando chegou à janela de Zane, Tally estava despencando rápido, mas os dedos agarraram o parapeito facilmente. Ela balançou em um grande arco, com as luvas aderentes presas como cola ao parapeito, e amorteceu o ímpeto da queda enquanto ia de um lado para o outro.

Ao olhar para cima, Tally viu Shay equilibrada em uma minúscula borda de janela que não devia ter mais que um centímetro de largura. As mãos enluvadas estavam abertas atrás dela como uma aranha de cinco pernas, mas Tally não conseguia entender como havia atrito suficiente para segurar seu peso.

— Como você está *fazendo* isso? — sussurrou.

Shay deu uma risadinha.

— Não posso revelar todos os meus segredos, Tally-wa. Mas está meio escorregadio aqui. Rápido, ouça o que estão falando.

Tally ficou apoiada em uma das mãos e mordeu a ponta dos dedos da luva da outra para arrancá-la. Ela tocou em um canto da janela com o dedo e os chips registraram as vibrações, transformando a vidraça em um enorme microfone. Fechou os olhos para ouvir os ruídos dentro da sala como se encostasse a orelha em um copo contra uma parede fina. Um sinal sonoro anunciou que Shay passou a escutar pela dermantena.

Zane estava falando e o som provocou um pequeno arrepio em Tally. A voz era tão familiar, mas ao mesmo tempo distorcida, seja pelo equipamento de escuta ou pelos meses em que estavam separados. Ela conseguia perceber as palavras, mas não o seu significado.

— Todos os relacionamentos pré-estabelecidos, com seus antigos preconceitos e opiniões, são varridos do mapa — dizia ele. — Todos os novos relacionamentos ficam obsoletos antes que se estabeleçam...

— Sobre o que ele está tagarelando? — perguntou Shay irritada enquanto ajustava o equilíbrio.

— Eu não sei. Parece papo de Enferrujado. Como um velho livro.

— Não me diga que Zane está... *lendo* para os Crims?

Tally olhou para Shay com uma expressão confusa. Uma leitura dramática não tinha muito a ver com os Crims, na verdade. Ou com qualquer *outra coisa* que não fosse medíocre. E a voz de Zane não parava de entoar aquele papo tedioso sobre derretimento.

— Dá uma olhada, Tally-wa.

Ela assentiu e ergueu o corpo até que os olhos enxergassem sobre o peitoril da janela.

Zane estava sentado em uma grande cadeira estofada, segurando um velho livro rasgado em uma das mãos e balançando a outra como um maestro enquanto declamava. Mas onde a interface da cidade tinha apontado a presença de outros Crims, só havia espaço vazio.

— Ah, Shay — sussurrou. — Você vai adorar isso.

— O que eu vou fazer é cair na sua cabeça em dez segundos, Tally-wa. O que está acontecendo?

— Ele está sozinho. Os outros Crims são apenas... — Ela apertou os olhos para enxergar na escuridão além da luz de leitura de Zane. Lá estavam eles, espalhados pelo quarto como uma plateia atenta. — Anéis. Eles são apenas anéis de interface, à exceção de Zane.

Apesar do precário equilíbrio na janela, Shay deixou escapar um risinho.

— Talvez ele esteja mais borbulhante do que pensamos.

Tally concordou com a cabeça e sorriu.

— Devo bater?

— Por favor.

— Isso pode assustá-lo.

— Um susto faz bem, Tally-wa. Queremos que ele esteja borbulhante. Agora, *rápido*, que eu estou começando a escorregar.

Tally ergueu o corpo e colocou um joelho no peitoril estreito da janela. Respirou fundo e bateu duas vezes, tentando sorrir sem mostrar os dentes afiados.

Zane virou o rosto na direção do som, ficou assustado por um momento e então os olhos se arregalaram. Fez um gesto e a janela se abriu.

Tally deu um largo sorriso.

— Tally-wa — disse ele —, você mudou.

ZANE-LA

Zane continuava lindo.

Ele tinha traços definidos e o olhar era intenso e ansioso, como se ainda tomasse eliminadores de calorias para ficar alerta. Os lábios eram carnudos como os de um típico avoado. Enquanto encarava Tally, Zane franziu a boca como uma criança prestando atenção. O cabelo não havia mudado em nada. Ela se lembrava de quando Zane o havia pintado com nanquim, fazendo um tom de preto-azulado que ia contra os padrões de bom gosto da Comissão da Perfeição.

Mas havia algo de diferente no rosto. A mente de Tally deu voltas tentando perceber o que era.

— Você trouxe Shay-la com você? — disse Zane ao ouvir o som dos tênis de solado aderente na janela atrás de Tally. — Que alegria.

Ela concordou devagar e notou pelo tom de voz que Zane queria que tivesse vindo sozinha. Claro. O que eles tinham para conversar não era para ser dito na frente de Shay.

De repente, parecia que havia anos desde a última vez que vira Zane. Tally sentiu que as mudanças no próprio corpo — os ossos ultraleves, as tatuagens dinâmicas, as cicatrizes ao longo dos braços — indicavam o quanto ela havia mudado no tempo em que estiveram separados. Como eram diferentes agora.

Shay sorriu para os anéis de interface.

— Seus amigos não estão achando esse livro velho e mofado um pouco chato?

— Eu tenho mais amigos do que você imagina, Shay-la.

— Os olhos vasculharam as quatro paredes do quarto.

Shay balançou a cabeça e tirou um pequeno aparelho preto do cinto. Os ouvidos aguçados de Tally captaram o zumbido praticamente inaudível, um assobio como folhas molhadas jogadas em uma fogueira.

— Calma, Zane-la. A cidade não pode ouvir a gente.

Ele arregalou os olhos.

— Vocês podem fazer isso?

— Você não sabe? — sorriu Shay. — Nós somos especiais.

— Ah. Bem, já que estamos somente nós três aqui dentro... — Ele colocou o livro na cadeira vazia ao lado. O anel de Peris tremeu. — Os outros saíram para fazer um truque agora de noite. Eu estou cobrindo a ausência deles, caso os guardas estejam monitorando a gente.

Shay riu.

— Então os guardas devem acreditar que os Crims formaram um *grupo de leitura?*

Zane deu de ombros.

— Até onde eu sei não são guardas de verdade, apenas software. Desde que haja alguém falando, o programa fica satisfeito.

Tally sentou na cama desarrumada de Zane e sentiu um arrepio. Ele não estava falando como um perfeito sem noção. E se estava cobrindo a ausência dos amigos enquanto eles faziam algo criminoso, então Zane ainda estava borbulhante, ainda era o tipo de perfeito cheio de truques que um dia poderia se tornar um Especial...

Ela sentiu o cheiro familiar de Zane na roupa de cama e se perguntou o que as tatuagens dinâmicas estavam fazendo — provavelmente dando voltas pelo rosto.

Mas Zane não tinha um anel de interface, nem um bracelete. Como os guardas mantinham controle sobre ele?

— Seu novo rosto vale uma mega-Helena, Tally-wa — falou Zane, enquanto o olhar acompanhava a teia de tatuagens dinâmicas no rosto e nos braços dela. — Daria para lançar um bilhão de navios ao mar. Mas seriam navios piratas, provavelmente.

Ela riu da piadinha sem graça e tentou pensar no que dizer. Vinha esperando por esse momento há dois meses e agora tudo o que conseguia fazer era ficar sentada como uma idiota.

Mas não eram apenas os nervos que a deixavam sem palavras. Quanto mais olhava para Zane, mais ele parecia errado de certa forma, e a voz dava a impressão de vir de outro quarto.

— Estava torcendo para que você viesse — acrescentou Zane baixinho.

— Ela insistiu — falou Shay. Suas palavras pareciam um sussurro bem de perto.

Tally percebeu por que Zane soava tão distante. Sem uma dermantena no corpo, as palavras não eram transmitidas como as dos Cortadores. Ele não fazia mais parte de sua turma. Ele não era especial.

Shay sentou ao lado de Tally na cama.

— Se não se importam, vocês dois podem bancar os perfeitos outra hora. — Ela tirou o saquinho plástico com as pílulas de nanoestruturas que Ho pegou do rapaz feio na noite anterior. — Nós viemos aqui por causa disso.

Zane meio que levantou da cadeira e esticou a mão para pegar as pílulas, mas Shay apenas riu.

— Não tão rápido, Zane-la. Você tem o mau hábito de tomar as pílulas erradas.

— Nem me fale — disse ele, parecendo cansado.

Tally sentiu outro arrepio. Quando voltou a se sentar, Zane se moveu devagar, com cuidado, quase como um velho.

Ela se lembrou de como as nanoestruturas de Maddy danificaram a coordenação motora de Zane e prejudicaram a parte do cérebro responsável pelos reflexos e movimentos. Talvez fosse apenas isso, uma pequena tremedeira deixada pelas minúsculas máquinas. Nada para se preocupar.

Mas ao olhar para o rosto de Zane, faltava alguma coisa ali também. Não havia uma linda teia de tatuagens dinâmicas, nem Tally sentia a mesma emoção de ver os olhos escuros de outro Cortador. Ele parecia sem graça, de uma forma diferente dos Especiais, como se fosse um papel de parede, apenas outro perfeito.

Mas aquele era *Zane* e não um medíocre avoado qualquer...

Tally olhou para o chão e desejou que pudesse desligar a visão perfeita. Ela não queria ver aqueles detalhes perturbadores.

— De onde vieram essas pílulas? — perguntou ele. A voz ainda parecia vir de muito longe.

— De uma Enfumaçada — respondeu Shay.

Zane olhou para Tally.

— Alguém que a gente conheça?

Ela balançou a cabeça, sem tirar os olhos do chão. A garota não era uma ex-Crim ou alguém da Velha Fumaça.

Tally se perguntou se teria vindo de outra cidade. Talvez fosse uma das novas aliadas misteriosas dos Enfumaçados...

— Mas ela sabia seu nome, Zane-la — disse Shay. — Disse que essas pílulas eram para você especificamente. Está esperando uma entrega?

Zane respirou devagar.

— Talvez seja melhor você perguntar para ela.

— A garota escapou. — Tally escutou Shay expirar impaciente.

Zane riu.

— Então a Circunstâncias Especiais precisa da minha ajuda?

— Não somos iguais aos... — começou a dizer Tally, mas a voz foi sumindo. Ela *fazia parte* da Circunstâncias Especiais, como Zane era capaz de notar. Mas Tally sentiu um súbito desejo de explicar que os Cortadores eram diferentes dos Especiais comuns que costumavam intimidá-lo quando ele era um feio. Os Cortadores agiam por conta própria e faziam tudo o que Zane sempre quis — viviam no mato, fora das regras da cidade, com as mentes sagazes, livre das imperfeições da feiura...

Livre da mediocridade que Zane dava a impressão de exalar.

Tally fechou a boca e Shay colocou a mão em seu ombro. Ela sentiu o coração batendo mais rápido.

— Claro, precisamos de sua ajuda — falou Shay. — Precisamos impedir que isso — ela levantou o saquinho de pílulas — faça mais perfeitos iguais a *você*. — Ao dizer a última palavra, jogou a embalagem na direção de Zane.

Tally acompanhou cada centímetro do voo do saquinho e viu como este passou por Zane, que levantou as mãos para pegar a embalagem com um segundo de atraso. As pílulas bateram na parede e caíram em um canto.

Zane deixou as mãos vazias desabarem no colo, onde ficaram encolhidas como lesmas mortas.

— Bela pegada — disse Shay.

Tally engoliu em seco. Zane estava perdendo a coordenação motora.

Ele deu de ombros.

— De qualquer maneira, eu não preciso de pílulas, Shay--la. Estou permanentemente borbulhante. — Apontou para a testa. — As nanoestruturas danificaram bem aqui, onde ficam as lesões. Eu acho que os médicos fizeram novas, mas, até onde eu sei, as lesões não têm muito espaço para vingar. Essa parte do meu cérebro é toda nova e está se modificando.

— Mas e quanto às suas... — A garganta de Tally se fechou diante da pergunta.

— Minhas memórias? Meus pensamentos? — Zane deu de ombros outra vez. — Cérebros são capazes de se reprogramar. O seu fez isso, Tally, quando você superou a perfeição. E o seu, Shay-la, se reprograma quando se corta. — Ele levantou uma das mãos, que pairou como um pássaro trêmulo. — Controlar alguém através de alterações no cérebro é o mesmo que tentar parar um carro voador com uma trincheira. Se a pessoa se concentrar, passa voando por cima.

— Mas, Zane... — disse Tally, com os olhos ardendo. — Você está tremendo.

E não eram apenas os movimentos debilitados — eram o rosto, os olhos, a voz... Ele não era especial.

Zane olhou fixo para ela.

— Você consegue fazer de novo, Tally.

— Fazer o quê? — perguntou Tally.

— Superar o que fizeram com você. É isso que meus Crims estão fazendo, estão se reprogramando.

— Eu não *tenho* lesões.

— Tem certeza?

— Guarde esse discurso para os novos Crims toscos que você arrumou, Zane-la — disse Shay. — Não estamos aqui para falar da sua lesão cerebral. De onde vieram essas pílulas?

— Você quer saber das pílulas? — Ele sorriu. — Por que não? Você não pode nos deter. Elas vieram da Nova Fumaça.

— Valeu, gênio — falou Shay. — Mas onde ela *fica*?

Ele baixou o olhar para a mão trêmula.

— Bem que eu queria saber. A ajuda deles cairia bem agora.

Shay concordou.

— É por isso que você está ajudando os Enfumaçados? Espera ser curado por eles?

Zane balançou a cabeça.

— Isso é mais importante do que eu, Shay-la. Mas, sim, nós Crims estamos distribuindo a cura. É o que esses cinco estão fazendo agora, enquanto teoricamente estão sentados aqui. — Ele apontou para os anéis de interface. — Mas isso vai além da gente. Metade das turmas da cidade está ajudando. Já distribuímos milhares de pílulas até agora.

— *Milhares*? — exclamou Shay. — Isso é impossível, Zane! Como os Enfumaçados estão fabricando tantas pílulas assim? Até onde eu sei, eles não têm nem privadas, quanto mais laboratórios.

Ele deu de ombros.

— Pode me revistar. Mas é tarde demais para nos deter. As novas pílulas têm efeito muito rápido. Já existem mais perfeitos capazes de pensar do que você imagina.

Tally olhou para Shay. Aquilo realmente ia além de Zane. Se o que estava dizendo era verdade, não era de espantar que a cidade inteira parecesse tão mudada.

Zane esticou as mãos trêmulas com os pulsos unidos.

— Quer me prender agora?

Shay parou por um instante com as tatuagens dinâmicas pulsando no rosto e braços. Por fim, deu de ombros.

— Eu jamais prenderia você, Zane-la. Tally não deixaria. E, além disso, no momento eu realmente não me importo com as suas pílulas.

Ele ergueu uma sobrancelha.

— Então o que *importa* para vocês Cortadores, Shay-la?

— Outros Cortadores — respondeu Shay sem rodeios. — Seus amigos Enfumaçados sequestraram Fausto ontem à noite e a gente não gostou nada disso.

Zane arqueou a sobrancelha e lançou um olhar para Tally.

— Isso é... curioso. O que acha que vão fazer com ele?

— Experiências. Vão deixar Fausto todo trêmulo como você, provavelmente — disse Shay. — A não ser que a gente o encontre a tempo.

Zane balançou a cabeça.

— Eles não realizam experiências sem consentimento.

— Consentimento? Que parte de "ele foi sequestrado" você não entendeu, Zane-la? Esses não são mais os Enfumaçados frouxos de antigamente. Eles têm equipamentos militares e uma postura sagaz. Nós fomos emboscados com bastões de choque.

— Os Enfumaçados quase afogaram Shay — falou Tally. — Ela foi jogada inconsciente no rio.

— Inconsciente? — O sorriso no rosto de Zane cresceu.
— Dormindo em serviço, Shay-la?

Shay tensionou os músculos e, por um instante, Tally imaginou que ela fosse se lançar da cama e atacar o corpo indefeso de Zane com os dentes e as unhas duros como diamantes.

Mas Shay apenas riu e desfez o gesto de ataque ao alisar o cabelo de Tally.

— Tipo isso. Mas estou bem desperta agora.

Zane deu de ombros, como se não tivesse notado que Shay estivera bem perto de rasgar sua garganta.

— Bem, eu não sei onde fica a Nova Fumaça. Não posso ajudar você.

— Sim, pode — disse Shay.

— Como?

— Você pode fugir.

— Fugir? — Zane levou os dedos à garganta, onde havia uma corrente de metal com elos de prata foscos. — Isso seria complicado, infelizmente.

Tally fechou os olhos por um momento. Então era assim que mantinham controle sobre ele. Zane não apenas era um não especial, como estava encoleirado como um cachorro. Tally mal conseguia se segurar para não correr e pular pela janela. O cheiro do quarto — as roupas recicladas, o livro mofado, a champanhe doce — a enojava.

— A gente pode arrumar algo para você cortar isso — disse Shay.

Zane balançou a cabeça.

— Duvido. Já testei na oficina, o colar é feito da mesma liga de metal usada em espaçonaves.

— Confie em mim — falou Shay. — Tally e eu podemos fazer o que bem quisermos.

Tally olhou para Shay. Cortar liga de metal espacial? Para conseguir tecnologia tão avançada, elas teriam que pedir ajuda a dra. Cable.

Zane mexeu na corrente.

— E por esse pequeno favor, você quer que eu traia a Fumaça?

— Você não faria isso pela própria liberdade, Zane. — Shay colocou as mãos nos ombros de Tally. — Mas faria por *ela*.

Tally sentiu dois pares de olhos em sua direção — os escuros, especiais e profundos de Shay e os medíocres e lacrimosos de Zane.

— O que você quer dizer? — perguntou ele devagar.

Shay ficou calada, mas Tally ouviu algumas palavras pela dermantena, transmitidas em um suspiro.

— Eles vão torná-lo especial...

Tally concordou com a cabeça e procurou o que dizer. Ele não escutaria mais ninguém além dela. Tally pigarreou.

— Zane, se você fugir, vai provar que ainda é borbulhante. E quando for capturado, vai ser transformado em um Especial. Você não sabe como é bom, como é sagaz. E nós dois poderemos ficar juntos.

— Por que não podemos ficar juntos agora? — perguntou, baixinho.

Tally sentiu nojo ao tentar se imaginar beijando aqueles lábios infantis e alisando aquelas mãos trêmulas.

Ela balançou a cabeça.

— Sinto muito... mas não do jeito que você está.

Zane disse calmamente, como se falasse com uma criança.

— Você também pode mudar, Tally...

— E *você* pode escapar, Zane — interrompeu Shay. — Fugir para o mato e ser encontrado pelos Enfumaçados. — Ela apontou para o canto do quarto. — Pode até ficar com esse saco de pílulas e deixar alguns dos seus amigos Crims borbulhantes.

Ele não parou de olhar para Tally.

— E depois traí-los?

— Você não precisa fazer nada, Zane. Vou fornecer um rastreador juntamente com a ferramenta de corte — disse Shay. — Assim que chegar à Nova Fumaça, a gente vai buscar você e a cidade irá torná-lo mais forte, veloz e perfeito. Borbulhante para sempre.

— Eu já sou borbulhante — falou Zane com frieza.

— Sim, mas não é forte, nem rápido ou perfeito, Zane-la — disse Shay. — Não é nem *medíocre*.

— Você acha mesmo que vou trair a Fumaça? — perguntou ele.

Shay apertou os ombros de Tally.

— Por ela, vai.

Zane olhou para Tally com uma expressão perdida por um momento, como se estivesse mesmo na dúvida. Então abaixou o olhar para as mãos, suspirou e concordou devagar com a cabeça.

Mas Tally percebeu claramente os pensamentos de Zane pela expressão em seu rosto: ele aceitaria a oferta e, assim que escapasse, tentaria dar um golpe. Zane realmente acreditava que conseguiria enganá-las e que resgataria Tally para devolvê-la à mediocridade.

Seus pensamentos eram tão fáceis de serem percebidos quanto as ridículas rivalidades entre os feios na Festa da Primavera. O corpo transpirava suas ideias como um medíocre suando em um dia quente.

Tally desviou o olhar.

— OK — disse ele. — Por você, Tally.

— Encontre com a gente amanhã, à meia-noite, na bifurcação do rio — falou Shay. — Os Enfumaçados vão desconfiar de fugitivos, então leve suprimentos suficientes para uma longa espera. Mas eles eventualmente vão achar *você*, Zane.

Ele concordou com a cabeça.

— Eu sei o que fazer.

— E traga quantos amigos quiser, quanto mais, melhor. Você pode precisar de ajuda lá fora.

Ele ignorou o insulto, apenas assentiu e tentou ver os olhos de Tally. Ela desviou o olhar, mas deu um sorriso forçado.

— Você vai ser mais feliz quando for especial, Zane-la. Você não entende como é bom. — Ela flexionou as mãos e viu as tatuagens mudarem de forma. — Cada segundo é tão sagaz, tão lindo.

Shay se levantou, puxou Tally e foi até a janela com passos decididos, onde parou com um pé no peitoril.

Zane apenas olhou para Tally.

— Vamos ficar juntos em breve.

Tudo o que Tally conseguiu fazer foi concordar com a cabeça.

O CORTE

— Você estava certa. Foi horrível.

— Pobre Tally-wa... — Shay se aproximou montada na prancha. Lá embaixo, o reflexo da lua seguia as duas pela água, distorcido pela correnteza. — Eu sinto muito mesmo.

— Por que ele parece tão diferente, como se não fosse a mesma pessoa?

— *Você* não é a mesma pessoa, Tally. É especial agora, e ele é apenas medíocre.

Tally balançou a cabeça e tentou se lembrar de Zane na época em que eram perfeitos. Ele era borbulhante, seu rosto ficava iluminado ao falar, e isso a animava e fazia com que quisesse tocá-lo... Mesmo quando ele enchia o saco, nunca houve nada *medíocre* sobre Zane. Mas naquele dia teve a impressão de que faltava algo essencial, parecia champanhe sem bolhas.

Havia uma tela dividindo seu cérebro: entre o jeito como se lembrava de Zane e a maneira como o enxergava agora, duas imagens em conflito. Os minutos intermináveis que passou com ele deixaram a sensação de que sua cabeça ia quebrar em duas partes.

— Eu não quero isso — falou baixinho. Sentia um incômodo no estômago e os olhos perfeitos tinham uma visão detalhada demais do luar brilhante sobre a água. — Não quero ser assim.

Shay manobrou a prancha de lado, cruzou o caminho de Tally e parou de repente, perigosamente. Tally recuou e as duas pranchas guincharam como motosserras ao pararem a poucos centímetros uma da outra.

— Assim como? Chata? *Ridícula*? — gritou Shay com a voz agressiva e cortante. — Tentei lhe avisar para não ir!

O coração de Tally disparou com a quase colisão e ela foi tomada pela raiva.

— Você *sabia* que ver Zane me deixaria assim!

— Você acha que eu sei tudo? — falou Shay com frieza. — Não sou eu que estou apaixonada. Não me apaixono desde que você roubou David de mim. Mas achei que o amor fosse fazer a diferença. Bem, Tally-wa, o amor tornou Zane *especial* para você?

Tally hesitou e sentiu um nó no estômago. Olhou para a água escura com vontade de vomitar. Tentou ficar sagaz, se lembrar de como Zane a fizera se sentir na época em que era perfeita.

— O que a dra. Cable fez conosco, Shay? Será que temos uma espécie de lesão especial nos cérebros? Algo que faz com que todos os demais pareçam ridículos, como se a gente fosse melhor do que eles?

— Nós *somos* melhores do que eles, Tally-wa! — Os olhos de Shay brilhavam como moedas, refletindo as luzes da Nova Perfeição. — A operação deixou nossa mente aguçada para perceber isso. Todo mundo parece confuso e digno de pena porque é assim que a maioria das pessoas *é*.

— Não Zane — disse Tally. — Ele nunca foi digno de pena.

— Ele também mudou, Tally-wa.

— Mas a culpa não é dele... — Tally virou o rosto. — Eu não quero *ver* as coisas desse jeito! Não quero sentir nojo de quem não for da nossa turma, Shay!

Shay sorriu.

— Você preferia ser feliz e cheia de amor como uma tola sem noção? Ou viver como uma Enfumaçada cagando em buracos, comendo coelhos mortos e se sentindo a maioral por conta disso? Que parte de ser especial você não gosta?

Tally recolheu os dedos em posição de combate.

— Eu não gosto da parte em que Zane parece *errado* aos meus olhos.

— Você acha que ele parece direito para *alguém*, Tally? O cérebro está todo ferrado!

Tally sentiu vontade de chorar, mas não saíram lágrimas dos olhos. Ela nunca tinha visto um Especial chorar e nem sabia se era possível.

— Só me responda uma coisa: tem algo na minha mente fazendo Zane parecer errado? O que a Cable fez com a gente?

Shay soltou um suspiro de frustração.

— Tally, em qualquer conflito, os dois lados mexem com a cabeça das pessoas. Mas pelo menos o nosso lado está certo. A cidade cria os perfeitos do jeito que são para que sejam felizes e deixem o planeta em paz. Nós fomos transformadas em Especiais para enxergar o mundo de uma maneira tão perfeita que sua beleza quase *dói* e, assim sendo, para não deixarmos que a humanidade o destrua novamente. — Shay se aproximou e colocou as mãos nos ombros de Tally. — Mas os Enfumaçados são amadores. Eles realizam experiências e transformam as pessoas em aberrações como Zane.

— Ele não é uma... — começou Tally, mas não conseguiu concluir. A parte que desprezava a fraqueza de Zane era muito forte. Tally não podia negar que sentia nojo, como se ele fosse uma coisa que não merecesse viver.

Mas a culpa não era de Zane. Era da dra. Cable, por não tê-lo transformado em um Especial. Por seguir as próprias regras estúpidas.

— Fique sagaz — falou Shay, baixinho.

Tally respirou fundo e tentou controlar a raiva e a frustração. Ampliou o alcance dos sentidos até que conseguiu ouvir o vento assobiando através das folhas de pinheiro. Sentiu os aromas vindo da água, a alga na superfície, os antigos minerais lá embaixo. Os batimentos cardíacos diminuíram um pouco.

— Fala para mim, Tally: tem certeza de que ama mesmo Zane, e não apenas alguma memória que sobrou dele?

Tally hesitou e fechou os olhos. Por dentro, as imagens de Zane ainda lutavam uma com a outra. Ela estava presa entre as duas e a mente não conseguia atingir a lucidez.

— Eu sinto nojo ao olhar para ele — sussurrou. — Mas sei que isso não é certo. Eu quero voltar a ter o mesmo sentimento de antes.

Shay abaixou o tom de voz.

— Então ouça, Tally. Eu tenho um plano, um jeito de arrancar aquele colar.

Tally abriu os olhos novamente e cerrou os dentes ao pensar no colar em volta do pescoço de Zane.

— Faço qualquer coisa, Shay.

— Mas tem que parecer que Zane escapou por conta própria, senão a Cable não vai aceitá-lo. Isso significa que temos que armar um truque que engane a Circunstâncias Especiais.

Tally engoliu em seco.

— E a gente pode mesmo fazer isso?

— Você quer dizer se nossos cérebros vão permitir? — falou Shay com desdém. — Claro. Não somos perfeitas. Mas vamos arriscar tudo o que temos, entendeu?

— Você faria isso por Zane?

— Faço por você, Tally-wa. — Shay sorriu e os olhos brilharam. — E porque vai ser divertido. Mas preciso que você esteja totalmente sagaz.

Ela sacou a faca.

Tally fechou os olhos novamente e assentiu. Precisava *tanto* de lucidez. Ela esticou a mão para pegar a lâmina da faca de Shay.

— Espera, não com a mão...

Mas Tally apertou com força e enfiou o gume na carne. Os nervos delicados e bem-calibrados da palma, cem vezes mais sensíveis do que os de qualquer medíocre, foram rompidos e ela gritou de dor. E ouviu o próprio berro.

O momento especial trouxe uma lucidez avassaladora e Tally finalmente desembaralhou as ideias. Por dentro, havia elementos permanentes, coisas que continuavam inalteradas fosse ela uma feia, perfeita ou especial — e o amor era um desses elementos. Desejava estar junto de Zane novamente, sentindo tudo o que sentiu por ele antes, porém ampliado mil vezes pelos novos sentidos. Queria que Zane soubesse como era ser um Especial e ver o mundo com aquela lucidez sagaz.

— OK. — A respiração era difícil. Ela abriu os olhos. — Estou com você.

O rosto de Shay ficou radiante.

— Boa garota. Mas o tradicional é cortar os braços.

Tally abriu a mão e quando a pele da palma se soltou da faca, provocou uma nova onda de dor. Ela respirou fundo.

— Eu sei que dói, Tally-wa. — Shay estava sussurrando e olhando fascinada para a lâmina suja de sangue. — Também fiquei com nojo ao ver Zane daquele jeito. Não sabia que ele estaria tão ferrado, *honestamente.* — A prancha se aproximou e Shay colocou a mão com delicadeza sobre a palma ferida de Tally. — Mas não vou permitir que isso acabe com você, Tally-wa. Não quero que fique sentimental e medíocre. A gente vai tornar Zane um de nós e salvar a cidade também. Vamos dar um jeito em tudo. — Ela retirou o kit de primeiros socorros do bolso do traje de camuflagem. — Assim como vou dar um jeito em você agora.

— Mas ele não vai entregar os Enfumaçados.

— Não vai ser necessário. — Shay passou um spray na ferida e a dor rapidamente virou um leve formigamento. — Ele só precisa provar que está borbulhante e nós cuidamos do resto: recuperar Zane e Fausto, e depois capturar o David e o resto dos Enfumaçados. É a única maneira de parar o que está acontecendo. Como Zane disse, prender um bando de perfeitos não vai adiantar. Temos que cortar o mal pela raiz: precisamos encontrar a Nova Fumaça.

— Eu sei. — Tally concordou com a cabeça, a mente ainda sagaz. — Mas Zane está tão ferrado que os Enfumaçados vão sacar que nós o *deixamos* escapar. Vão examinar tudo o que ele estiver levando, escanear cada osso do corpo.

Shay sorriu.

— Claro que vão, mas ele estará limpo.

— Então como vamos rastreá-lo? — perguntou Tally.

— Da maneira tradicional. — Ela deu meia-volta com a prancha e puxou Tally pela mão ilesa. As duas subiram e as hélices entraram em ação enquanto Shay conduzia Tally cada vez mais alto, até que a cidade se mostrasse espalhada ao redor como uma grande tigela de luz cercada pela escuridão.

Tally olhou para a mão. A dor foi reduzida a um pulsar fraco que acompanhava os batimentos cardíacos. Congelado pelo spray, o sangue virou um pozinho que caiu enquanto elas subiam. A ferida já tinha fechado e deixou apenas um trecho de pele levantada como vestígio. A cicatriz cortava as tatuagens dinâmicas, quebrando os circuitos epidérmicos responsáveis por seus movimentos. A palma parecia a tela de um computador depois de um defeito de hardware, cheia de linhas que piscavam.

Mas a mente continuava lúcida. Ela flexionou os dedos, o que provocou pontadas de dor ao longo do braço.

— Está vendo a escuridão lá longe, Tally-wa? — Ela apontou para o limite mais próximo da cidade. — Aquele território é *nosso*, e não dos medíocres. Nós fomos feitas para viver no mato e vamos seguir Zane-la e seus companheiros a cada passo.

— Mas achei que você tinha dito...

— Não com equipamento *eletrônico*, Tally-wa. Vamos usar a visão, a audição e a natureza. — Os olhos brilharam. — Como os Pré-Enferrujados costumavam fazer.

Tally olhou para a escuridão que marcava o território fora da cidade depois da luz laranja das fábricas.

— Pré-Enferrujados? Você quer dizer que vamos procurar por *gravetos quebrados* e coisas assim? Pessoas que andam em pranchas voadoras não deixam muitas pegadas, Shay-la.

— Verdade. Mas os Enfumaçados não vão suspeitar que estão sendo seguidos porque ninguém usa essas técnicas há pelo menos trezentos anos. — Shay arregalou os olhos. — Mas eu e você conseguimos sentir o cheiro de um humano sem banho a um quilômetro e uma fogueira apagada a dez quilômetros. Nós enxergamos no escuro e temos uma audição superior à dos morcegos. — O traje de camuflagem ficou da cor da noite. — Podemos ficar invisíveis e andar sem fazer barulho. Imagine só, Tally-wa.

Devagar, Tally concordou com a cabeça. Os Enfumaçados jamais imaginariam que alguém estivesse observando da escuridão, escutando cada passo, sentindo o cheiro de cada fogueira e refeição quimicamente preparada.

— E com a gente por perto, Zane estará bem, mesmo se ficar perdido ou ferido — disse Tally.

— Exatamente. E assim que a gente encontrar a Nova Fumaça, vocês dois podem ficar juntos.

— Tem certeza que a dra. Cable vai transformar Zane em especial?

Shay se afastou de Tally e riu enquanto a prancha descia.

— Depois do que planejei, ela provavelmente vai dar o *meu* emprego para ele.

Tally olhou para a mão, que ainda formigava, e então tocou a bochecha de Shay.

— Obrigada.

Shay balançou a cabeça.

— Não é preciso agradecer, Tally-wa. Não depois da maneira como ficou no quarto de Zane. Eu odeio ver você sofrendo daquela forma. Não é especial.

— Desculpe, chefe.

Ela riu e puxou Tally outra vez para longe do rio, em direção à zona industrial. Desceu para uma altitude normal de voo.

— Você não me abandonou ontem à noite, Tally-wa, como disse. Então não vamos fazer a mesma coisa com Zane.

— E também vamos recuperar Fausto — acrescentou Tally.

Shay virou-se para ela e deu um meio sorriso.

— Ah, isso mesmo, não podemos nos esquecer do pobre Fausto. E daquele outro pequeno bônus... o que é mesmo?

Tally respirou fundo.

— O fim da Nova Fumaça.

— Boa garota. Mais alguma pergunta?

— Sim, uma: onde vamos encontrar algo que corte liga espacial?

Shay fez um círculo completo com a prancha e colocou um dedo na frente dos lábios.

— Em um lugar *muito* especial, Tally-wa — sussurrou. — Venha comigo e vai entender tudo.

O ARSENAL

— Você não estava brincando quando disse que seria perigoso, não é, chefe?

— Já quer desistir, Tally-wa? — disse Shay, rindo.

— Nem pensar — sussurrou Tally. O corte a deixara ansiosa, cheia de energia que precisava ser gasta.

— Boa garota. — Shay sorriu para Tally, detrás da grama alta. As dermantenas estavam desligadas para que não houvesse registros de que haviam estado ali. Com isso, a voz de Shay soava fraca e distante. — Zane vai ganhar uma reputação megaborbulhante se pensarem que ele armou um truque como este.

— Com certeza — sussurrou Tally enquanto olhava para o prédio impressionante à frente.

Quando era criança, os feios mais velhos às vezes brincavam sobre invadir o Arsenal. Mas ninguém era estúpido o bastante para tentar de verdade. Ela se lembrava dos rumores. O Arsenal armazenava todos os equipamentos registrados que a cidade possuía: armas e veículos blindados, apetrechos de espionagem, tecnologias e ferramentas antigas, e até mesmo armamento estratégico capaz de destruir cidades. Só algumas pessoas selecionadas tinham acesso ao interior do Arsenal; as proteções eram praticamente todas automatizadas.

O prédio escuro não tinha janelas e era cercado por uma vasta área com luzes vermelhas piscando, para indicar que ali o voo era proibido. Havia sensores espalhados pelo terreno e quatro canhões automatizados nos cantos do Arsenal. Eram defesas respeitáveis caso ocorresse uma guerra impensável entre as cidades.

O lugar não fora projetado para desestimular os invasores, e sim para matá-los.

— Pronta para se divertir, Tally-wa?

Tally olhou para a expressão empolgada de Shay e sentiu o coração bater mais forte.

— Sempre, chefe — disse, alongando a mão machucada.

Elas voltaram de mansinho pela grama até as pranchas voadoras, que estavam escondidas atrás de uma gigantesca fábrica automatizada. Ao subir no telhado, Tally puxou o zíper do traje de camuflagem e sentiu as escamas ganharem vida. Os braços ficaram escuros e meio borrados quando o traje formou uma superfície capaz de defletir radares.

Tally franziu a testa.

— Eles vão saber que quem invadiu o Arsenal tinha trajes de camuflagem, não?

— Eu já contei para a dra. Cable que os Enfumaçados estavam invisíveis aos nossos olhos. Então é possível que tenham emprestado alguns brinquedos para os Crims. — Shay deu um sorriso malicioso, puxou o capuz sobre a cabeça e virou uma silhueta sem rosto. Tally fez o mesmo.

— Pronta para detonar? — perguntou Shay ao colocar as luvas com a voz alterada pela máscara. Ela parecia uma mancha em forma de gente contra o horizonte, com o contorno borrado pela disposição aleatória das escamas.

Tally engoliu em seco. O capuz sobre a boca deixou o hálito quente contra o rosto, como se estivesse sufocando.

— Estou pronta. Quando quiser, chefe.

Shay estalou os dedos e Tally se agachou, contando dez longos segundos na mente. As pranchas começaram a zumbir ao acumular energia magnética, enquanto as hélices giravam um pouco abaixo da velocidade de decolagem...

Ao chegar ao *dez*, a prancha pulou no ar e pressionou Tally contra a superfície. As hélices rangeram ao máximo e desenharam um arco no céu como um fogo de artifício até o Arsenal. Alguns segundos depois, as hélices pararam e Tally se viu planando em silêncio no céu escuro, novamente tomada pela empolgação.

Ela sabia que o plano era estúpido, mas o perigo deixou sua mente sagaz. E, em breve, Zane também poderia se sentir assim...

No meio do caminho, Tally agarrou a prancha junto ao corpo para escondê-la sob a proteção antirradar do traje. Olhou para trás e viu que ela e Shay estavam planando sobre a área de voo proibido, em uma altitude suficiente para escapar dos sensores de movimento no solo. Nenhum alarme soou quando ultrapassaram o perímetro. Elas caíram silenciosamente em direção ao telhado do Arsenal.

Talvez a invasão não fosse tão difícil. Havia dois séculos desde o último conflito sério entre as cidades e ninguém acreditava que a humanidade fosse entrar em guerra outra vez. Além disso, as defesas automatizadas do Arsenal haviam sido projetadas para repelir um grande ataque, e não um par de ladrões tentando afanar uma ferramenta.

Ela sentiu outro sorriso surgir no rosto. Aquela era a primeira vez que os Cortadores armavam um truque para cima da própria cidade. Era como em seus tempos de feia.

O telhado se aproximou rapidamente e Tally segurou a prancha sobre a cabeça, pendurando-se como se fosse um paraquedas. Poucos segundos antes que atingisse o telhado, as hélices ganharam vida e pararam a prancha. Tally pousou suavemente, tão fácil como descer da calçada.

A prancha se desligou e ficou quieta. Tally a colocou com cuidado sobre o telhado. Elas não podiam fazer nenhum barulho agora, a comunicação estava restrita à linguagem de sinais e ao contato entre os trajes.

A alguns metros à frente, Shay fez sinal com os polegares para cima.

Com passos leves e cautelosos, as duas avançaram até as portas no meio do telhado, por onde entravam e saíam os carros voadores. Tally reparou a divisão no meio onde a passagem se abria.

Ela e Shay tocaram as pontas dos dedos para deixar o sussurro ser transmitido pelos trajes.

— Podemos cortar a porta?

Shay balançou a cabeça.

— O prédio inteiro é feito de liga de metal espacial, Tally. Se pudéssemos cortá-lo, já teríamos libertado Zane.

Tally vasculhou o telhado, mas não viu sinal de portas de acesso.

— Acho que vamos seguir o seu plano, então.

Shay sacou a faca.

— Abaixe.

Tally deitou no telhado e sentiu as escamas mudando para copiar a textura. Shay atirou a faca com força e também foi para o chão. Ela passou pela beirada do prédio, girando na escuridão em direção à grama cheia de sensores de movimento.

Segundos depois, soaram alarmes estrondosos de todas as direções. A superfície de metal tremeu sob as duas, enquanto as portas se abriram com um gemido fraco. Saiu um furacão de poeira e terra da abertura e, do meio dele, surgiu uma máquina monstruosa.

Era um pouco maior do que um par de pranchas voadoras juntas, mas a máquina dava a impressão de ser pesada, pois quatro hélices gritavam pelo esforço de fazê-la voar. Assim que surgiu, ela pareceu crescer. Tremeu e abriu asas e garras com movimentos estranhos, como o nascer de um enorme inseto de metal. O corpo inchado estava coberto de armas e sensores.

Tally estava acostumada com robôs, havia modelos responsáveis pela limpeza e jardinagem por toda parte da Nova Perfeição, mas pareciam brinquedos inofensivos. Tudo a respeito do mecanismo acima dela — os movimentos súbitos, a blindagem preta, o grito cortante das hélices — parecia inumano, perigoso e cruel.

Durante um momento de tensão, a máquina pairou e Tally imaginou que tivesse sido vista, mas então as hélices viraram e o veículo disparou na direção para onde Shay havia atirado a faca.

Tally virou a tempo de ver Shay rolando pela porta de acesso dos carros voadores que ainda estava aberta. Ela seguiu e entrou na escuridão assim que a passagem começou a se fechar...

E se viu caindo por um fosso sem luz. A visão infravermelha só conseguiu transformar a escuridão em uma massa incompreensível de formas e cores que passavam voando.

Tally arrastou pés e mãos contra a parede de metal liso tentando atenuar a queda, mas deslizou até que a ponta do tênis de solado aderente prendeu em uma fenda, fazendo-a parar subitamente.

Ao procurar por um apoio para as mãos, Tally não encontrou nada além de metal liso. Ela estava caindo de costas, a ponta do pé perdendo o equilíbrio...

Mas o fosso não era tão largo quanto a altura de Tally. Ela jogou os braços para cima e esticou os dedos assim que as mãos alcançaram a parede oposta. O atrito das luvas de alpinismo fez o corpo parar virado para cima com os músculos esticados.

Com as costas arqueadas, o corpo estava sendo dobrado pelo fosso como uma carta de baralho entre dois dedos. A palma ferida latejava devido ao impacto.

Ela virou a cabeça para tentar ver onde Shay tinha caído.

Não havia nada além de escuridão lá embaixo. O fosso cheirava a ar viciado e corrosão.

Tally fez um esforço para enxergar melhor. Shay tinha que estar próxima, afinal o fosso não podia descer *eternamente*, e ela não tinha ouvido nada atingir o fundo. Mas era impossível calcular a distância, pois tudo ao redor era uma massa sem sentido de formas infravermelhas.

Sua coluna vertebral parecia um osso de galinha prestes a estalar...

De repente, dedos tocaram suas costas.

— Calma. — O sussurro de Shay foi transmitido pelo contato entre os trajes. — Você está fazendo *barulho*.

Tally suspirou. Shay estava logo abaixo dela na escuridão, invisível no traje de camuflagem.

— Foi mal — sussurrou de volta.

A mão se afastou por um segundo e então o toque retornou.

— OK. Estou firme. Pode se soltar.

Tally hesitou.

— Vamos *logo*, medrosa. Eu pego você.

Tally respirou fundo, fechou os olhos com força e se soltou. Após um instante de queda livre, ela parou nos braços de Shay.

Shay riu.

— Você está *pesada*, Tally-wa.

— Onde você está apoiada, afinal? Eu não vejo nada aqui embaixo.

— Tente fazer isso. — Shay enviou uma projeção através do contato entre os trajes e tudo mudou ao redor de Tally, as frequências infravermelhas foram recalibradas diante de seus olhos. Aos poucos as silhuetas brilhantes começaram a fazer sentido.

O fosso era coberto por naves voadoras estacionadas em baias, os contornos repletos de garras como naquela que haviam visto no telhado. Havia dezenas em vários formatos e tamanhos, um enxame de máquinas mortíferas. Tally imaginou todas despertando ao mesmo tempo para fazê-la em pedaços.

Ela apoiou um pé hesitante em uma das naves e então saiu dos braços de Shay, agarrando o cano do canhão automático do veículo.

Shay tocou seu ombro, sussurrando:

— Que tal todo esse poder de fogo? Sagaz, hein?

— É, uma beleza. Só espero que a gente não acorde essas naves.

— Bem, nossa visão infravermelha está ligada no máximo e mesmo assim está difícil de enxergar, então tudo deve estar muito frio. Tem até *ferrugem* em algumas delas. — Tally notou a silhueta da cabeça de Shay virada para cima contra o cenário confuso. — Mas aquela lá fora está bem desperta. Temos que sair daqui antes que volte.

— OK, chefe. Qual o caminho?

— Não é para baixo. A gente precisa ficar perto das pranchas. — Shay ergueu o corpo e agarrou em armas, trens de pouso e aerofólios como se estivesse em um aparelho de escalada de um ginásio.

Para cima era um bom caminho para Tally e agora que podia enxergar, as formas protuberantes das naves voadoras dormentes tornavam fácil a escalada. Porém, dava nervoso buscar apoio nos canos das armas. Era como se estivesse entrando no corpo de um predador adormecido pela boca cheia de presas. Qualquer rasgo no traje, por menor que fosse, deixaria para trás células da pele que, como uma impressão digital, revelariam sua identidade.

A meio caminho do topo, Shay tocou no ombro de Tally.

— Escotilha de acesso.

Tally ouviu um *catchum* de metal e uma luz ofuscante encheu o fosso, iluminando duas naves voadoras. Sob a luz pareciam menos ameaçadoras. Estavam empoeiradas e mal conservadas, como predadores empalhados em algum velho museu de história natural.

Shay passou pela escotilha seguida por Tally, que caiu em um corredor apertado. A visão se ajustou à iluminação laranja no teto, enquanto o traje se alterou para combinar com o tom claro das paredes.

O corredor era um pouco mais largo que os ombros de Tally, mas estreito demais para seres humanos. O chão estava coberto por códigos de barras que serviam como indicadores de navegação para máquinas. Ela se perguntou que dispositivos cruéis patrulhavam aqueles corredores à procura de intrusos.

Shay começou a avançar e fez sinal com o indicador para que Tally a seguisse.

O corredor logo deu em um saguão *enorme*, maior do que um campo de futebol, repleto de veículos imóveis e altos como dinossauros congelados. As rodas eram tão grandes quanto Tally, os guindastes curvados tocavam no teto alto. Garras hidráulicas e serras gigantes refletiam a fraca luz laranja das lâmpadas.

Ela se perguntou por que a cidade mantinha um bando de equipamentos de construção dos Enferrujados. Aquelas máquinas velhas só serviriam para construir fora da malha magnética da cidade, onde suportes e guindastes flutuantes não funcionariam. As garras e pás de remover terra ao redor de Tally eram ferramentas para atacar a natureza, e não de manutenção da cidade.

Não havia portas, mas Shay apontou para uma coluna de degraus de metal embutidos na parede. Era uma escada que dava para cima ou para baixo.

No andar de cima, elas chegaram a uma sala pequena e entulhada. Havia prateleiras do chão ao teto com uma variedade de equipamentos: respiradores para mergulho, óculos de visão noturna, extintores e coletes à prova de bala... juntamente com uma série de coisas que Tally não reconheceu.

Shay já estava vasculhando o equipamento, guardando objetos nos bolsos do traje de camuflagem. Ela se virou e jogou algo para Tally. Parecia uma máscara de Halloween com grandes olhos saltados e um nariz parecido com a tromba de um elefante. Tally apertou os olhos para ler a minúscula etiqueta amarrada na máscara:

APROX. SÉC. XXI

Ela ficou intrigada com as palavras por um instante e então se lembrou do antigo sistema de datas. A máscara era do século XXI dos enferrujados, há um pouco mais de trezentos anos.

Aquela parte do Arsenal não era um depósito, e sim um museu.

Mas o que *seria* aquilo? Ela virou a etiqueta.

MÁSCARA DE GUERRA BIOLÓGICA, USADA.

Guerra biológica? *Usada*? Tally rapidamente soltou a máscara na prateleira atrás dela e viu que Shay estava observando, os ombros do traje se sacudiam.

Muito engraçado, Shay-la, pensou.

Guerra biológica tinha sido uma das ideias mais brilhantes dos Enferrujados: criar bactérias e vírus para matar uns aos outros. Era uma das armas mais estúpidas que alguém poderia projetar, porque assim que os micro-organismos acabavam com os inimigos, eles geralmente iam atrás de quem os soltara. Na verdade, toda a cultura Enferrujada acabou graças a uma bactéria artificial que se alimentava de petróleo.

Tally torceu para que a pessoa que administrava o museu não tivesse deixado à solta nenhum micro-organismo capaz de acabar com a civilização.

Ela atravessou a sala, tocou no ombro de Shay e sussurrou

— Engraçadinha.

— É, você devia ter visto o seu rosto. Na verdade, eu devia ter visto. Droga de trajes de camuflagem.

— Encontrou alguma coisa?

Shay levantou um objeto reluzente de formato tubular.

— Isso deve servir. A etiqueta diz que funciona. — Ela o guardou em um dos bolsos do traje.

— E então para que servem essas outras coisas?

— Para despistar. Se a gente roubar apenas uma coisa, eles vão sacar o nosso objetivo.

— Ah — sussurrou Tally. Shay podia estar fazendo brincadeiras idiotas, mas ainda estava com a mente sagaz.

— Leve estes aqui. — Shay empurrou vários objetos para Tally e voltou a examinar as prateleiras.

Tally olhou para a bagunça, imaginando se algo ali estaria infectado com bactérias que se alimentavam dela, e pegou alguns objetos que cabiam nos bolsos do traje.

O maior deles parecia ser uma espécie de rifle de cano grosso e mira telescópica. Tally olhou pela lente e viu a silhueta de Shay em miniatura, com uma cruz indicando onde as balas acertariam caso puxasse o gatilho. Ela sentiu um momento de revolta. A arma fora projetada para transformar qualquer pessoa em uma máquina de matar. A vida e a morte eram sérias demais para serem colocadas nas mãos de um medíocre qualquer.

Seus nervos estavam à flor da pele. Shay já tinha encontrado o que precisavam. Era hora de sair dali.

Então Tally percebeu o motivo do nervosismo. Ela sentiu o cheiro de algo humano pelo filtro do traje. Deu um passo em direção a Shay...

As lâmpadas começaram a piscar, uma luz branca intensa tomou o lugar do brilho laranja e passos ecoaram pelos degraus da escada de mão. Alguém estava subindo para o museu.

Shay se abaixou, rolou para dentro da prateleira mais próxima e ficou em cima da pilha de equipamentos. Tally procurou freneticamente um esconderijo, então se enfiou em um canto entre duas prateleiras com o rifle escondido atrás de si. As escamas do traje de camuflagem ondulavam ao tentar se ajustar às sombras.

Do outro lado da sala, o traje de Shay disfarçou sua silhueta criando uma forma irregular. Quando as lâmpadas pararam de piscar, ela estava quase invisível.

Mas Tally, não. Ela olhou para si mesma. Os trajes foram projetados para camuflagem em cenários complexos como selvas, florestas e cidades devastadas, não em cantos de salas bem-iluminadas.

Porém, era tarde demais para procurar outro lugar.

Um homem estava surgindo da escada.

FUGA

Ele não era muito assustador.

O homem parecia ser um perfeito de meia-idade normal, com o mesmo cabelo grisalho e mãos enrugadas dos bisavós de Tally. O rosto mostrava os sinais característicos de tratamentos antivelhice: pele enrugada ao redor dos olhos e mãos cheias de veias.

Mas ele não passava a impressão de ser calmo ou sábio, do jeito que os coroas pareciam antes de Tally virar uma Especial — parecia apenas ser velho. Ela percebeu que poderia deixá-lo inconsciente sem remorsos, se fosse necessário.

O que dava mais nervoso eram as três pequenas câmeras flutuantes acima da cabeça do coroa. Elas o seguiram quando passou por Tally sem vê-la, a caminho de uma das prateleiras. O coroa fez um gesto para pegar algo embaixo e as câmeras se aproximaram pelo ar, como uma plateia atenta aos movimentos de um mágico, sempre mantendo as mãos em foco. Ele ignorou as câmeras, como se estivesse acostumado com a atenção.

É claro, pensou Tally. As câmeras flutuantes faziam parte do sistema de segurança do prédio, mas não estavam procurando por intrusos, e sim vigiando os funcionários para ter certeza de que ninguém roubaria as velhas armas terríveis armazenadas ali. Elas flutuavam gentilmente em volta da cabeça do coroa e observavam tudo o que esse historiador — ou curador do museu, ou seja lá o que fosse — fazia dentro no Arsenal.

Tally relaxou um pouco. Algum cientista coroa sob vigilância era menos ameaçador que o esquadrão de Especiais que ela estava esperando.

Tally ficou um pouco revoltada com o cuidado e a delicadeza do coroa ao manusear os objetos, como se ele os visse como valiosos objetos de arte em vez de máquinas de matar.

Então o coroa parou de repente com a testa franzida. Ele verificou um caderno na mão e começou a vasculhar os objetos um por um...

O coroa havia percebido que algo sumira.

Tally imaginou se seria o rifle que cutucava suas costas. Mas não podia ser: Shay tinha retirado a arma do outro lado do museu.

Então o coroa pegou a máscara de guerra biológica. Tally engoliu em seco, pois tinha colocado de volta no lugar errado.

Os olhos do coroa vasculharam a sala devagar.

De alguma forma, ele não viu Tally enfiada no canto. O traje deve ter camuflado a silhueta com as sombras na parede, como um inseto contra um galho de árvore.

Ele levou a máscara até onde Shay estava escondida e parou com os joelhos a centímetros do rosto dela. Tally tinha certeza de que o coroa notaria todos os objetos que ela pegara, mas assim que devolveu a máscara ao lugar certo, o velho concordou com a cabeça e deu meia-volta com uma expressão satisfeita no rosto.

Tally respirou devagar e aliviada.

Então viu a câmera olhando para ela.

A câmera continuava flutuando acima da cabeça do coroa, mas as pequenas lentes tinham parado de observá-lo. Ou Tally estava vendo coisas ou as lentes estavam apontadas diretamente para ela, enquanto ajustavam o foco lentamente.

O coroa voltou para o ponto de partida, mas a câmera continuou onde estava, sem interesse nele. Flutuou para a frente e para trás ao se aproximar de Tally como um beija-flor desconfiado de uma flor. O velho não notou a dança nervosa da câmera, mas o coração de Tally disparou. Ela ficou com a visão turva ao segurar a respiração com dificuldade.

A câmera voou ainda mais perto e, atrás dela, Tally notou a forma de Shay se alterando. Ela também havia notado a pequena câmera flutuante. As coisas estavam prestes a ficar complicadas.

A câmera encarou Tally, ainda indecisa. Será que era inteligente o suficiente para reconhecer um traje de camuflagem? Ou desconsideraria o que vira, como uma mancha na lente?

Aparentemente, Shay não ia esperar para descobrir. O traje trocou a camuflagem pela armadura preta. Ela saiu silenciosamente para o espaço aberto, apontou para a câmera e passou o dedo pela garganta.

Tally sabia o que precisava fazer.

Em um único movimento, ela tirou o rifle das costas e acertou a câmera com um estalo. O aparelho voou pelo museu e passou pela cabeça do coroa espantado. Caiu no chão depois de atingir uma parede.

Instantaneamente, um alarme estridente soou pela sala.

Shay entrou em ação e correu até a escada. Tally saiu do canto e a seguiu, ignorando os gritos do coroa surpreso. Mas assim que Shay pulou para a escada, uma cobertura de metal se fechou ao redor dos degraus. Ela quicou de volta com um estrondo seco e o traje mudou de cor várias vezes por causa do impacto.

Tally vasculhou o museu com o olhar. Não havia outra saída.

Uma das duas câmeras flutuantes restantes voou em direção ao seu rosto, e ela a destruiu com outro golpe da coronha do rifle. Tally tentou acertar a outra, mas a câmera disparou para um canto do teto como uma mosca nervosa tentando não ser esmagada.

— O que vocês estão *fazendo* aqui? — gritou o coroa.

Shay o ignorou e gesticulou para a câmera restante.

— Destrua essa coisa! — ordenou com a voz distorcida pela máscara do traje. Deu meia-volta para as prateleiras e remexeu nos objetos o mais rápido possível.

Tally pegou o objeto mais pesado que conseguiu encontrar — uma espécie de martelo hidráulico — e mirou. A câmera se mexia para a frente e para trás em pânico, focalizava a lente aqui e ali para tentar seguir os movimentos das invasoras. Tally tomou fôlego e observou o padrão dos movimentos por um momento para fazer cálculos rápidos...

Assim que a lente se virou outra vez para Shay, Tally atirou.

Ao ser acertada bem no meio pelo martelo, a câmera caiu no chão como um pássaro agonizante. O coroa pulou para longe, como se uma câmera flutuante ferida fosse a coisa mais perigosa naquele museu de horrores.

— Cuidado! — gritou ele. — Vocês não sabem onde estão? Este lugar é *mortal*!

— Não brinca — disse Tally ao olhar para o rifle. Será que era poderoso o suficiente para penetrar em metal? Ela mirou a cobertura da escada, se preparou e puxou o gatilho...

E ouviu o som de um clique.

Avoada, pensou Tally. Ninguém mantinha armas *carregadas* em um museu. Imaginou quanto tempo levaria para a escada reabrir e revelar uma das máquinas cruéis do fosso, completamente desperta e pronta para matar. Shay se ajoelhou no meio do museu com uma pequena garrafa de cerâmica nas mãos. Ela colocou no chão, pegou o rifle das mãos de Tally e o ergueu sobre a cabeça.

— *Não!* — gritou o coroa ao ver o rifle descer e atingir a garrafa com uma pancada seca. Shay ergueu a arma para dar outro golpe.

— O que deu em você? — berrou o coroa. — Por acaso sabe o que é isso?

— Na verdade sei — disse Shay. Tally notou o deboche na voz. A garrafa estava emitindo um bipe, enquanto uma pequena luz de aviso piscava sem parar.

O coroa deu meia-volta e começou a subir pelas prateleiras atrás dele, afastando as armas antigas para abrir espaço para as mãos.

Tally virou para Shay e se lembrou de não dizer o nome dela em voz alta.

— Por que o cara está subindo pelas paredes?

Shay não respondeu, mas, no próximo golpe do rifle, Tally obteve sua resposta.

A garrafa quebrou e deixou sair um líquido prateado que se espalhou pelo chão formando vários filetes, como se fosse uma aranha de cem pernas se espreguiçando após uma longa soneca.

Shay pulou para fugir do líquido e Tally deu alguns passos para trás, sem conseguir tirar os olhos da visão impressionante.

O coroa olhou para baixo e soltou um gemido horrível.

— Por que você soltou isso? Perdeu o juízo?

O líquido começou a borbulhar e o cheiro de plástico queimado tomou conta do museu.

O alarme mudou de tom e uma porta se abriu em um canto da sala para liberar duas naves voadoras. Shay pulou na direção delas e golpeou uma com a coronha do rifle, mandando-a para a parede. A segunda deu a volta por ela e soltou um jato de espuma preta no líquido prateado.

O próximo golpe de Shay interrompeu o jato de espuma. Ela pulou por cima da aranha de prata no chão que não parava de crescer.

— Fique a postos para pular.

— Pular para *onde*?

— Para baixo.

Tally olhou para o chão outra vez e viu que o líquido derramado estava *afundando*. A aranha prateada estava derretendo o chão de cerâmica.

Mesmo no interior frio do traje de camuflagem, Tally sentiu o calor da forte reação química. O cheiro de plástico e cerâmica queimando era sufocante. Ela deu mais um passo para trás.

— O que *é* isso?

— É a fome em forma de nanoestrutura. Devora praticamente tudo e se multiplica.

Tally deu outro passo para trás.

— E o que consegue *parar* essa coisa?

— E eu lá tenho cara de historiadora? — Shay arrastou o pé na espuma preta. — Isso aqui deve ajudar. O responsável por esse lugar deve ter um plano de emergência.

Tally virou para o coroa, que havia alcançado a prateleira superior com os olhos arregalados de medo. Ela torcia para que subir pelas paredes em pânico não fosse *todo* o plano.

O chão gemeu e então rachou. O centro da aranha prateada desapareceu. Tally ficou boquiaberta por um momento ao perceber que as nanoestruturas tinham devorado o chão em menos de um minuto. Filetes de prata foram deixados para trás, ainda se espalhando por todas as direções, ainda famintos.

— Lá vamos nós — gritou Shay. Ela pisou com cuidado na borda do buraco, olhou para baixo e pulou.

Tally deu um passo à frente.

— Espere! — berrou o coroa. — Não me deixe aqui!

Ela olhou para trás e viu que um dos filetes alcançara a prateleira onde o coroa estava pendurado. A substância se espalhava em direção à pilha de armas antigas e equipamentos.

Tally suspirou e pulou ao lado dele na prateleira. Ela sussurrou no ouvido do coroa.

— Vou te salvar, mas, se mexer comigo, jogo você nessa coisa!

O homem choramingou diante das palavras de Tally, transformadas em um rugido monstruoso pela distorção de voz que escondia sua identidade. Ela arrancou os dedos do velho da prateleira, debruçou-o em seus ombros e pulou de volta para um trecho intacto do chão do museu.

A sala já estava tomada pela fumaça, o que fazia o coroa tossir muito. Tally suava dentro do traje de camuflagem, quente como uma sauna. Era a primeira vez que suava desde que virara especial.

Outro pedaço do chão caiu com um estrondo e abriu um vão enorme para a sala embaixo. O campo de futebol cheio de máquinas estava coberto por filetes de prata e um dos veículos gigantes já havia sido consumido pela metade.

O Arsenal estava lutando contra as nanoestruturas para valer agora. Havia pequenos robôs no ar lançando espuma preta freneticamente. Shay pulava de máquina em máquina e destruía uma a uma com o rifle para ajudar o líquido prateado a se espalhar.

Era uma longa queda, mas Tally não tinha muita escolha. As nanoestruturas estavam devorando a base das prateleiras, que começavam a tombar.

Ela caiu sobre uma das máquinas, resmungando por causa do peso do coroa, e pulou para um trecho intacto do chão. A substância prateada estava perto, mas Tally conseguiu parar graças aos tênis de solado aderente, que guincharam como ratos assustados.

Shay parou a batalha contra os robôs extintores e apontou para cima da cabeça de Tally.

— Cuidado!

Antes mesmo que pudesse olhar, Tally ouviu o som de outro estrondo. Ela pulou para desviar da substância prateada e das manchas de espuma preta que pareciam ser escorregadias. Era com uma criança brincando de pular amarelinha, só que um erro teria consequências fatais.

Quando chegou ao outro lado do saguão, Tally ouviu mais trechos do teto desabando atrás dela. O conteúdo das prateleiras do museu caiu sobre as máquinas de construção, e duas delas já tinham virado uma massa prateada em ebulição. Os robôs extintores tentavam cobri-las com espuma preta.

Tally abandonou o coroa sobre uma pilha de destroços no chão e verificou o trecho do teto logo acima. Eles não estavam mais debaixo do museu, mas a substância continuaria se propagando mesmo através das paredes. Será que devoraria o prédio inteiro?

Talvez aquele fosse o plano de Shay. A espuma parecia estar funcionando, mas Shay pulava de um ponto seguro a outro, rindo e golpeando os robôs extintores para impedir que controlassem a situação.

O alarme mudou de tom novamente e virou um aviso de evacuação.

O que parecia ser uma ótima ideia para Tally.

Ela virou para o coroa.

— Como a gente sai daqui?

O homem fechou a mão diante da boca e tossiu. A fumaça estava enchendo até mesmo o saguão gigante.

— Pelos trens.

— Trens?

Ele apontou para baixo.

— De metrô. Abaixo do primeiro piso. Como você chegou aqui? Quem *é* você, afinal de contas?

Tally gemeu. *Trens de metrô?* As pranchas estavam no telhado, mas o único caminho para cima passava pelo túnel das naves voadoras, cheio de máquinas mortíferas que estariam bem despertas agora...

Elas estavam presas.

De repente, um dos imensos veículos ganhou vida.

Parecia ser uma velha máquina agrícola com moedores afiados de metal na frente que começaram a girar devagar. O veículo penou para virar ao tentar sair do espaço confinado onde estava estacionado.

— Chefe! — chamou Tally. — Temos que sair daqui!

Antes que Shay pudesse responder, o prédio inteiro tremeu. Uma das máquinas de construção tinha virado uma gosma prateada e estava começando a afundar pelo chão.

— Olha lá embaixo — disse Tally, baixinho.

— Por aqui! — gritou Shay, mal conseguindo ser ouvida na confusão.

Tally virou para pegar o coroa.

— Não toque em mim! — berrou. — Eles vão me salvar se você *sair de perto de mim*!

Tally parou e viu que havia dois pequenos robôs extintores flutuando sobre a cabeça dele, protegendo o coroa.

Ela disparou pelo saguão e torceu para que o chão não estivesse prestes a desabar. Shay esperava por Tally enquanto dava golpes nos robôs com o rifle para proteger uma teia prateada que crescia na parede.

— Podemos passar por aqui. E então pela próxima parede. Vamos acabar chegando ao lado de fora mais cedo ou mais tarde, certo?

— Certo... — disse Tally. — A não ser que *aquela* coisa esmague a gente. — A máquina agrícola ainda estava lutando para sair do lugar. Enquanto Tally e Shay observavam, um trator ao lado da máquina se moveu e abriu espaço para que o veículo maior saísse em direção às duas.

Shay olhou de volta para a parede.

— Está quase grande o bastante!

O buraco estava se abrindo rápido agora, suas bordas prateadas brilhavam com o calor. Shay tirou algo de um dos bolsos do traje e jogou pela abertura.

— Abaixe!

— O que era aquilo? — gritou Tally ao se abaixar.

— Uma velha granada. Só espero que ainda...

Um estouro de luz e um rugido retumbante passaram pelo buraco.

121

— ... funcione. Vem! — Shay correu em direção à máquina agrícola, parou e virou para o buraco.

— Mas não é grande o bastante... — começou Tally.

Shay a ignorou e pulou. Ela engoliu em seco. Se uma gota da substância prateada caísse em Shay...

E ela deveria seguir?

O barulho da máquina agrícola a lembrou de que não havia muita escolha. O veículo desviara de outros que afundavam e estava livre agora, ganhando velocidade a cada instante. Havia substância prateada em uma das rodas, mas ela só seria consumida muito depois de a máquina ter esmagado Tally.

Tally deu dois passos para trás, juntou as mãos como um mergulhador diante da água e se jogou pelo buraco.

Ao chegar do outro lado, ela rolou até parar e ficou de pé. O chão tremeu quando a máquina agrícola bateu na parede. O buraco reluzente atrás de Tally ficou muito maior.

Através da passagem, ela viu o veículo enorme recuar para nova investida.

— Venha — disse Shay. — Aquela coisa vai chegar aqui rapidinho.

— Mas eu... — Tally tentou se virar para olhar as costas, os ombros, as solas dos pés.

— Relaxa, não tem eca prateada em você, nem em mim. — Shay passou o cano do rifle em uma gota da substância prateada, pegou Tally pela mão e a puxou pela sala. O chão estava coberto pelos destroços dos robôs extintores e seguranças que haviam sido destruídos pela granada.

Quando chegaram à parede oposta, Shay disse:

— O prédio *não pode* ser muito maior do que isso. — Ela encostou o rifle parcialmente consumido na parede. — Espero que não, de qualquer forma.

Uma gota da substância prateada caiu, já crescendo...

O chão tremeu com um poderoso estrondo outra vez. Tally se virou e viu a máquina agrícola recuar do buraco. A passagem estava bem maior agora, o suficiente para andar por ela. Sob o ataque da substância voraz e das batidas do veículo, a parede não iria durar muito tempo.

Agora a máquina agrícola estava completamente infectada. Filetes reluzentes de prata cruzavam os moedores como raios. Tally se perguntou se ela seria consumida antes de atravessar a parede. Um par de robôs extintores apareceu e começou a lançar jatos de espuma sobre o veículo.

— Esse lugar quer mesmo matar a gente, hein? — disse Tally.

— É o que eu acho — respondeu Shay. — É claro que você pode se render, se quiser.

— Hum. — O chão tremeu e Tally viu mais trechos da parede desabando. O buraco estava quase do tamanho suficiente para o enorme veículo atravessar. — Tem mais granadas?

— Sim, mas estou poupando.

— Para *quê*, diabos?

— Para *aquilo*.

Tally se virou para a teia prateada que se espalhava e viu pelo buraco no centro o céu noturno e as luzes das naves voadoras do lado de fora.

— Vamos morrer — disse ela, baixinho.

— Ainda não. — Shay passou uma granada nas nanoestruturas, esperou até que se espalhassem um pouco e a jogou pelo buraco, enquanto puxava Tally para baixo.

O *bum* da explosão destruiu seus ouvidos.

Do outro lado da sala, a máquina agrícola bateu pela última vez e a parede veio abaixo como uma chuva de destroços prateados. O veículo avançava devagar agora, lutando para seguir em frente com as rodas semidevoradas e cobertas por espuma preta e fios de prata reluzentes.

Pelo buraco atrás dela, Tally viu as silhuetas de inúmeras naves voadoras.

— Elas vão nos matar se sairmos! — disse.

— *Abaixe*! — vociferou Shay. — Aquela gosma pode atingir uma hélice a qualquer momento.

— Atingir o quê?

Naquele instante, surgiu um som horrível do lado de fora, como alguém passando a marcha errada em uma bicicleta. Shay puxou Tally para baixo outra vez quando soou outra explosão. Um jato de gotas de prata passou pelo buraco.

— Ah — disse Tally, baixinho. As nanoestruturas na granada de Shay explodiram nas hélices de uma nave voadora e foram lançadas como uma chuva letal. Agora, todas as máquinas que esperavam pelas duas do lado de fora deviam estar infectadas.

— Chame sua prancha!

Tally acionou o bracelete antiqueda. Pronta para saltar, Shay pulava entre as gotas de prata que se espalhavam e cobriam a sala. Ela deu três passos com cuidado e se jogou pelo buraco.

Tally só tinha espaço para dar um passo para trás. A máquina agrícola estava tão perto que era possível sentir o calor de sua desintegração.

Ela respirou fundo e pulou na fenda...

VOO

Tally caiu na escuridão.

Ela foi envolvida pelo silêncio da noite e, por um instante, apenas se deixou cair. Talvez tivesse tocado na gosma mortífera ao passar pelo buraco, ou estivesse sob a mira de armas no alto, ou fosse cair para a morte, mas pelo menos ali fora estava fresco e *silencioso*.

Então sentiu um puxão no pulso, e a silhueta familiar da prancha surgiu da escuridão. Tally girou em pleno ar e caiu na posição perfeita para pilotar.

Shay já avançava em velocidade para o limite mais próximo da cidade. Tally manobrou para segui-la, acionou as hélices e sentiu a vibração debaixo dos pés virar um rugido.

O céu ao redor estava cheio de silhuetas reluzentes, todas se afastando de Tally. Cada nave voadora tentava manter distância das demais, pois nenhuma sabia qual havia se sujado com a gosma prateada e qual estava limpa. Aquelas que haviam obviamente sido contaminadas pousaram na área de voo proibido e desligaram as hélices antes que infectassem as outras.

Tally e Shay teriam alguns minutos de vantagem enquanto a armada se organizava.

Sentindo pontadas imaginárias de calor nas mãos e braços, Tally olhou para ver se havia pontos prateados pelo corpo.

Imaginou se os robôs extintores do Arsenal estavam mantendo as vorazes nanoestruturas sob controle ou se o prédio inteiro afundaria.

Se a gosma prateada era algo que o Arsenal guardava na seção museu, quais seriam as armas "sérias" mantidas nos níveis subterrâneos? Claro que destruir um prédio era pouco para os padrões dos Enferrujados. Eles haviam matado cidades inteiras com uma única bomba, envenenado gerações com radioatividade e produtos tóxicos. Perto disso, a substância prateada era realmente artigo de museu.

Atrás de Tally, carros voadores dos bombeiros chegaram da cidade e despejaram jatos enormes de espuma preta em cima de todo o Arsenal.

Ela ignorou o caos e disparou atrás de Shay no céu escuro, aliviada por notar que não havia gotas prateadas no traje de camuflagem da amiga.

— Você está limpa — gritou.

Shay deu uma volta rápida ao redor de Tally.

— Você também. Eu disse que os Especiais nascem com sorte!

Tally engoliu em seco e olhou por cima do ombro. Algumas naves voadoras sobreviventes deixavam o pandemônio do Arsenal para trás e disparavam em perseguição. Ela e Shay podiam estar invisíveis graças aos trajes, mas as pranchas ainda brilhariam nos sensores infravermelhos.

— Eu ainda não usaria o termo sorte — gritou Tally através do espaço vazio.

— Não se preocupe, Tally-wa. Se eles quiserem brincar, eu tenho mais granadas. — Assim que chegaram ao limite da Vila dos Coroas, Shay passou a voar na altura dos telhados para aproveitar melhor a malha magnética.

Tally respirou fundo e seguiu a amiga. O fato de Shay possuir granadas ser um *alívio* dizia muito sobre o tipo de noite que estavam vivenciando.

Era possível ouvir o barulho das naves voadoras aumentando. Aparentemente, a gosma não havia atingido todas as máquinas.

— Elas estão se aproximando.

— As naves são mais rápidas, mas não vão se meter conosco em cima da cidade. Elas não querem matar inocentes.

O que não inclui a gente, pensou Tally.

— Então, como vamos escapar?

— Se encontrarmos um rio fora da cidade, nós pulamos.

— *Pulamos?*

— Eles não podem ver a *gente*, Tally, só conseguem enxergar as pranchas. Vamos ficar completamente invisíveis ao pular no ar com os trajes de camuflagem. — Ela estava mexendo em uma das granadas. — Encontre um rio para mim.

Tally acessou um mapa sobre o campo de visão.

— Todo aquele poder de fogo vai deixar as pranchas em pedaços — disse Shay. — Não vai sobrar muita coisa para... — A voz sumiu. De repente, os robôs voadores desapareceram, deixando vazio o céu noturno.

Tally acessou outras projeções infravermelhas, mas não viu nada.

— Shay?

— Eles devem ter desligado as hélices. Estão voando somente com os sustentadores magnéticos, completamente escondidos.

— Mas por quê? Nós *sabemos* que eles estão nos seguindo.

— Talvez não queiram assustar os coroas — disse Shay. — Estão mantendo o ritmo, cercando, esperando que a gente saia da cidade. Então vão começar a atirar.

Tally engoliu em seco. Naquele momento de silêncio, a adrenalina estava baixando e ela finalmente percebeu o que haviam feito. Por causa delas, os militares estariam em polvorosa, provavelmente achando que a cidade estava sob ataque. Por um instante, o charme sagaz de ser especial desapareceu.

— Shay, se isso der errado, obrigada por tentar ajudar Zane.

— Silêncio, Tally-wa — reclamou Shay. — Apenas encontre um rio para mim.

Tally contou os segundos. O limite da cidade estava a menos de um minuto de distância.

Ela se lembrou da noite anterior, da adrenalina de perseguir os Enfumaçados até a beira do mato. Mas agora era ela que estava sendo perseguida, em desvantagem numérica e de armas...

— Lá vamos nós — avisou Shay.

Assim que ultrapassaram o limite da cidade, silhuetas brilhantes surgiram por todos os lados. Primeiro, Tally ouviu o rugido das hélices sendo ligadas, e depois viu o rastro luminoso de tiros rasgando o céu.

— Não facilita para eles! — gritou Shay.

Tally começou a costurar e desviar dos arcos dos projéteis que tomaram conta do céu. Tiros de canhão passaram por ela, quentes como o vento do deserto no rosto, destruindo as árvores abaixo como se fossem palitos. Ela desviou e subiu, mal evitando outro bombardeio vindo da direção contrária.

Shay atirou uma granada no ar, que explodiu atrás delas poucos segundos depois. A onda de choque atingiu Tally como um soco e desequilibrou a prancha. Ela ouviu o grito agonizante de hélices sendo destruídas. Shay havia acertado uma das naves voadoras sem sequer mirar!

O que apenas servia para provar, é claro, quantas naves havia...

Dois rastros de tiros de canhão cruzaram o caminho de Tally rasgando o ar, e ela desviou abruptamente, mal se equilibrando na prancha.

Ao longe, um reflexo da luz do luar brilhou.

— O rio!

— Eu vi — avisou Shay. — Programe a prancha para voar em linha reta assim que pular.

Tally desviou de outro bombardeio de projéteis que quase a acertaram. Ela acionou os controles do bracelete antiqueda e programou a prancha para voar sem ela.

— Tente não espirrar muita água! — gritou Shay. — Três... dois...

Tally pulou.

O rio escuro reluziu enquanto ela caía, um espelho preto que refletia o caos no céu. Tally respirou fundo, guardou oxigênio e juntou as mãos para romper a água sem estardalhaço.

A superfície do rio bateu com força em Tally e o rugido da água apagou o barulho do tiroteio e das hélices. Ela afundou na escuridão e foi envolvida pelo frio e pelo silêncio.

Tally girou os braços para evitar que flutuasse muito rápido à superfície e se manteve no fundo até os pulmões aguentarem. Quando finalmente subiu, os olhos vasculharam o céu, mas só encontraram faíscas no horizonte escuro, a quilômetros de distância. O rio corria rápido, mas sem agitação.

Elas tinham escapado.

— Tally? — Um grito ecoou pela água.

— Aqui — respondeu ela, baixinho, virando na direção do som.

Shay chegou dando braçadas vigorosas.

— Você está bem, Tally-wa?

— Sim! — Tally fez um exame rápido dos ossos e músculos. — Nada quebrado.

— Comigo também não. — Shay deu um sorriso cansado. — Vamos para a margem. Temos uma longa caminhada pela frente.

Enquanto nadavam devagar, Tally observava o céu com ansiedade. Já tinha cumprido sua cota de luta contra as forças armadas da cidade naquela noite.

— Aquilo foi muito sagaz, Tally-wa — disse Shay enquanto se arrastavam pela margem lamacenta. Ela mostrou a ferramenta que encontrara no museu. — Amanhã de noite, a essa hora, Zane vai estar a caminho do mato — e estaremos bem atrás dele.

Tally olhou para o cortador e mal acreditou que quase haviam morrido por uma coisa menor do que um dedo.

— Mas depois de tudo que a gente aprontou lá atrás, será que alguém vai realmente acreditar que foi um bando de Crims?

— Talvez não. — Shay deu de ombros e depois riu. — Mas quando eles finalmente conseguirem deter a gosma prateada, não vão ter sobrado muitas provas. E mesmo que pensem que foram os Crims, os Enfumaçados ou um bando de soldados Especiais de outra cidade, eles vão saber que Zane-la tem amigos poderosos.

Tally franziu a testa. A intenção era criar a aparência de que Zane era borbulhante, e não envolvê-lo em um ataque de grandes proporções.

Claro que, com a cidade ameaçada daquela forma, a dra. Cable provavelmente pensaria em recrutar mais Especiais o quanto antes. E Zane seria um óbvio candidato.

Tally sorriu.

— Ele tem mesmo amigos poderosos, Shay-la. Eu e você.

Shay riu enquanto entravam na floresta. Os trajes de camuflagem se ajustaram ao padrão irregular das cores do luar.

— É verdade, Tally-wa. Aquele garoto não sabe a sorte que tem.

Parte II
SEGUINDO ZANE

Quando as pessoas do mundo só conhecem
a beleza como beleza,
aí surge o reconhecimento da feiura.
Quando elas só conhecem o bem como bem,
aí surge o reconhecimento do mal.

— Lao Tsé, *O Tao Te Ching*

LIBERTADO

Na noite seguinte, Shay e Tally encontraram Zane e um pequeno grupo de Crims esperando por elas, reunidos sob a sombra da represa que controlava o rio antes que ele envolvesse Nova Perfeição. O som da água caindo e o cheiro de nervoso dos Crims deixaram os sentidos de Tally em alerta e fizeram com que as tatuagens dinâmicas dos braços girassem como cata-ventos.

Depois das aventuras da noite anterior, seu velho corpo medíocre estaria morto de cansaço. Ela e Shay andaram até o centro da cidade antes de pedirem para Tachs trazer novas pranchas, uma caminhada que teria esgotado qualquer humano normal por dias. Porém, bastaram algumas horas de sono para restaurar o corpo de Tally. E agora as desventuras no Arsenal davam a impressão de uma pegadinha que talvez tivesse saído um pouco do controle...

O alerta máximo da cidade tomou conta da dermantena: os guardas e Especiais normais haviam sido despachados e o noticiário perguntava abertamente se a cidade estava em guerra. Metade da Vila dos Coroas viu o inferno no horizonte e era difícil explicar a gigantesca massa de espuma preta que ocupava o lugar do Arsenal. Havia naves voadoras militares sobrevoando o centro da cidade, posicionadas para proteger o governo de novos ataques. Os fogos de artifício estavam cancelados até segunda ordem, deixando o horizonte estranhamente escuro.

Até mesmo os Cortadores foram chamados para encontrar uma ligação entre os Enfumaçados e a destruição do Arsenal, o que Tally e Shay acharam muito engraçado.

O clima de emergência animou Tally. Ela achava a situação sagaz como na época em que as aulas no colégio eram suspensas por causa de uma nevasca ou de um incêndio. Mesmo com os músculos doloridos, ela sentia que estava pronta para seguir Zane pelo mato por semanas ou meses, não importava quanto tempo levasse.

Mas assim que a prancha pousou, Tally fez questão de não encarar o olhar lacrimoso de Zane. Como não queria perder a sensação sagaz por conta da mediocridade da invalidez de Zane, ela voltou os olhos para o restante dos Crims.

Eram oito no total. Peris estava entre eles, de olhos arregalados ao perceber o novo rosto de Tally. Ele segurava um bando de balõezinhos, como um recreador de festa infantil.

— Não me diga que *você* está indo — disse ela com desdém.

Peris retornou o olhar sem pestanejar.

— Eu sei que amarelei com você, Tally, mas estou mais borbulhante agora.

Tally olhou para os lábios carnudos de Peris, para a delicadeza da expressão de durão que ele tentava fazer, e se perguntou se a nova atitude seria resultado de uma das pílulas de Maddy.

— E para que esses balões? Para o caso de cair da prancha?

— Você vai ver — respondeu ele com um sorriso.

— É melhor que vocês, avoados, estejam preparados para uma longa viagem — disse Shay. — Os Enfumaçados podem esperar um pouco antes de recolhê-los. Espero que tenham equipamento de sobrevivência nessas mochilas, e não champanhe.

— Estamos prontos — respondeu Zane. — Purificadores de água e refeições instantâneas para sessenta dias cada um. Muito EspagBol.

Tally fez uma careta. Desde a primeira viagem ao mato, bastava pensar em EspagBol para o estômago revirar. Felizmente os Especiais catavam a própria comida na natureza. Os estômagos reconstruídos podiam extrair nutrientes de praticamente qualquer vegetal. Alguns Cortadores até sabiam caçar, embora Tally preferisse plantas selvagens. Ela havia comido animais mortos suficientes na época em que era Enfumaçada.

Os Crims começaram a colocar as mochilas com expressões solenes e tentavam parecer sérios. Tally torcia para que não amarelassem no meio do mato e deixassem Zane sozinho. Ele já aparentava estar um pouco trêmulo, mesmo com a prancha ainda no chão.

Alguns dos outros Crims encaravam Tally e Shay. Jamais tinham visto um Especial antes, muito menos um Cortador cheio de cicatrizes e tatuagens. Mas não pareciam ter medo como avoados normais, apenas curiosidade.

Obviamente, as pílulas de Maddy já estavam circulando há algum tempo. E os Crims seriam os primeiros a provar qualquer coisa que os deixasse borbulhantes.

Como alguém governaria uma cidade onde todo mundo fosse um Crim? Em vez de a maioria das pessoas seguir as regras, a população estaria sempre roubando e armando truques. Será que esses atos não evoluiriam para crimes *de verdade*, para violência sem sentido e até mesmo assassinatos, como na época dos Enferrujados?

— Muito bem — disse Shay. — Fiquem prontos. — Ela sacou o cortador.

Os Crims tiraram os anéis de interface e amarraram nos cordões dos balões que Peris foi entregando, um por um.

— Esperto — disse Tally. Peris deu um sorriso satisfeito na direção dela. Assim que os balões fossem soltos com os anéis amarrados, a interface da cidade pensaria que os Crims estavam passeando de prancha lentamente ao sabor da corrente de ar como típicos avoados.

Shay deu um passo na direção de Zane, mas ele ergueu a mão.

— Não, eu quero que Tally me liberte.

Ela deu uma risada forçada e jogou o cortador para Tally.

— Seu namorado quer você.

Tally respirou fundo ao caminhar em sua direção e prometeu para si mesma que não deixaria que Zane tornasse seu cérebro medíocre. Mas na hora em que ergueu a mão para a corrente de metal, seus dedos tocaram a garganta nua dele e Tally sentiu um arrepio. Ela manteve os olhos fixos no colar, mas ficar assim tão próximo, com os dedos quase tocando a pele, trazia memórias antigas e confusas.

Foi quando Tally viu a tremedeira nas mãos de Zane e sentiu nojo mais uma vez. A guerra no cérebro não acabaria até que ele fosse um Especial com o corpo tão perfeito quanto o seu.

— Fique parado — disse ela. — Isso está quente.

Tally diminuiu o alcance da visão quando ligou o cortador. A ferramenta formou um arco-íris azul e branco na escuridão. O calor a atingiu como um forno sendo aberto e o ar foi tomado por um cheiro parecido com o de plástico queimado.

As próprias mãos estavam tremendo.

— Não se preocupe, Tally. Eu confio em você.

Ela engoliu em seco, ainda sem encarar Zane. Não queria ver a expressão lacrimosa ou ler seus pensamentos, tão óbvios em seu rosto. Só desejava que ele fosse embora para o mato, onde seria encontrado pelos Enfumaçados, recapturado e, finalmente, recriado.

Assim que o arco reluzente tocou no metal, Tally ouviu um ping de alerta. Era procedimento padrão da cidade: o colar estava programado para mandar um aviso caso fosse danificado. Qualquer guarda nos arredores teria ouvido também.

— Melhor soltar esses balões — disse Shay. — Eles vão procurar por vocês em breve.

O arco cortou os últimos milímetros da corrente e Tally a tirou do pescoço de Zane usando as duas mãos, com cuidado para não tocar as pontas incandescentes na pele nua.

Seus braços ainda estavam em volta de Zane quando ele a pegou pelos pulsos.

— Tente mudar sua cabeça, Tally.

Ela se afastou, as mãos de Zane tinham tanta força quanto os fios de uma teia de aranha.

— Minha cabeça está ótima desse jeito.

Os dedos desceram pelos braços de Tally e acompanharam as cicatrizes.

— Então por que você faz isso?

Tally olhou para as mãos de Zane, ainda com medo de encará-lo.

— Isso deixa a gente sagaz. É como estar borbulhante, só que muito melhor.

— O que você não está sentindo para ter que fazer isso?

Ela franziu a testa, incapaz de responder. Zane não entendia os cortes porque nunca tinha se *cortado*. Além disso, Shay ouvia todas as palavras pela dermantena...

— Você pode se reprogramar de novo, Tally — disse ele.

— Terem transformado você em uma Especial *significa* que pode mudar.

Tally olhou para a ferramenta ainda incandescente e se lembrou de tudo que elas passaram para pegá-la.

— Eu já fiz mais do que você pensa.

— Ótimo. Então pode escolher de que lado está, Tally.

Ela finalmente o encarou.

— A questão não é o lado em que estou, Zane. Não faço isso por ninguém além de nós.

Ele sorriu.

— Nem eu. Lembre-se disso, Tally.

— O que você quer...? — Tally abaixou o olhar e balançou a cabeça. — Você precisa ir, Zane. Não vai parecer muito borbulhante se os guardas capturarem você antes mesmo de dar um passo.

— E por falar em captura — sussurrou Shay ao passar o localizador para Zane. — Ligue isso quando encontrar a Fumaça que a gente vai correndo. Também funciona se você jogar em uma fogueira, não é, Tally-wa?

Zane olhou para o localizador e o guardou no bolso. Os três sabiam que ele não iria usá-lo.

Tally arriscou encarar Zane mais uma vez. Ele podia não ser especial, mas a expressão dura também não parecia com a de um tolo.

— Tente continuar mudando, Tally — disse, baixinho.

— *Vai* logo! — Ela deu meia-volta e se afastou. Pegou os últimos balões da mão de Peris para amarrar o colar ainda incandescente. Quando soltou, os balões lutaram com o peso de início até ganharem sustentação após uma lufada de vento.

Quando Tally voltou a olhar para Zane, ele estava na prancha. Ganhava altitude meio desequilibrado, de braços abertos como uma criança numa corda bamba. Havia um Crim voando de cada lado, pronto para ajudar.

Shay soltou um suspiro.

— Isto vai ser fácil *demais*.

Tally não respondeu e manteve os olhos em Zane até que desaparecesse na escuridão.

— Melhor a gente ir — disse Shay. Tally assentiu. Quando os guardas chegassem, eles poderiam achar um pouco esquisito encontrar duas Especiais no último lugar onde Zane estivera.

As escamas do traje de camuflagem tremeram ao serem ligadas. Tally colocou as luvas e puxou o capuz sobre o rosto.

Em poucos segundos, ela e Shay estavam tão escuras quanto o céu da meia-noite.

— Vamos lá, chefe — disse Tally. — Vamos encontrar a Fumaça.

FORA DA CIDADE

A fuga de Zane foi mais tranquila do que Tally esperava.

O restante dos Crims e seus aliados perfeitos deviam estar por dentro do truque. Simultaneamente, centenas deles soltaram seus anéis de interface em balõezinhos e encheram o ar de sinais falsos. Outras centenas de feios fizeram a mesma coisa. A frequência de comunicação dos guardas foi tomada por reclamações enquanto eles recuperavam os anéis e davam fim a dezenas de trotes. As autoridades não estavam no clima para pegadinhas depois do ataque da noite anterior.

Shay e Tally desligaram a conversa dos guardas.

— Tudo sagaz até agora — disse Shay. — Seu namorado deve se tornar um bom Cortador.

Tally sorriu aliviada por não estar mais vendo a tremedeira de Zane. A empolgação da caçada ia começar.

Elas seguiram o pequeno grupo de Crims a um quilômetro de distância. As oito silhuetas eram tão distintas na visão infravermelha que Tally podia identificar a de Zane. Ela notou que sempre havia um Crim voando perto dele, pronto para ajudar.

Os fugitivos não aceleraram pelo rio em direção às Ruínas de Ferrugem, mas seguiram com calma até a fronteira sul da cidade. Quando saíram da malha magnética, desceram até a floresta e caminharam, carregando as pranchas até o mesmo rio em que Tally e Shay haviam pulado na noite anterior.

— Isso é borbulhante da parte deles — comentou Shay. — Não vão pegar o caminho mais comum.

— Mas deve ser duro para Zane — falou Tally. As pranchas voadoras eram pesadas para carregar sem uma malha magnética por baixo.

— Se você vai se preocupar com ele a viagem inteira, Tally-wa, vai ser *extremamente* chato.

— Foi mal, chefe.

— Calma, Tally. A gente não vai deixar que nada aconteça com seu namorado. — Shay desceu entre os pinheiros. Tally ficou no alto por mais um instante para observar o lento avanço do pequeno grupo. Eles levariam uma hora até o rio, quando poderiam usar as pranchas de novo, mas Tally não queria perder os fugitivos de vista no mato.

— Ainda está muito no início da viagem para se preocupar, não acha? — A voz de Shay veio lá de baixo e soava íntima pela transmissão da dermantena.

Tally suspirou de leve e se deixou descer.

Uma hora depois, elas estavam sentadas na margem do rio esperando que os Crims chegassem.

— Onze — disse Shay atirando uma pedra sobre a superfície do rio. Ela foi quicando enquanto Shay contava em voz alta até que a pedra finalmente afundou depois de onze quiques.

— Rá! Ganhei de novo! — anunciou Shay.

— Não tem mais ninguém jogando, Shay-la.

— Sou eu contra a natureza. Doze. — Ela atirou outra vez e a pedra foi quicando alegremente até o meio do rio e afundou exatamente depois de doze quiques. — A vitória é minha! Vamos, tenta.

— Não, obrigada, chefe. A gente não devia verificar os fugitivos de novo?

Shay gemeu.

— Eles vão aparecer aqui em breve, Tally. Estavam quase chegando ao rio na última vez que você olhou, que foi há cinco minutos.

— Então por que ainda não estão aqui?

— Porque eles estão *descansando*, Tally. Ficaram cansados depois de carregar aquelas porcarias de pranchas pela floresta. — Shay sorriu. — Ou então estão preparando um delicioso banquete de EspagBol.

Tally fez uma careta. Queria que elas não tivessem voado na frente. A intenção do truque era seguir os fugitivos de perto.

— E se eles foram pelo outro lado? Rios sobem e descem, sabia?

— Não seja medíocre, Tally-wa. Por que eles iriam se *afastar* do oceano? Depois de cruzar as montanhas, não há nada além de deserto por centenas de quilômetros. Os Enferrujados o chamavam de Vale da Morte antes mesmo de as plantas tomarem conta do lugar.

— Mas e se eles combinaram de encontrar com os Enfumaçados lá atrás? A gente não sabe com que frequência eles contataram os Crims.

Shay suspirou.

— Tudo bem, vai lá e verifica. — Ela chutou a terra com os pés e procurou outra pedra lisa. — Só não fique muito tempo no ar. Eles podem ter visão infravermelha.

— Valeu, chefe. — Tally levantou e estalou os dedos para chamar a prancha.

— Treze — respondeu Shay e atirou a pedra.

Lá do alto, Tally localizou os fugitivos. Como Shay havia suspeitado, eles estavam parados na margem, provavelmente dando um descanso para os pés. Mas assim que tentou identificar qual deles era Zane, Tally ficou intrigada.

Então percebeu o que a incomodava: havia *nove* sinais de calor, e não oito. Será que tinham feito uma fogueira? Ou a visão infravermelha estava sendo enganada pelo calor de uma refeição instantânea?

Ela ajustou a visão para realçar as silhuetas até que tivesse certeza de que todas eram do tamanho de uma pessoa.

— Shay-la — sussurrou Tally. — Eles encontraram alguém *sim*.

— Já? — respondeu Shay lá de baixo. — Hum. Não achei que os Enfumaçados fossem tornar a situação *tão* fácil.

— A não ser que seja outra emboscada — disse Tally, baixinho.

— Deixe que tentem. Vou subir.

— Peraí, eles estão saindo. — As silhuetas brilhantes foram para o rio na direção de Tally e Shay com a velocidade de uma prancha voadora. Mas uma ficou para trás e entrou na floresta. — Estão vindo para cá, Shay. Oito, pelo menos. Alguém está indo por outro caminho.

— OK, siga essa pessoa. Vou ficar na cola dos Crims.

— Mas...

— Não discuta comigo, Tally. Eu não vou perder seu namorado. Siga em frente e não deixe que vejam você.

— OK, chefe. — Tally desceu até o rio para refrescar as hélices da prancha voadora. Ao se aproximar dos Crims, ela ligou o traje de camuflagem e puxou o capuz sobre o rosto. Tally manobrou para perto da cobertura de plantas da margem, quase parando.

Dentro de um minuto, os Crims passaram sem se dar conta da presença de Tally, que reconheceu a silhueta instável de Zane entre eles.

— Localizei os Crims — disse Shay um momento depois. A voz já estava sumindo. — Se sairmos do rio, vou deixar um sinal para você.

— OK, chefe. — Tally se inclinou para a frente, em direção à misteriosa silhueta.

— Cuidado, Tally-wa. Não quero perder dois Cortadores em uma semana.

— Relaxa — respondeu Tally. Ela queria voltar a seguir Zane e não ser capturada. — A gente se vê em breve.

— Já estou com saudades... — disse Shay quando a transmissão foi encerrada.

Os sentidos de Tally vasculharam a floresta em ambas as margens do rio. O arvoredo escuro estava repleto de sinais infravermelhos de pequenos animais e pássaros fazendo ninhos que cruzavam sua visão aleatoriamente. Mas não havia nada do tamanho de uma pessoa...

Ao se aproximar do ponto onde os Crims encontraram seu misterioso amigo, Tally diminuiu a velocidade e se abaixou sobre a prancha. Ela sorriu e começou a se sentir sagaz e empolgada. Se fosse outra emboscada, os Enfumaçados descobririam que não eram os únicos capazes de ficar invisíveis

Ela flutuou até parar na margem lamacenta, saiu da prancha e a mandou para cima, a fim de esperá-la.

O lugar onde os Crims tinham parado estava cheio de pegadas. Havia o odor no ar de um humano que há dias não tomava banho. Não podia ser de um dos Crims, que tinham cheiro de roupas recicladas e de nervosismo.

Tally entrou com cuidado no arvoredo, seguindo a trilha do odor.

Quem quer que estivesse seguindo, a pessoa tinha algum conhecimento de sobrevivência. Não havia galhos quebrados indicando a passagem de alguém e os arbustos não mostravam sinais de terem sido pisados. Mas o cheiro ficava mais intenso à medida que Tally avançava e era forte o suficiente para fazê-la franzir o nariz. Mesmo sem água encanada, nem os Enfumaçados fediam *tanto* assim.

Surgiu um brilho infravermelho de relance, uma forma humana à frente. Ela parou para escutar, mas quase não havia ruídos na floresta: quem quer que fosse se movia tão silenciosamente quanto David.

Tally avançou de mansinho e vasculhou o chão por sinais sutis de uma trilha. Segundos depois, achou uma via praticamente invisível entre o denso arvoredo, o caminho que a silhueta estava seguindo.

Shay dissera para ter cuidado. Não seria fácil surpreender essa pessoa, fosse um Enfumaçado ou não. Mas talvez uma emboscada merecesse outra...

Tally saiu da trilha e penetrou na floresta. Pisou com cautela sobre os arbustos, tentando não fazer barulho e desviando de sua presa em um arco, até reencontrar o caminho. Então avançou de mansinho, agora à frente da caça, até que viu um galho alto bem acima da trilha.

O lugar perfeito.

Ao subir na árvore, as escamas do traje adotaram a textura do caule e as cores mudaram para o padrão iluminado pelo luar. Ela ficou esperando invisível em cima do galho, com o coração acelerado.

A silhueta brilhante surgiu entre as árvores em completo silêncio. Não exalava os odores sintéticos de quem vivia no mato, como o cheiro de adesivos de protetor solar, repelentes contra insetos ou mesmo vestígios de sabonete ou xampu. Enquanto Tally ajustava a visão, não detectou sinais de equipamento eletrônico ou de um casaco aquecido. Os ouvidos não captaram nenhum zumbido de óculos de visão noturna.

Não que algum equipamento fosse capaz de ajudar sua presa. Completamente imóvel no traje de camuflagem e mal respirando, Tally era indetectável até mesmo por tecnologia de ponta...

E, no entanto, assim que a silhueta passou por baixo de Tally, diminuiu o passo e virou o rosto como se tentasse escutar alguma coisa.

Tally prendeu a respiração. Ela *sabia* que estava invisível, mas o coração bateu mais rápido, os sentidos ampliaram os sons da floresta ao redor. Será que havia outra pessoa no mato? Alguém que a tivesse visto subir na árvore? Fantasmas surgiram nos limites de seu campo de visão. O corpo ansiava para agir em vez de ficar escondido entre folhas e galhos.

Por um longo momento, a silhueta não se mexeu. Então, muito devagar, ergueu a cabeça.

Tally não hesitou, pulando rapidamente. O traje assumiu a forma de armadura preta. Ela agarrou a presa e prendeu seus braços enquanto a derrubava no chão. Assim tão perto, o cheiro era quase sufocante.

— Não quero lhe fazer mal — falou ela através da máscara do traje. — Mas farei se for necessário.

O jovem tentou se desvencilhar por um momento e Tally viu o brilho de uma faca na mão dele. Ela apertou com mais força e tirou seu fôlego com um estalar das costelas até a faca escapar dos dedos.

— Seshial — balbuciou ele.

Tally ficou arrepiada ao reconhecer o sotaque. *Seshial?* Ela se lembrava da estranha palavra de algum lugar. Tally desligou a visão infravermelha, levantou o jovem e o empurrou. Viu o rosto iluminado por um raio de luar.

Ele usava barba, tinha o rosto sujo, as roupas eram feitas de pedaços de peles de animais costurados.

— Eu conheço você — disse Tally, baixinho. Quando o jovem não respondeu, ela puxou o capuz para que seu rosto fosse visto.

— Sangue Jovem — ele disse, sorrindo. — Você mudou.

BÁRBARO

Seu nome era Andrew Simpson Smith e Tally já encontrara com ele anteriormente.

Quando fugiu da cidade na época em que era perfeita, Tally encontrou uma espécie de reserva, uma experiência mantida pelos cientistas. Os moradores viviam como Pré--Enferrujados, usavam peles e ferramentas da Idade da Pedra como clavas, paus e fogo. Habitavam pequenas aldeias que viviam em guerra entre si, um ciclo interminável de vingança que os cientistas estudavam como uma camada de violência humana sob a lente de um microscópio.

Os aldeões não conheciam o resto do mundo, nem sabiam que os problemas que enfrentavam, como doenças, fome e guerras, tinham sido resolvidos pela humanidade há séculos. Quer dizer, isso até que um grupo de caçadores encontrou Tally. Ela foi confundida com uma deusa e contou toda a verdade para um homem sagrado chamado Andrew Simpson Smith.

— Como você saiu da aldeia? — perguntou Tally.

Ele sorriu orgulhoso.

— Cruzei o fim do mundo, Sangue Jovem.

Tally levantou uma sobrancelha. A reserva era cercada por "homenzinhos", bonecos pendurados em árvores e armados com atordoadores neurais que causavam dores terríveis a quem se aproximasse demais. Os aldeões eram muito perigosos para serem soltos na natureza de verdade, então a cidade criou fronteiras intransponíveis para o mundo deles.

— Como você conseguiu fazer isso?

Andrew Simpson Smith riu ao se abaixar para pegar a faca. Tally teve que se controlar para não chutá-la da sua mão. Ele a chamara de *Seshial*, a palavra usada por seu povo para se referir aos odiados Especiais. Claro que, agora que tinha visto seu rosto, Andrew Simpson Smith se lembrava de Tally como uma amiga, uma aliada contra os deuses da cidade. Não tinha ideia do que significava a teia de tatuagens dinâmicas, nem que ela havia se tornado uma integrante dos temidos agentes da cidade.

— Depois que você me contou tudo o que havia além do fim do mundo, Sangue Jovem, comecei a imaginar se os homenzinhos tinham medo de alguma coisa.

— Medo?

— Sim. Tentei causar medo de várias maneiras, com canções, feitiços e crânios de ursos.

— Hã... eles não são homens de verdade, Andrew. Apenas máquinas. Elas não sentem medo.

A expressão de Andrew ficou mais séria.

— Mas aí usei o *fogo*, Sangue Jovem. Eu aprendi que os homenzinhos temem o fogo.

— Fogo? — Tally engoliu em seco. — Hã, Andrew, por acaso você usou um *grande* fogo?

O sorriso voltou.

— Muitas árvores queimaram. Quando o fogo terminou, os homenzinhos tinham fugido.

Ela gemeu.

— Acho que os homenzinhos foram *queimados*, Andrew. Então está dizendo que causou um incêndio florestal?

— Incêndio florestal. — Ele considerou a expressão por um momento. — São boas palavras para descrever.

— Na verdade, Andrew, são palavras *ruins*. Você deu sorte de não ser verão ou o fogo poderia ter consumido seu... mundo inteiro.

— Meu mundo é maior agora, Sangue Jovem — disse ele sorrindo.

— Sim, mas ainda assim... não foi isso o que eu quis dizer.

Tally suspirou. A tentativa de explicar para Andrew como era o mundo de verdade resultara em enorme destruição em vez de explicação. O incêndio havia provavelmente libertado várias aldeias repletas de perigosos bárbaros no mato. Havia Enfumaçados, fugitivos e até mesmo gente da cidade acampando por aqui.

— Há quanto tempo você fez isso?

— Vinte e sete dias. — Ele balançou a cabeça. — Mas os homenzinhos voltaram. Vieram novos que não têm medo do fogo. Estou fora do meu mundo desde então.

— Mas você fez novos amigos, não é? Amigos da cidade.

Andrew olhou de forma suspeita por um instante. Devia ter percebido que, se fora visto com os Crims, Tally então deveria estar seguindo o grupo.

— Sangue Jovem — falou com cautela. — Por que o destino cruzou nossos caminhos?

Tally não respondeu de primeira. O conceito de mentir praticamente não existia na aldeia de Andrew, até que ela explicou a grande mentira que eles viviam. Mas, sem dúvida,

Andrew estava mais desconfiado em relação às pessoas da cidade. Tally decidiu escolher as palavras com cuidado.

— Alguns desses deuses que você acabou de encontrar são amigos meus.

— Eles não são deuses, Tally. Você me ensinou isso.

— Certo. Que bom, Andrew. — Tally se perguntou que outras coisas ele saberia atualmente. Andrew parecia mais à vontade ao usar a linguagem da cidade, como se estivesse praticando bastante.

— Mas como você sabia que eles estavam a caminho? Não esbarrou com eles por acidente, não é?

Ele olhou desconfiado por um momento e então balançou a cabeça.

— Não. Eles estavam fugindo dos Seshiais e eu ofereci ajuda. São seus amigos?

Tally mordeu o lábio.

— Um deles era... quero dizer, *é*... meu namorado.

A compreensão tomou conta do rosto de Andrew, que deu um sorriso contido. Ele deu tapinhas fortes no ombro de Tally.

— Entendi agora. É por isso que você está seguindo invisível como um Seshial. Um *namorado*.

Tally tentou não revirar os olhos. Se Andrew Simpson Smith queria pensar que ela era uma mulher rejeitada seguindo os fugitivos, com certeza era melhor do que explicar a verdade.

— Então, como você sabia que devia encontrá-los aqui?

— Depois que descobri que não podia voltar para casa, saí para procurar você, Sangue Jovem.

— Eu?

— Você estava tentando chegar às Ruínas de Ferrugem, e disse a que distância e em que direção elas ficavam.

— E você conseguiu chegar lá?

Andrew arregalou os olhos ao concordar com a cabeça e sentiu um arrepio.

— Uma enorme aldeia cheia de mortos.

— E encontrou os Enfumaçados lá, não foi?

— A Nova Fumaça vive — respondeu ele em tom sério.

— É, vive mesmo. E agora você ajuda os fugitivos para os Enfumaçados?

— Não somente eu. Os Enfumaçados sabem como voar sobre os homenzinhos. Outros da minha aldeia se juntaram a nós. Um dia, todos seremos livres.

— Bem, que ótima notícia — disse Tally.

Os Enfumaçados haviam enlouquecido de vez por deixarem um bando de selvagens perigosos à solta na natureza. Claro que os aldeões seriam aliados muito úteis. Eles entendiam mais de sobrevivência do que qualquer jovem da cidade jamais poderia sonhar. Provavelmente eram até melhores do que os Enfumaçados mais velhos. Sabiam como conseguir comida no mato e fazer roupas a partir de elementos naturais, dons que as cidades haviam perdido. E depois de gerações de conflitos tribais, também se tornaram mestres na arte da emboscada.

E, de alguma forma, Andrew Simpson Smith tinha sentido a presença de Tally acima dele, mesmo com o traje de camuflagem. Instintos como aquele levavam uma vida inteira na natureza selvagem para se aperfeiçoar.

— E como você ajudou os fugitivos agora?

Ele sorriu orgulhoso.

— Eu mostrei o caminho para a Nova Fumaça.

— Ótimo. Sabe, eu estou um pouco por fora e espero que você possa me ajudar também.

Andrew concordou com a cabeça.

— Claro, Sangue Jovem. É só dizer a palavra mágica.

Tally pestanejou.

— Uma palavra mágica? Andrew, sou *eu*. Posso não saber a palavra mágica, mas estou tentando chegar à Fumaça desde quando me conheceu.

— Verdade. Mas eu fiz uma promessa. — Ele se remexeu, incomodado. — O que aconteceu com você, Sangue Jovem, depois que partiu? Quando eu cheguei às Ruínas, contei aos Enfumaçados como você apareceu para nós. Eles disseram que havia sido capturada outra vez pela cidade e lá fizeram coisas com você. — Ele apontou para o rosto de Tally. — Isso é outra moda?

Tally suspirou e o encarou. Ele era apenas um medíocre, e um bem *medíocre* por sinal, com dentes irregulares e pele manchada — e sem banho. Mas, por alguma razão, ela não queria mentir para Andrew Simpson Smith. Para começar, era muito fácil enganar alguém que sequer sabia ler e que passara quase a vida inteira preso em uma experiência.

— Seu coração disparou, Sangue Jovem.

Tally levou a mão ao rosto, que com certeza estava girando. Andrew não se esquecera de que as tatuagens dinâmicas revelavam estados de empolgação e tensão. Talvez fosse inútil mentir para ele. Não dava para menosprezar instintos que podiam detectar alguém em um traje de camuflagem.

Tally decidiu contar a verdade. A parte que era importante para ela, pelo menos.

— Vou mostrar uma coisa, Andrew — disse ao tirar a luva da mão direita. Ela mostrou a palma, onde as tatuagens dinâmicas cortadas pulsavam ao ritmo do coração sob o luar. — Está vendo essas duas cicatrizes? São marcas do meu amor... pelo Zane.

Ele observou a mão com olhos arregalados e assentiu devagar.

— Nunca tinha visto cicatrizes no seu povo antes. A pele de vocês é sempre... perfeita.

— Sim, só temos cicatrizes se quisermos, por isso elas sempre *significam* algo. Essas aqui demonstram que eu amo Zane. É o rapaz que parecia doente, um pouco trêmulo, sabe? Preciso segui-lo para ter certeza que vai ficar bem aqui no mato.

Andrew assentiu devagar novamente.

— E ele é orgulhoso demais para aceitar a ajuda de uma mulher?

Tally deu de ombros. Os aldeões também viviam na Idade da Pedra em relação à igualdade de gênero.

— Bem, vamos dizer que ele não quer a *minha* ajuda no momento.

— Eu não fui orgulhoso quando você me ensinou sobre o mundo. — Andrew sorriu. — Talvez eu seja mais esperto que o Zane.

— Talvez seja. — Ela cerrou o punho sem luva. As marcas das cicatrizes ainda tornavam difícil fechar a mão. — Estou pedindo que quebre a promessa, Andrew, e diga para onde eles estão indo. Acho que posso curar a tremedeira de Zane. E estou preocupada por ele estar aqui fora com um bando de garotos da cidade. Eles não conhecem o mato como eu e você.

Andrew continuou encarando a mão de Tally, pensando muito. Então ergueu o olhar em direção ao dela.

— Se não fosse por você, eu ainda estaria preso em um mundo falso. Quero confiar em você, Sangue Jovem.

Tally deu um sorriso forçado.

— Então diga onde fica a Nova Fumaça.

— Eu não sei. É um segredo grande demais para mim. Mas posso indicar o caminho. — Ele meteu a mão em uma bolsinha pendurada no cinto e tirou um punhado de pequenas fichas.

— Localizadores — disse Tally, baixinho. — Com uma rota pré-programada?

— Sim. Este me trouxe até aqui para encontrar com os jovens fugitivos. E este vai levar você até a Nova Fumaça. Sabe como funcionam? — O dedo sujo e cheio de calos de Andrew pairou sobre o botão liga/desliga de um dos localizadores. Havia uma expressão ansiosa em seu rosto.

— Sim, sem problemas. Já usei localizadores antes. — Tally sorriu e esticou a mão para pegar o aparelho.

Andrew recolheu o localizador. Ela ergueu o olhar e torceu para que não tivesse que pegar à força. Ele manteve a mão fechada.

— Você ainda desafia os deuses, Sangue Jovem?

Tally franziu a testa. Andrew tinha noção de que ela havia mudado, mas quanto?

— Responda — insistiu ele, com os olhos brilhando sob o luar.

Tally esperou para responder. Andrew Simpson Smith não era como a massa de feios e perfeitos com olhar bovino da cidade, as pessoas que não eram Especiais. Viver no mato o tornava igual a ela: um caçador, um guerreiro, um sobrevivente. Com as cicatrizes de dezenas de lutas e acidentes, ele quase parecia com um Cortador.

De alguma forma, Tally não desprezava Andrew. Percebeu que não queria enganá-lo, mesmo que pudesse.

— Se eu ainda desafio os deuses? — Tally pensou no que ela e Shay tinham feito na noite anterior, ao invadir e quase destruir o prédio mais bem-guardado da cidade. As duas partiram sem informar a dra. Cable seus verdadeiros planos. E, pelo menos para Tally, essa jornada tinha mais a ver com a cura de Zane do que com a vitória da cidade sobre a Fumaça.

Os Cortadores podiam ser Especiais, mas, nos últimos dias, Tally Youngblood tinha revertido ao seu estado natural: totalmente Crim.

— Sim, ainda desafio — disse baixinho, percebendo que era verdade.

— Ótimo. — Ele sorriu aliviado e entregou o localizador. — Vá então, siga seu namorado. E diga para a Nova Fumaça que Andrew Simpson Smith foi muito prestativo.

SEPARADAS

Tally voltou pelo rio, segurando firme o localizador na mão ferida e pensando muito.

O plano mudaria assim que contasse a Shay sobre o encontro com Andrew Simpson Smith. De posse do localizador, as duas poderiam voar à frente dos fugitivos, que se deslocavam lentamente, e alcançariam a Nova Fumaça bem antes de Zane e seu grupo. Quando os Crims chegassem, o local teria virado um acampamento da Divisão de Circunstâncias Especiais, repleto de prisioneiros Enfumaçados e fugitivos recapturados. Chegar após a rebelião ter sido debelada não faria Zane parecer muito borbulhante.

Para piorar, ele ficaria por conta própria pelo resto da viagem, com apenas os amigos Crims para ajudá-lo caso algo desse muito errado. Bastava uma queda grave da prancha voadora e Zane talvez nem sobrevivesse para ver a Nova Fumaça.

Mas será que Shay se importaria com isso? O que ela queria mesmo era encontrar a Nova Fumaça, salvar Fausto e se vingar de David e do resto dos Enfumaçados. Bancar a babá de Zane não era um objetivo importante da missão para Shay.

Tally diminuiu a velocidade até parar, desejando nem ter encontrado Andrew Simpson Smith.

Óbvio que Shay ainda não sabia sobre o localizador. Talvez não precisasse saber. Se elas continuassem com o plano original, de seguir os Crims da maneira tradicional, Tally poderia guardar o localizador como medida de segurança caso perdessem a trilha...

Ela abriu a mão, olhou para o localizador e as cicatrizes, e desejou sentir a lucidez da noite anterior. Pensou em sacar a faca, mas se lembrou da expressão no rosto de Zane quando viu suas cicatrizes.

Afinal, ela não *precisava* se cortar.

Tally fechou os olhos e fez um esforço para pensar claramente. Na época em que era feia, Tally sempre fugia de decisões como essa. Sempre evitava discussões. Foi assim que acabou traindo a Velha Fumaça por acidente, por ter medo de contar para alguém que tinha um localizador. E foi assim que perdeu David, por nunca ter contado que era uma espiã.

Mentir para Shay agora seria o que a velha Tally teria feito.

Ela respirou fundo. Era especial agora, tinha lucidez e força. Contaria a verdade para Shay.

Tally cerrou o punho e voltou a acelerar com a prancha.

Dez quilômetros rio acima, a dermantena captou o sinal de Shay.

— Estava ficando preocupada com você, Tally-wa.

— Foi mal, chefe. Encontrei com um velho amigo.

— Sério? Alguém que eu conheço?

— Você nunca o viu. Lembra das minhas histórias sobre a Área Experimental Restrita? Os Enfumaçados começaram a libertar os aldeões com a ajuda dos fugitivos.

— Que surreal! — Shay fez uma pausa. — Mas, peraí, você o *conhecia*? Era da mesma aldeia que você tinha encontrado?

— Sim. E, infelizmente, não é coincidência, Shay-la. É o homem sagrado que me ajudou, lembra? Eu disse onde ficavam as Ruínas de Ferrugem. Ele foi o primeiro a escapar e agora é um Enfumaçado honorário.

Shay soltou um assobio de surpresa.

— Isso é muito medíocre, Tally. E de que maneira ele está ajudando os fugitivos? Ensinando a tirar a pele de coelhos?

— Ele é uma espécie de guia. Os fugitivos dizem uma senha e ele entrega localizadores que levam à Fumaça. — Tally respirou fundo. — Em nome dos velhos tempos, ele me deu um também.

Quando Tally finalmente alcançou Shay, os Crims tinham montado acampamento.

Tally observou da escuridão enquanto os Crims iam um por um até a margem do rio pegar água para os purificadores. Ela e Shay ficaram escondidas a favor do vento, sentindo o cheiro de comida instantânea que vinha do acampamento dos fugitivos. Tally lembrou claramente dos gostos e texturas dos dias em que passou no mato ao notar o odor de MacaCurry, MacaThai e do odiado EspagBol na brisa. Os ouvidos captaram trechos da conversa animada entre os Crims enquanto eles se preparavam para dormir.

Shay estava brincando com o localizador.

— Fizeram um belo trabalho com esse troço. Ele não diz o destino final, apenas indica uma parada por vez e espera que a pessoa chegue lá para mostrar a próxima. Temos que seguir o caminho inteiro para descobrir onde termina. — Ela falou com desdém. — Provavelmente vai nos levar pela via turística.

Tally pigarreou.

— Não vai *nos* levar, Shay-la.

Shay ergueu o olhar.

— Por que, Tally?

— Vou seguir com os Crims. Com Zane.

— Tally... isso é uma perda de tempo. Podemos ir duas vezes mais rápido do que eles.

— Eu sei. — Ela virou o rosto para encarar Shay. — Mas não vou abandonar Zane com um bando de garotos da cidade. Não na condição em que ele está.

Shay resmungou:

— Tally-wa, você é *tão* ridícula. Não confia nele? Não vive dizendo como ele é *especial*?

— Isso não tem nada a ver com ser especial. Estamos no mato, Shay-la, onde tudo pode acontecer: acidentes, animais perigosos, o estado de saúde de Zane pode piorar. Vá em frente sozinha. Ou então chame o restante dos Cortadores. Afinal, não precisa se preocupar em ser detectada. Mas eu vou ficar junto de Zane.

Shay estreitou os olhos.

— Tally... você não tem escolha. Estou dando uma ordem.

— Depois do que a gente fez ontem à noite? — Tally deu uma risada abafada. — É meio tarde para dar lições sobre a cadeia de comando, Shay-la.

— Isso não tem nada a ver com a cadeia de comando, Tally! — gritou Shay. — Tem a ver com os Cortadores. Com Fausto. Você está escolhendo os avoados em vez de *nós*?

Tally balançou a cabeça.

— Estou escolhendo Zane.

— Mas você *tem* que vir comigo. Prometeu que ia parar de causar problemas!

— Shay, eu prometi que se Zane fosse transformado em especial, eu pararia de tentar mudar as coisas. E vou manter essa promessa assim que ele virar um Cortador. Mas até lá... — Tally tentou sorrir. — O que você vai fazer? Contar tudo para a dra. Cable?

Shay bufou, fechou os punhos em posição de combate e arreganhou os dentes para mostrar as pontas. Ela apontou os fugitivos com o queixo.

— O que eu vou fazer, Tally-wa, é ir até lá e falar para Zane que ele é uma piada, um mané que você está enganando, de quem você *ri*. Vou deixar que corra com medo para casa enquanto a gente acaba com a Fumaça para sempre. Quero ver se ele vai virar um Especial assim!

Tally fechou os próprios punhos e sustentou o olhar de Shay. Zane já havia sofrido muito por sua falta de coragem; ela tinha que se defender agora. A mente girava à procura de uma resposta para a ameaça de Shay.

Um instante depois, ela a encontrou e balançou a cabeça.

— Você não pode fazer isso, Shay-la. Não sabe até onde vai o localizador. Em vez de um bárbaro, pode ser que encontre um teste qualquer, que esbarre com um Enfumaçado que saiba quem você é e que não lhe dirá que direção seguir.

— Tally apontou para os fugitivos. — Uma de nós tem que ficar com eles, só para garantir.

Shay cuspiu no chão.

— Você está pouco se lixando para Fausto, não é? Ele provavelmente está sendo vítima de uma experiência neste exato momento e você quer perder tempo seguindo esses avoados!

— Eu sei que Fausto precisa de você, Shay. Não estou pedindo que fique comigo. — Ela abriu os braços. — Uma de nós tem que seguir em frente e a outra precisa ficar com os Crims. É a única maneira.

Shay bufou o ar outra vez e foi para a margem do rio. Ela levantou uma pedra lisa da lama, pronta para atirar na água.

— Shay-la, eles podem ver — sussurrou Tally. Shay parou, ainda com o braço levantado. — Olha, sinto muito por isso, mas não estou sendo totalmente medíocre, estou?

A resposta de Shay foi olhar para a pedra por um momento e então deixá-la cair na lama para sacar a faca. Ela começou a subir a manga do traje de camuflagem.

Tally virou o rosto e torceu para que, assim que a mente estivesse melhor, Shay fosse entender.

Ela observou o acampamento dos fugitivos, onde todo mundo mastigava com cuidado, provavelmente por terem percebido que a comida instantânea podia queimar a língua. Essa era a primeira lição que se aprendia no mato: nada era confiável, nem o próprio jantar. Não era como a vida na cidade, onde todas as quinas haviam sido arredondadas, em que todas as varandas eram equipadas com um campo de força caso a pessoa caísse, e onde a comida nunca vinha fervendo.

Ela não podia deixar Zane sozinho ali, mesmo que Shay a odiasse por isso.

Um momento depois, Tally ouviu Shay ficar de pé e se virou para encará-la. O braço estava sangrando e as tatuagens dinâmicas realizavam movimentos vertiginosos. Assim que se aproximou, Tally notou a lucidez característica em seus olhos.

— Tudo bem, a gente se separa — falou ela. Tally tentou sorrir, mas Shay balançou a cabeça. — Nem ouse ficar contente com isso, Tally-wa. Pensei que torná-la uma Especial a mudaria. Achei que, se pudesse enxergar o mundo claramente, você pensaria um pouco menos em *si*. Não seria apenas você e seu namorado. Achei que se preocuparia com outra coisa para variar.

— Eu me importo com os Cortadores, Shay, honestamente. Eu me importo com *você*.

— Isso até Zane reaparecer. Agora, nada mais importa. — Ela balançou a cabeça, revoltada. — E estou tentando tanto agradar você, fazer isso dar certo para você. Mas é em vão.

Tally engoliu em seco.

— Mas temos que nos separar. É a única maneira de ter certeza que o localizador funciona.

— Eu sei disso, Tally-wa. Entendo a sua *lógica*. — Ela olhou para os fugitivos com o desgosto estampado nas tatuagens dinâmicas que se remexiam freneticamente no rosto. — Mas me responda: você raciocinou tudo isso e *então* percebeu que a gente devia se separar? Ou já havia decidido ficar com Zane, a qualquer custo?

Tally abriu a boca e então fechou.

— Não perca tempo com mentiras, Tally-wa. Nós duas sabemos a resposta. — Ela bufou, virou o rosto e estalou os dedos para chamar a prancha. — Eu realmente achei que você tinha mudado. Mas continua sendo a mesma feia egoísta que sempre foi. É isso que é *surpreendente* sobre você, Tally. Mesmo a dra. Cable e seus cirurgiões não têm a menor chance contra o seu ego.

Tally sentiu as mãos começarem a tremer. Ela esperava uma discussão, mas não isso.

— Shay...

— Você é um fracasso até mesmo como Especial, sempre se preocupando com tudo. Por que não consegue apenas ser *sagaz*?

— Eu sempre tentei fazer o que você...

— Bem, pode parar de tentar agora. — Shay pegou um spray no compartimento de carga da prancha e passou no braço sangrando. Então tirou mais algumas embalagens seladas e jogou na lama aos pés de Tally. — Aqui está um pacote de plástico adaptável, se tiver que se disfarçar, alguns sinalizadores de dermantena e um amplificador de sinal de satélite. — Ela deu uma risada amarga, com a voz ainda em tom de deboche. — Vou até deixar uma das granadas que sobraram, caso algo grande se coloque entre você e o garoto-tremedeira.

A granada fez um som seco ao cair e Tally recuou.

— Shay, por que você...

— *Pare* de falar comigo. — A ordem calou Tally, que só conseguiu olhar enquanto Shay descia a manga do traje de camuflagem e puxava o capuz sobre o rosto, encobrindo a expressão furiosa com uma máscara de escuridão. — Não vou mais ficar esperando. Fausto é minha responsabilidade, e não um bando de avoados.

Tally engoliu em seco.

— Espero que ele esteja bem.

— Tenho certeza que sim. — Shay pulou na prancha. — Mas cansei de me importar com o que você espera ou pensa, Tally-wa. Para sempre.

Tally tentou falar, mas Shay disse as últimas palavras com tanta frieza que não conseguiu.

A silhueta praticamente invisível de Shay subiu ao céu contra o arvoredo escuro da outra margem. Ela passou pelo rio e disparou na escuridão. Desapareceu instantaneamente como algo que deixou de existir.

Mas Tally ainda podia ouvir sua respiração pela conexão entre as dermantenas. Parecia cruel e furiosa, como se os dentes de Shay estivessem arreganhados em ódio e revolta. Tally tentou pensar em algo mais a dizer, uma coisa que explicasse a razão porque tinha que fazer aquilo. Ficar com Zane era mais importante do que ser um Cortador, mais importante do que qualquer promessa que jamais tivesse feito.

A decisão tinha a ver com quem Tally Youngblood era por dentro, fosse feia, perfeita ou especial...

Mas, um instante depois, Shay saiu do alcance e Tally continuou sem dizer uma palavra. Viu que estava sozinha e escondida, esperando que os Crims adormecessem.

INCOMPETÊNCIA

Os Crims tentaram sem sucesso acender uma fogueira.

Tudo o que conseguiram fazer foi queimar alguns gravetos molhados, o que soltou um chiado tão alto que Tally pôde ouvir do esconderijo. Jamais fizeram a chama vingar. A pilha de gravetos continuou soltando faíscas irregularmente até o raiar do dia. Foi quando os Crims notaram a coluna de fumaça escura subindo contra o céu e tentaram apagá-la. Acabaram por jogar punhados de lama no fogo meio vivo. Quando a situação ficou sob controle, pareciam que estavam dormindo com as mesmas roupas da cidade há uma semana.

Tally suspirou e imaginou o riso debochado de Shay ao ver como eles penavam para fazer as coisas mais simples. Pelo menos tinham percebido que era mais inteligente dormir durante o dia e viajar à noite.

Enquanto os fugitivos voltavam aos sacos de dormir, Tally se permitiu tirar um cochilo. Os Especiais não precisavam dormir muito, mas ela ainda sentia o impacto nos músculos da invasão ao Arsenal e da subsequente caminhada. Os Crims deviam estar caindo de cansaço após a primeira noite no mato, então aquela era provavelmente a melhor hora para colocar o sono em dia. Sem Shay para alternar turnos de guarda, Tally teria que ficar alerta por dias a fio.

Ela ficou sentada de pernas cruzadas olhando para o acampamento e programou seu software interno para tocar o alarme a cada dez minutos. Mas o sono não veio facilmente. Os olhos ardiam com as lágrimas que não caíram durante a briga com Shay. As acusações ainda ecoavam na mente e tornavam o mundo vago e distante. Ela respirou fundo e devagar, até que os olhos finalmente se fecharam...

Bip. Dez minutos haviam se passado.

Tally verificou os Crims, que não tinham se mexido, e então tentou dormir de novo.

Os Especiais eram projetados para dormir daquela maneira, mas ser acordada a cada dez minutos ainda deixava a noção de tempo meio estranha. Era como se Tally assistisse a um vídeo acelerado do dia. O sol parecia subir rapidamente pelo céu, as sombras se moviam ao redor como seres vivos. Os plácidos sons do rio viraram uma nota só. A mente inquieta de Tally alternava entre preocupação por Zane e tristeza pela briga. A impressão que dava é que, não importava o que acontecesse, Shay estava destinada a odiá-la. Ou então ela tinha razão a respeito de Tally Youngblood ter o dom de trair os amigos...

Quando o sol estava quase a pino, Tally foi acordada por uma luz ofuscante sobre os olhos em vez do alarme. Ela se sentou em um rompante, com as mãos em posição de combate.

A luz vinha do acampamento dos Crims. Quando ela ficou de pé, a claridade sumiu de novo.

Tally se acalmou. Eram apenas as pranchas espalhadas pela margem com as células solares abertas para recarregar. Ao se mover pelo céu, o sol atingiu a superfície refletora em um ângulo que lançava a luz para seus olhos.

Ela ficou incomodada ao ver as pranchas reluzindo. Após apenas algumas horas de voo, os fugitivos ainda não precisavam recarregar. Eles deviam estar mais preocupados em permanecer invisíveis.

Protegendo a visão, Tally ergueu o olhar. Para qualquer carro voador que passasse, as pranchas desdobradas iam brilhar como um sinalizador. Por acaso os Crims não sabiam como estavam próximos da cidade? As poucas horas de voo devem ter sido como uma eternidade para eles, mas os fugitivos estavam praticamente às portas da civilização.

Tally sentiu-se envergonhada novamente. Ela desobedeceu Shay e traiu Fausto para bancar a babá desses *avoados*?

Tally sintonizou as frequências oficiais da cidade e imediatamente captou a conversa de um carro-patrulha voando lentamente sobre o rio. Eles finalmente tinham notado que os truques da noite anterior haviam servido como distração para acobertar mais uma fuga. Todos os caminhos óbvios para a cidade — os rios e velhas ferrovias — estariam sob vigilância. Se os guardas vissem as pranchas desdobradas, a fuga de Zane chegaria a um vergonhoso fim e Tally teria ido contra Shay por nada.

Ela se perguntou como chamaria a atenção dos Crims sem revelar sua presença. Podia jogar algumas pedras e esperar que alguns deles acordassem com o barulho aleatório, mas provavelmente os fugitivos não possuíam um rádio que captasse a frequência da cidade. Assim, não teriam como reconhecer o perigo que corriam e apenas voltariam a dormir.

Tally suspirou. Teria que resolver a situação por conta própria.

Após abaixar o capuz, ela deu alguns passos até a margem e entrou no rio. Enquanto nadava, as escamas do traje de camuflagem ondulavam para imitar o movimento da água e refletiam a luz como a superfície espelhada do rio lento.

Ao se aproximar do acampamento, o cheiro da fogueira extinta e dos pacotes de comida jogados fora alcançou seu nariz. Ela tomou fôlego e terminou o percurso até a margem submersa.

Tally se arrastou pelo chão ao sair da água e levantou a cabeça devagar para deixar o traje se ajustar às mudanças ao redor. A roupa ficou macia e marrom enquanto as escamas se enfiavam na lama e a empurravam como uma lesma.

Os Crims estavam dormindo, mas as moscas e a brisa ocasional faziam com que murmurassem. Os novos perfeitos tinham muita prática em dormir até o meio-dia, mas nunca sobre chão duro. Podiam acordar ao menor barulho.

Pelo menos os sacos de dormir camuflados seriam invisíveis do ar. Mas as oito pranchas desdobradas na margem brilhavam cada vez mais à medida que o sol subia. O vento tentava levantar as pontas presas por pedras e lama, que reluziam como um globo de discoteca.

Para recarregar uma prancha voadora, era preciso desdobrá-la como um boneco de papel e expor o máximo de superfície ao sol. Completamente abertas, elas eram finas e leves como uma pipa. Uma lufada de vento seria capaz de arrastá-las até as árvores — e era nisso que os Crims poderiam *acreditar* que havia acontecido caso acordassem e encontrassem as pranchas no meio da floresta.

Tally se arrastou até a prancha mais próxima e tirou as pedras das pontas. Ficou de pé devagar e a puxou para a sombra. Depois de alguns minutos de trabalho, a prancha ficou enfiada entre duas árvores de uma maneira que Tally esperava que parecesse natural, mas ao mesmo tempo firme o bastante para que o vento não a levasse embora para valer.

Só faltavam mais sete.

O trabalho era dolorosamente lento. Tally tinha que calcular bem cada passo que dava entre os corpos adormecidos e qualquer barulho acidental fazia o coração disparar. Enquanto isso, ela meio que prestava atenção no carro-patrulha se aproximando pela transmissão da dermantena.

Finalmente a última das oito pranchas voadoras foi puxada com cuidado até a sombra. Ficaram misturadas como guarda-chuvas arrastados após uma tempestade de vento, com os reluzentes painéis solares virados contra os arbustos.

Antes de voltar a entrar no rio, Tally ficou parada por um instante observando Zane. Ele dava a impressão de ser o velho namorado, pois a tremedeira não o incomodava ao dormir. Sem os pensamentos tão óbvios na expressão do rosto, Zane parecia mais esperto, quase especial. Tally imaginou seus olhos sendo alterados para o ângulo cruel dos Especiais e o rosto cheio de tatuagens dinâmicas. Sorriu, se virou e deu um passo até o rio...

E então travou ao ouvir um barulho.

Foi uma respiração baixa e repentina, um ruído de surpresa. Ela esperou imóvel, torcendo para que tivesse sido um pesadelo e que a respiração retomasse o ritmo do sono. Mas seus sentidos avisaram que alguém estava acordado.

Finalmente ela virou a cabeça bem devagar para olhar para trás.

Era Zane.

Seus olhos estavam abertos, sonolentos e piscavam sob a luz do sol. Ele olhava diretamente para Tally, confuso e semiacordado, sem ter certeza de que ela era real.

Tally permaneceu absolutamente imóvel, mas o traje de camuflagem não tinha muitos elementos com que trabalhar. A roupa podia mostrar uma versão borrada da água atrás de Tally, mas, em plena luz do dia, Zane ainda veria uma silhueta humanoide e transparente como uma estátua de vidro pisando no rio. Para piorar as coisas, ainda havia lama no traje, o que deixava manchas marrons flutuando contra o cenário.

Zane esfregou os olhos, vasculhou a margem vazia e percebeu que as pranchas voadoras tinham sumido. Então olhou de novo para Tally ainda com uma expressão intrigada no rosto.

Ela continuou imóvel, torcendo para que Zane decidisse que aquilo não passava de um estranho sonho.

— Ei — disse Zane, baixinho. A voz saiu rouca e ele pigarreou para falar mais alto.

Tally não deixou. Deu três passos rápidos pela lama, tirou uma luva e acionou a agulha do anel.

Assim que foi espetado na garganta, Zane conseguiu dar um grito fraco de susto, mas os olhos reviraram e ele caiu no chão. Dormiu de novo e começou a roncar baixinho.

— Foi só um sonho — sussurrou Tally no seu ouvido. Então ficou de barriga contra o chão e voltou a se arrastar até o rio.

Meia hora depois, o carro voador dos guardas passou serpenteando como uma cobra preguiçosa. Não viu os Crims, nem parou por um instante no céu.

Tally ficou próxima ao acampamento, escondida em uma árvore a dez metros de distância de Zane, com o traje de camuflagem imitando a textura das folhas.

Com o passar da tarde, os Crims começaram a acordar. Ninguém parecia muito preocupado pelo vento ter levado as pranchas. Eles as trouxeram de volta para a luz do sol e continuaram levantando acampamento.

Enquanto Tally observava, os fugitivos entraram na floresta para fazer xixi, cozinharam as refeições ou deram rápidos mergulhos no rio gelado para tentar limpar a lama, o suor da viagem e a sujeira de dormir no chão.

Todos à exceção de Zane. Ele continuou inconsciente por mais tempo que os outros Crims por causa da droga dentro do corpo. Não acordou até o pôr do sol, quando Peris finalmente se debruçou sobre ele para sacudi-lo.

Zane sentou devagar e segurou a cabeça entre as mãos, a imagem de um perfeito com uma ressaca forte. Tally imaginou do que ele se lembrava. Peris e os demais até então acreditavam que o vento havia movido as pranchas voadoras, mas podiam mudar de ideia após ouvir o pequeno sonho de Zane.

Peris e Zane ficaram agachados um tempo. Tally deu a volta devagar por uma árvore para chegar a um ponto onde pudesse ler os lábios deles. Peris parecia estar perguntando se Zane se sentia bem. Novos perfeitos raramente ficavam doentes porque a operação os deixava saudáveis demais para que pegassem infecções comuns, mas com o estado de saúde de Zane e tudo mais...

Zane balançou a cabeça e gesticulou para a margem, onde as pranchas voadoras absorviam os últimos raios de sol. Peris apontou para o lugar em que haviam sido colocadas por Tally. Os dois foram até lá e se aproximaram perigosamente da árvore onde ela estava. Pela expressão em seu rosto, Zane não parecia convencido. Ele sabia que pelo menos uma parte do sonho — as pranchas desaparecidas — tinha sido real.

Depois de longos e tensos minutos, Peris voltou para levantar acampamento. Mas Zane permaneceu ali, vasculhando devagar o horizonte com o olhar. Mesmo invisível no traje, Tally recuou quando seus olhos passaram pelo esconderijo.

Ele não tinha certeza de nada, mas desconfiava de que tudo era mais do que um sonho.

Tally teria que ter muito cuidado daí em diante.

INVISÍVEL

Nos dias seguintes, a perseguição aos Crims manteve um ritmo constante.

Os fugitivos passavam cada vez mais tempo acordados à noite, enquanto os corpos medíocres se ajustavam a viajar na escuridão e dormir durante o dia. Logo eles conseguiam voar de prancha a noite inteira e montavam acampamento apenas quando os primeiros raios da aurora surgiam no horizonte.

O localizador de Andrew apontava para o sul. Os Crims seguiram o rio até o oceano e então passaram a voar sobre os trilhos enferrujados de uma velha linha de trem-bala. Tally notou que alguém tinha tornado a ferrovia costeira segura para voo de prancha, sem interrupções perigosas no campo magnético. Sempre que havia uma brecha nos trilhos, cabos de metal enterrados evitavam que os Crims caíssem. Eles sequer precisaram caminhar.

Tally imaginou quantos fugitivos já tinham usado aquele caminho. Em que outras cidades David e seus aliados estariam recrutando?

A Nova Fumaça com certeza ficava mais longe do que ela esperava. Os pais de David eram da mesma cidade de Tally, e ele sempre se escondia a alguns dias de viagem de casa. Mas o localizador de Andrew guiava o grupo quase até o continente sul. Os dias eram mais longos e as noites mais quentes à medida que desciam.

O terreno da costa foi ficando elevado e abafava o som das ondas que quebravam lá embaixo. A grama alta cobria as velhas ferrovias e, ao longe, enormes campos de flores brancas reluziam ao sol. Elas eram uma espécie de orquídea criada e solta no mundo por algum cientista Enferrujado. As flores cresciam em todos os lugares, roubavam nutrientes do solo e sufocavam as florestas em seu caminho. Mas algo em relação ao oceano, talvez a maresia, mantinha as orquídeas longe da costa.

Os Crims pareciam estar se acostumando à rotina da viagem. A habilidade de pilotar as pranchas melhorou, mas mesmo assim não era um desafio segui-los. O treino regular também fez bem para a coordenação de Zane, embora ele ainda ficasse instável sobre a prancha em comparação com os demais.

Shay devia estar cada vez mais distante com o passar das horas. Tally imaginou se o restante dos Cortadores havia se juntado a ela. Ou Shay estava sendo cautelosa e viajando sozinha, esperando encontrar a Nova Fumaça para depois chamar reforços?

A cada dia que os Crims não chegavam à Nova Fumaça, aumentavam as chances de a Circunstâncias Especiais já estar lá e de a viagem se tornar uma piada de mau gosto, como Shay dissera.

Viajar sozinha dava muito tempo para Tally pensar se era realmente aquele monstro egoísta que Shay havia descrito. Não parecia justo. Quando é que ela sequer tivera a *chance* de ser egoísta? Desde que fora recrutada pela dra. Cable, a maioria das decisões de Tally fora tomada por outras pessoas. Sempre havia alguém que a forçava a escolher o seu lado no conflito entre os Enfumaçados e a cidade. As únicas decisões de verdade que havia tomado até então foram permanecer feia na Velha Fumaça (o que não deu certo), fugir da Nova Perfeição com Zane (idem) e se separar de Shay para proteger Zane (até agora, não parecia uma escolha tão boa). Todo o restante foi resultado de ameaças, acidentes, lesões no cérebro e cirurgias que fizeram sua cabeça.

Não era exatamente sua culpa.

E, no entanto, todas as vezes ela e Shay acabavam em lados opostos. Será que era coincidência? Ou havia algo que sempre fazia com que as duas amigas virassem inimigas? Talvez fossem como duas espécies diferentes, falcões e coelhos, e nunca poderiam ser aliadas.

E quem seria o falcão?, Tally se perguntou.

Sozinha ali, ela percebeu que estava passando por uma mudança outra vez. Havia alguma coisa na natureza que a fazia se sentir menos especial. Ainda enxergava a beleza sagaz do mundo, mas sentia falta do som dos outros Cortadores ao redor e da intimidade da respiração deles através da rede de dermantenas. Começou a entender que ser uma Especial não tinha apenas a ver com força e velocidade, e sim com fazer parte de um grupo, de uma turma. No acampamento dos Cortadores, Tally se sentia *ligada* aos demais, sempre ciente dos poderes e privilégios que tinham em comum, e das visões e do cheiro que somente seus sentidos super-humanos podiam detectar.

Tally sempre se sentira especial entre os Cortadores. Mas agora que estava sozinha no mato, a visão perfeita apenas a fazia se sentir minúscula. Vista com todos os detalhes, a natureza parecia grande o bastante para engoli-la.

O grupo de fugitivos ao longe não estava impressionado ou com medo de seu rosto selvagem e de suas unhas afiadas. Como seria possível se ela sequer fora vista de relance? Tally era invisível, uma pária desaparecendo no horizonte.

Tally quase se sentiu aliviada quando os Crims cometeram seu segundo erro.

Eles pararam para montar acampamento ao lado de uma rocha alta, protegidos do vento que vinha do oceano. Ali as orquídeas estavam mais próximas. As flores reluziam quando o sol ficava alto no céu e tornavam os morros tão brancos quanto dunas.

Os Crims desdobraram as pranchas e colocaram pesos nas pontas, acenderam uma fogueira razoável e fizeram as refeições. Tally observou que eles pegaram rápido no sono, como de costume, exaustos após um longo dia de viagem.

Tão longe da cidade, ela não precisava mais se preocupar se as pranchas seriam avistadas. A dermantena não captava nada na frequência dos guardas havia dias. Mas, ao se preparar para uma longa jornada de vigília, Tally notou que a prancha de Zane tinha ficado ao sabor da brisa que soprava ao redor da rocha.

A prancha tremia ao vento e uma das pedras que servia como peso na ponta rolou.

Tally suspirou. Após uma semana no mato, os fugitivos *ainda* não haviam aprendido a fazer aquilo direito. Mas, por dentro, ela sentiu uma pontada de ansiedade. Arrumar a prancha lhe daria a oportunidade de pelo menos *fazer* alguma coisa, e talvez assim ela se sentisse menos insignificante. Por aqueles breves momentos, Tally não estaria completamente sozinha. Poderia ouvir a respiração dos Crims adormecidos e ver Zane mais de perto. Ao observá-lo imóvel e dormindo sem ser abalado pela tremedeira, Tally sempre se lembrava dos motivos por trás de suas decisões.

Ela rastejou até o acampamento, o traje da cor da terra. O sol nascia atrás dela, mas daquela vez seria mais fácil do que na margem do rio, quando todas as oito pranchas tiveram que ser movidas. A prancha de Zane ainda flutuava, outra ponta estava solta, mas ela ainda não tinha sido levada pelo vento. Talvez o dispositivo magnético estivesse preso a algum rastro de ferro subterrâneo que mantinha a prancha próxima ao solo com eficácia.

Quando Tally chegou à prancha, ela tremia como um pássaro ferido ao sabor da brisa que cheirava a algas e sal. Curiosamente, alguém deixara um velho livro com capa de couro aberto ao lado da prancha. As páginas faziam barulho ao vento.

Tally estreitou os olhos. Parecia o livro que Zane lia na primeira noite em que o vira depois de ele ter saído do hospital.

Outra ponta da prancha se soltou, e Tally levantou a mão para pegá-la antes que fosse levada pelo vento.

Mas a prancha não se moveu.

Havia algo de errado...

Então Tally percebeu por que a prancha não estava se mexendo. A quarta ponta estava amarrada a uma estaca, protegida contra o vento, como se quem tivesse colocado a prancha ali fora soubesse que as pedras não iriam segurá-la.

Então ouviu algo além das páginas do livro batendo ao vento — o livro idiota e barulhento que *obviamente* fora deixado ali para encobrir outros sons. Um dos Crims estava respirando menos devagar que os demais... alguém estava acordado.

Ela se virou e viu Zane a observando.

Tally ficou de pé em um pulo e, com apenas um gesto, tirou a luva e acionou a agulha. Mas Zane levantou uma das mãos, que segurava uma série de estacas de metal e pederneiras. Mesmo que Tally conseguisse cruzar os cincos metros entre eles e o espetasse, todo aquele metal cairia fazendo barulho no chão e acordaria os demais.

Mas por que ele simplesmente não gritou? Ela ficou tensa e esperou que desse o alarme, mas, em vez disso, Zane levou devagar um dedo aos lábios.

Sua expressão maliciosa dizia: *eu não conto se você não contar.*

Tally engoliu em seco e olhou os outros Crims na escuridão. Ninguém estava observando discretamente, todos dormiam mesmo. Zane queria conversar em particular. Ela concordou com a cabeça e sentiu o coração disparar.

Os dois saíram de mansinho do acampamento e deram a volta na rocha, onde o rugido constante da brisa e das ondas abafaria a conversa. Agora que Zane estava andando, a tremedeira recomeçara. Quando ele se sentou ao seu lado na grama alta, Tally não olhou para o rosto dele. Já sentia uma pontada de repulsa no estômago.

— Os outros sabem sobre mim? — perguntou ela.

— Não. Eu mesmo não tinha certeza. Pensei que estivesse imaginando coisas. — Ele tocou o ombro de Tally. — Ainda bem que não era o caso.

— Não *acredito* que caí num truque tão idiota.

Ele riu.

— Foi mal ter apelado para sua boa índole.

— Minha *o quê?*

De rabo de olho, Tally viu Zane sorrir.

— Você protegeu a gente no primeiro dia, não foi? Tirou as pranchas de vista?

— Sim. Um guarda estava prestes a ver vocês, seus avoados.

— Foi o que eu pensei. Por isso imaginei que você fosse ajudar de novo. Nossa segurança particular.

Tally engoliu em seco.

— É, que beleza. É ótimo ter o trabalho reconhecido.

— Então é só você?

— Sim, estou sozinha. — Era a verdade agora, afinal de contas.

— Você não deveria estar aqui, não é?

— Você quer saber se estou desobedecendo ordens? Infelizmente, sim.

Zane assentiu.

— Eu sabia que você e Shay tinham algum truque na manga ao me soltarem. Tipo, vocês não acreditavam mesmo que eu fosse usar esse localizador. — Ele tocou o braço de Tally, os dedos pálidos contra o cinza fosco do traje de camuflagem. — Mas como você está seguindo a gente, Tally? Tem alguma coisa dentro de mim?

— Não, Zane. Você está limpo. Eu apenas fico por perto e observo vocês a cada minuto. Não é difícil notar oito jovens da cidade no mato, afinal de contas. — Ela deu de ombros, ainda olhando para as ondas que quebravam. — Posso sentir o seu cheiro, também.

— Ah. — Ele riu. — Espero que não esteja tão ruim.

Ela balançou a cabeça.

— Eu já estive no mato antes, Zane. Já senti cheiros piores. Mas por que você...? — Tally virou o rosto para ele, mas abaixou o olhar e prestou atenção no zíper do casaco. — Você armou uma armadilha para mim, mas não falou com os outros Crims?

— Eu não queria assustar todo mundo. — Zane deu de ombros. — Se um bando de Especiais estivesse seguindo a gente, não haveria muita coisa que eles pudessem fazer a respeito. E se fosse apenas você, eu não queria que os outros soubessem. Não iriam entender.

— Entender o quê? — perguntou Tally, baixinho.

— Que essa viagem não é uma armadilha. Que era apenas você protegendo a gente.

Ela engoliu em seco. Claro que *era* uma armadilha. Mas, e agora? A viagem era somente uma piada? Uma perda de tempo? Shay, a dra. Cable e o resto da Circunstâncias Especiais provavelmente já estavam esperando por eles na Fumaça.

Zane apertou seu braço.

— Isso está mudando você de novo, não é?

— O quê?

— A natureza. É o que você sempre disse. A primeira viagem para a Fumaça foi a responsável por você ser quem é.

Tally virou o rosto para olhar o oceano e sentiu o gosto de sal na boca. Zane estava certo quanto à influência da natureza sobre ela. Toda vez que entrava sozinha no mato, o conjunto de valores ensinado pela cidade era abalado. Mas, daquela vez, as descobertas não a deixaram feliz.

— Não tenho mais certeza do *que* eu sou, Zane. Às vezes acho que sou apenas o fruto do que outras pessoas fizeram comigo, uma grande série de lavagens cerebrais, cirurgias e curas. — Ela olhou para as cicatrizes na palma da mão, que interrompiam o movimento das tatuagens dinâmicas. — Sou o fruto disso e de todos os erros que cometi. De todas as pessoas que desapontei.

Ele passou um dedo trêmulo pela cicatriz. Tally fechou a mão e virou o rosto.

— Se isso fosse verdade, Tally, você não estaria aqui agora, desobedecendo a ordens.

— É, bem, nessa parte de desobediência eu sou muito boa.

— Olha para mim, Tally.

— Zane, não sei se é uma boa ideia. — Ela engoliu em seco. — Sabe...

— Eu sei. Vi seu rosto naquela noite. Notei que você ainda não olhou para mim. Esse truque da dra. Cable faz sentido. Os Especiais pensam que todo mundo é insignificante, certo?

Tally deu de ombros, sem querer explicar que a sensação era pior em relação a Zane do que qualquer outro. Em parte por causa do sentimento que um dia teve por ele, do contraste entre aquela época e agora. E em parte por causa... da outra coisa.

— Tente, Tally.

Ela virou o rosto e desejou por um momento que não fosse especial, que os olhos não fossem tão apurados a ponto de perceber cada detalhe da doença dele. Que a mente não estivesse programada para ir contra tudo que fosse comum, medíocre e... fraco.

— Não posso, Zane.

— Claro que pode.

— Como assim? Então agora você é um especialista em Especiais?

— Não. Mas se lembra do David?

— David? — Ela olhou com raiva para o mar. — O que tem ele?

— Ele não disse que você era linda?

Tally sentiu um arrepio.

— Sim, na época em que eu era feia. Mas como você...? — Então se lembrou da última fuga, de que Zane havia chegado às Ruínas de Ferrugem uma semana antes dela. Zane e David tiveram muito tempo para se conhecer antes de Tally finalmente aparecer. — Ele *contou* isso para você?

Zane deu de ombros.

— David viu como eu era perfeito. Acho que estava torcendo para que você ainda conseguisse olhar para ele da mesma maneira que olhou na Velha Fumaça.

Tally estremeceu, tomada pela onda de velhas memórias. Naquela noite, duas operações atrás, quando David olhou para seu rosto feio de lábios finos, cabelo desgrenhado e nariz achatado, ele disse que Tally era linda. Ela tentou explicar que não podia ser verdade, que a genética não *deixaria* que fosse verdade...

Mas David ainda assim a chamou de linda, mesmo quando era feia.

Foi naquele momento que o mundo de Tally se abriu. Foi a primeira vez que ela mudou de lado.

Tally sentiu uma pontada inesperada de pena pelo pobre e medíocre David. Criado como um Enfumaçado, ele nunca havia passado pela cirurgia, jamais tinha visto um perfeito até então. Era natural que pudesse pensar que a feia Tally Youngblood fosse bonita.

Porém, assim que virou perfeita, Tally se entregou para a dra. Cable apenas para ficar com Zane e se afastou de David.

— Não foi por causa do rosto que eu escolhi você, Zane. Foi pelo que nós fizemos juntos. Nós nos libertamos. Você sabe disso, certo?

— Claro. Então o que há de errado com você agora?

— O que quer dizer?

— Ouça, Tally. Quando David viu como você era bonita, ele venceu cinco milhões de anos de evolução. Ignorou sua pele imperfeita, o rosto assimétrico e tudo aquilo contra o que nossos genes lutam. — Zane esticou a mão. — E agora você não consegue nem olhar para mim porque estou *tremendo um pouco?*

Ela encarou os dedos trêmulos e repugnantes.

— Ser Especial é pior do que ser um avoado, Zane. Os avoados são apenas sem noção, mas os Especiais são... obcecados por certas coisas. Mas pelo menos eu estou tentando dar um jeito na situação. Por que acha que estou aqui seguindo você?

— Quer me levar de voltar para a cidade, não é?

Ela gemeu.

— E qual é a alternativa? Deixar que a Maddy tente uma de suas curas toscas?

— A alternativa está dentro de você, Tally. A questão não é o dano no *meu* cérebro, e sim no *seu*.

Zane se aproximou e ela fechou os olhos.

— Você se libertou uma vez. Venceu as lesões da perfeição. No início, bastou apenas um beijo.

Tally sentiu o calor do corpo dele junto ao seu, sentiu o cheiro de fumaça da fogueira na pele de Zane. Ela virou o rosto com os olhos ainda bem-fechados.

— Mas é diferente quando a pessoa é especial. Não é apenas um pequeno pedaço do cérebro. É o corpo inteiro. É o jeito como eu enxergo o mundo.

— Certo. Você é tão especial que ninguém pode tocá-la.

— Zane...

— É tão especial que precisa se cortar apenas para sentir alguma coisa.

Ela balançou a cabeça.

— Eu não faço mais isso.

— Então você *pode* mudar!

— Mas isso não quer dizer... — Tally abriu os olhos.

O rosto de Zane estava a centímetros de distância com um olhar intenso. E de alguma forma a natureza também provocou uma mudança nele. Os olhos não pareciam mais lacrimosos nem medíocres. O olhar era quase sagaz.

Quase especial.

Ela se inclinou para a frente... e os lábios se encontraram, quentes no ambiente frio da sombra da rocha. O rugido das ondas encheu seus ouvidos e abafou os batimentos cardíacos acelerados.

Tally se aproximou e enfiou as mãos dentro das roupas de Zane. Ela queria estar sem o traje de camuflagem, deixar de ficar sozinha e invisível. Abraçou-o com força e ouviu Zane ofegar quando suas mãos mortíferas o apertaram firme. Os sentidos de Tally informaram tudo sobre ele: o coração pulsando na garganta, o gosto da boca, o cheiro da falta de banho cortado pela maresia.

Mas então os dedos de Zane tocaram seu rosto e Tally sentiu a tremedeira.

Não, disse para si mesma.

A tremedeira era suave, quase nada, tão fraca quanto o eco da chuva caindo a um quilômetro de distância. Mas estava em todas as partes, na pele do rosto, nos músculos dos braços ao redor de Tally, nos lábios colados aos dela. O corpo inteiro tremia como o de uma criança no frio. E, de repente, Tally conseguia *enxergar* o interior de Zane: o sistema nervoso danificado, as conexões arruinadas entre corpo e cérebro.

Tally tentou tirar a imagem da mente, mas ela ficava cada vez mais nítida. Afinal de contas, Tally fora criada para detectar fraquezas e se aproveitar das fragilidades e dos defeitos dos medíocres, e não para ignorá-los.

Ela tentou se afastar um pouco, mas Zane continuou segurando seu braço com força, como se pensasse que poderia *prendê-la* ali. Tally interrompeu o beijo e abriu os olhos, viu os dedos pálidos que a seguravam e sentiu uma pontada de raiva incontrolável.

— Tally, espera. A gente pode...

Mas ele não soltou. Tomada pela fúria e repulsa, Tally emitiu uma onda de escamas afiadas pela superfície do traje de camuflagem. Zane gritou e recuou com os dedos e palmas das mãos sangrando.

Tally rolou, deu um pulo para ficar de pé e correu. Ela *beijou* Zane, se deixou tocar por ele — um medíocre, alguém que não era especial. Um fraco...

Sentiu ânsia de vômito, como se a memória do beijo quisesse sair do corpo. Ela tropeçou e caiu sobre um joelho, com o estômago embrulhado e o mundo girando.

— Tally! — Zane veio atrás dela.

— Não! — Tally ergueu a mão, sem ousar olhar no seu rosto. Ao respirar o ar puro e frio do mar, a náusea começou a passar. Mas não iria embora se ele se aproximasse.

— Você está bem?

— Eu *pareço* estar bem? — Tally foi tomada pela vergonha. O que ela tinha feito? — Eu simplesmente não consigo, Zane.

Ela se levantou e correu em direção ao oceano, para longe de Zane. A rocha dava em um penhasco, mas Tally não diminuiu o passo...

Ela pulou e mal escapou de cair nas pedras embaixo. Acertou as ondas com um baque e mergulhou fundo no abraço gelado da água. O oceano agitado quase jogou seu corpo de volta nas pedras, mas Tally deu braçadas fortes e nadou até que as mãos tocassem o fundo arenoso e escuro do mar. A correnteza recuou e puxou Tally para longe, rugiu em seus ouvidos e apagou seus pensamentos.

Ela prendeu a respiração e se deixou ser levada pelo oceano.

Um minuto depois, Tally rompeu a superfície e arfou em busca de ar. Surgiu a meio quilômetro do ponto de onde havia pulado, bem distante da costa; a correnteza a levara para o sul.

Zane estava na beira do penhasco observando a água à procura dela, com o casaco amarrado nas mãos sangrando. Tally não podia encará-lo depois do que tinha feito, nem queria ser *vista* por ele. Queria desaparecer.

Ela puxou o capuz e acionou o traje para copiar a superfície espelhada da água. Se deixou ser levada para mais longe.

Quando Zane finalmente retornou ao acampamento, Tally nadou até a praia.

OSSOS

Depois daquilo, a jornada pareceu durar uma eternidade.

Em certos dias, Tally ficava convencida de que o localizador era apenas um truque dos Enfumaçados para fazê-los andar pelo mato para sempre: Zane, que lutava para sobreviver às longas noites de viagem; Tally, a desequilibrada sozinha no traje de camuflagem, isolada e invisível. Os dois viviam em infernos separados.

Se perguntou o que Zane pensava dela agora. Depois do que havia acontecido, ele deve ter percebido como Tally era mesmo fraca: a temida máquina de combate da dra. Cable fora derrotada por um beijo, abalada por algo tão prosaico quanto uma mão trêmula.

Sentiu vontade de se cortar ao lembrar a cena, de arrancar a própria carne até virar alguém diferente, menos especial, mais humana. Mas não queria voltar a se cortar depois de ter dito a Zane que havia parado. Seria como quebrar uma promessa.

Tally se perguntou se Zane contara aos outros Crims sobre ela. Será que já estavam planejando uma forma de emboscá-la e entregá-la aos Enfumaçados? Ou estavam tentando escapar e deixar Tally para trás, sozinha no mato para sempre?

Ela se imaginou invadindo o acampamento enquanto os outros dormiam para contar a Zane como se sentia mal pelo ocorrido. Mas não tinha coragem de encará-lo. Talvez tivesse ido longe demais dessa vez, quase vomitando na cara dele, isso sem falar no corte das mãos.

Shay já desistira dela. E se Zane também tivesse decidido que já não suportava mais Tally Youngblood?

Já havia se passado quase duas semanas quando os Crims pararam em um penhasco bem alto que dava para o mar.

Tally olhou para as estrelas. Ainda era muito antes da alvorada e a ferrovia à frente não estava interrompida. Mas todos os fugitivos saíram das pranchas e se reuniram ao redor de Zane. Estavam olhando para alguma coisa na mão dele. O localizador.

Tally observou e esperou, flutuando logo abaixo da beirada do penhasco, mantida acima das ondas pela ação das hélices. Após alguns longos minutos, viu a fumaça de um acampamento. Era óbvio que os Crims não iam prosseguir naquela noite. Ela se aproximou e agarrou a borda do penhasco.

Tally deu a volta pela grama alta e avançou até o acampamento. As refeições quentes brilhavam na visão infravermelha.

Finalmente chegou a um ponto onde o vento trazia os sons e o cheiro de comida da cidade até ela.

— O que a gente faz se ninguém vier? — disse uma das garotas.

A voz de Zane respondeu:

— Eles virão.

— Em quanto tempo?

— Não sei. Mas não tem mais nada que a gente possa fazer.

A garota começou a comentar sobre o estoque de água e falou que eles não tinham visto um rio nas últimas duas noites.

Tally recuou aliviada para a grama. O localizador mandou que parassem ali. Ainda não estavam na Nova Fumaça, obviamente, mas talvez a horrível jornada fosse acabar em breve.

Ela olhou ao redor, farejou o ar e se perguntou o que havia de especial sobre aquele lugar. Entre o cheiro das refeições instantâneas, Tally sentiu algo que provocou um arrepio... algo podre.

Tally se arrastou pela grama alta até a fonte do cheiro, vasculhando o solo. O fedor ficou cada vez mais intenso até chegar a um ponto em que ela sentiu ânsia de vômito. A cem metros do acampamento, encontrou uma pilha de peixes mortos, com cabeças, caudas e espinhas cheias de moscas e vermes.

Ela engoliu em seco e disse para si mesma que tinha que permanecer sagaz enquanto vasculhava a área ao redor da pilha. Descobriu em uma pequena clareira vestígios de uma velha fogueira. A madeira queimada estava fria e as cinzas haviam sido sopradas pelo vento, mas alguém tinha acampado ali. Muitas pessoas, na verdade.

A fogueira apagada havia sido feita em um buraco fundo para queimar eficientemente, protegida da brisa do mar. Como todos os perfeitos da cidade, os Crims armavam fogueiras mais para obter luz do que calor e queimavam lenha sem necessidade. Aquela fogueira tinha sido feita por mãos experientes.

Tally viu algo branco entre as cinzas e pegou com cuidado...

Era um osso do comprimento de sua mão. Não conseguia dizer de que espécie era, mas estava marcado por pequenas depressões onde dentes humanos haviam mordido.

Ela não conseguia imaginar jovens da cidade comendo carne após apenas algumas semanas no mato. Até mesmo os Enfumaçados raramente *caçavam* comida. Eles criavam coelhos e galinhas, nada tão grande quanto o animal de onde viera o osso. E os dentes deixaram marcas irregulares. Quem estivera ali não sabia cuidar da dentição. Alguém do povo de Andrew provavelmente tinha armado aquela fogueira.

Tally sentiu um arrepio. Os aldeões que ela conheceu consideravam os forasteiros como inimigos, como animais a serem caçados e mortos. E os perfeitos não eram mais "deuses" aos seus olhos. Imaginou como teriam se sentido ao descobrirem que passaram a vida inteira dentro de uma experiência e que os belos deuses não eram nada além de seres humanos.

Imaginou se alguns dos novos aliados dos Enfumaçados pensara em se vingar dos perfeitos da cidade.

Tally balançou a cabeça. Os Enfumaçados confiavam em Andrew a ponto de designá-lo como guia dos fugitivos até ali. Com certeza os demais aliados não eram desvairados homicidas.

Mas e se outros aldeões tivessem descoberto como escapar dos "homenzinhos"?

Quando a aurora chegou, Tally permaneceu acordada, sem se importar em tirar cochilos. Observou o céu à procura de sinais de carros voadores como sempre, mas também manteve um olho no caminho que levava aos penhascos em terra firme, com a visão infravermelha calibrada ao máximo. O incômodo no estômago por ter visto a pilha de peixes mortos jamais foi embora por completo.

Eles vieram três horas depois do nascer do sol.

RECÉM-CHEGADOS

Surgiram 14 silhuetas na visão infravermelha que subiam lentamente os morros do interior, quase completamente escondidas pela grama alta.

Tally acionou o traje de camuflagem e sentiu as escamas ondularem para copiar a grama, como o pelo eriçado de um gato assustado. A única silhueta que conseguia ver nitidamente era a da mulher à frente do grupo. Ela com certeza era uma aldeã, pois usava peles e carregava uma lança.

Tally se abaixou ainda mais na grama e se lembrou do primeiro encontro que teve com os aldeões. Eles a atacaram no meio da noite, prontos para matá-la pelo crime de ser uma forasteira. Os Crims estavam dormindo profundamente agora.

Se acontecesse algo violento, seria algo rápido, e não daria muito tempo para Tally salvar alguém. Talvez devesse acordar Zane e contar o que estava se aproximando...

Mas ficou tonta só de pensar na expressão de Zane ao vê-la e no reflexo da própria repulsa nos olhos dele.

Tally respirou fundo e ordenou que ficasse sagaz. Estava paranoica com as longas noites de viagem, sozinha e invisível, tentando proteger alguém que provavelmente nem a queria por perto. Sem poder enxergar melhor, só podia assumir que o grupo que se aproximava representava uma ameaça.

Ela prosseguiu engatinhando pela grama alta e abriu distância em relação à pilha de peixes podres. Mais perto, ouviu nitidamente uma voz ecoar pelos campos, cantando uma canção desconhecida na língua medíocre dos aldeões. Não parecia ser uma música de guerra, e sim uma canção feliz, algo que uma pessoa cantaria quando seu time estivesse ganhando um jogo de futebol.

Para aquela gente, é claro, violência sem sentido *era* praticamente um jogo de futebol.

Assim que se aproximaram, Tally ergueu a cabeça...

E suspirou aliviada. Apenas dois integrantes do grupo vestiam peles e o restante era formado por perfeitos da cidade. Estavam cansados e maltrapilhos, mas com certeza não eram aldeões. Todos levavam odres de água pendurados nos ombros, mas enquanto os dois aldeões carregavam o peso sem esforço, os avoados andavam com as costas dobradas. Tally olhou ao longe, para o caminho de onde vieram, e notou o reluzir de uma pequena baía. Eles tinham ido apenas renovar o estoque de água.

Tally se lembrou de como havia sido detectada por Andrew e ficou bem longe do grupo, mas ainda assim parou a uma distância suficiente para conseguir notar detalhes das roupas. O vestuário dos perfeitos parecia todo errado e fora de moda, o estilo era de alguns anos atrás, pelo menos. Mas aquele grupo não estava fora da cidade há *tanto* tempo assim.

Então Tally ouviu um rapaz perguntar a que distância eles estavam do acampamento e sentiu um arrepio ao estranhar o sotaque. Os perfeitos eram de outra cidade, de um lugar tão longe que falavam diferente. Claro, ela estava a meio caminho do equador. Os Enfumaçados vinham espalhando sua pequena rebelião para todas as direções.

Mas o que estavam fazendo ali?, ela se perguntou. Com certeza essa pequena beirada de penhasco não era a Nova Fumaça. Tally seguiu o grupo, ainda observando com desconfiança enquanto eles se aproximavam dos Crims adormecidos.

De repente, ela parou ao sentir algo por dentro, uma coisa que acontecia ao redor como se a terra estivesse tremendo.

Um estranho barulho surgiu ao longe, baixo e ritmado como dedos gigantes tamborilando sobre uma mesa. O som foi e voltou por alguns momentos até se firmar.

O grupo conseguia ouvir o barulho agora. A líder gritou e apontou para o sul, e os perfeitos olharam para cima, ansiosos. Tally já tinha visto o que era, a coisa vinha voando sobre os morros em direção a eles, com os motores brilhando intensamente na visão infravermelha.

Ela começou a correr meio agachada em direção à prancha enquanto o som trovejante crescia ao redor. Tally se lembrou da primeira viagem ao mato, quando pegou uma carona até a Fumaça em um estranho veículo voador dos Enferrujados. Os guardiões eram naturalistas de outra cidade que usavam veículos antigos como aquele para lutar contra as flores brancas.

Como o veículo era chamado mesmo?

Tally só se lembrou do nome quando alcançou a prancha.

O "helicóptero" pousou perto da beirada do penhasco.

Aquele modelo tinha o dobro do tamanho do que levou Tally até a Fumaça. Ele desceu furiosamente e criou um redemoinho que achatou a grama em um grande círculo. O helicóptero voava graças a duas pás enormes que giravam sem parar como enormes hélices de uma prancha. Mesmo no canto onde Tally se escondeu, o som fazia seus ossos de cerâmica chacoalharem, enquanto a prancha sob seus pés empinava como um cavalo nervoso diante de uma tempestade.

O barulho trovejante já acordara os Crims, é claro. Quem estava pilotando o helicóptero os viu de cima e esperou que dobrassem as pranchas antes de pousar. Quando o veículo desceu, os outros fugitivos já haviam retornado para os morros. Os dois grupos estavam se entreolhando com desconfiança enquanto a tripulação do helicóptero pulava na grama.

Pelo que Tally se lembrava, os guardiões vinham de uma cidade com costumes diferentes e que não se importava com a existência da Fumaça. A principal preocupação era preservar a natureza das pragas criadas pelos Enferrujados, especialmente as flores brancas. Às vezes, os guardiões trocavam favores com a Velha Fumaça e davam carona aos fugitivos em suas máquinas voadoras.

Tally simpatizou com os guardiões que conheceu. Eles eram perfeitos, mas, assim como bombeiros e Especiais, não tinham as lesões dos avoados. Ser capaz de pensar por si próprio era uma exigência da profissão. Eles possuíam a segurança e competência dos Enfumaçados, sem o rosto feio.

As pás do helicóptero continuaram girando mesmo com a máquina pousada no chão. Elas agitavam o ar debaixo da prancha de Tally e tornavam impossível ouvir qualquer coisa. Porém, vendo do ponto onde ela flutuava logo abaixo da beirada do penhasco, era óbvio que Zane estava fazendo as apresentações. Os guardiões davam a impressão de não estarem interessados, apenas um escutava enquanto os demais verificavam a máquina velha e mal-humorada. Os dois aldeões olharam os novos fugitivos com desconfiança até Zane mostrar o localizador.

Ao ver o aparelho, a líder puxou uma varinha de inspeção e começou a passar em volta do corpo de Zane. Tally notou que ela examinou com cuidado seus dentes, enquanto o segundo aldeão cuidou de verificar outro Crim. Os dois examinaram todos os oito recém-chegados de cima a baixo.

A seguir, os fugitivos dos dois grupos, todos os vinte, foram levados ao helicóptero. A máquina era muito maior do que um carro voador de um guarda, mas era tão tosca, barulhenta e *velha*... Tally se perguntou como conseguiria carregar tanta gente.

Os guardiões não pareciam preocupados. Eles estavam ocupados prendendo magneticamente as pranchas dos jovens da cidade na armação inferior do helicóptero.

Do jeito que a máquina estava lotada de fugitivos, a viagem tinha que ser curta...

O problema é que Tally não sabia como iria segui-los. O helicóptero em que andou era mais rápido e podia atingir altitudes maiores que qualquer prancha voadora. E se perdesse os Crims de vista, não havia como segui-los pelo resto do caminho até a Nova Fumaça.

Rastrear alguém pelo método tradicional tinha suas desvantagens.

Ela se perguntou o que Shay fizera quando chegou ali. Aumentou o alcance da dermantena, mas não achou sinal de nenhum Especial por perto, nem de uma mensagem deixada para ela.

Porém, o localizador de Andrew devia ter indicado o mesmo caminho para Shay. Será que ela havia se disfarçado de feia e tentado enganar os aldeões? Ou encontrou um jeito de seguir o helicóptero?

Tally olhou para a armação outra vez. Entre as vinte pranchas enfiadas ali havia espaço apenas para um ser humano.

Talvez Shay tenha pegado uma carona...

Tally colocou as luvas aderentes e se preparou. Esperaria até que o helicóptero decolasse, depois faria uma perseguição curta pelos morros e subiria através do redemoinho formado pelas pás.

Percebeu que estava sorrindo. Após duas semanas seguindo os Crims de mansinho, seria um alívio encarar um desafio de verdade que a fizesse se sentir uma Especial outra vez.

E, melhor ainda, a Nova Fumaça devia estar perto. Ela estava quase no fim da linha.

PERSEGUIÇÃO

Logo todos os perfeitos estavam a bordo do helicóptero e os dois aldeões se afastaram acenando e sorrindo.

Tally não esperou que a máquina decolasse. Ela desceu a costa e seguiu pelo caminho de onde o helicóptero viera. Voou abaixo do penhasco para se manter escondida. O truque seria esperar que ele estivesse longe o bastante dos aldeões antes de voar em céu aberto. Depois de semanas escondida, ela não queria ser descoberta tão perto do objetivo.

O som das pás do helicóptero mudou de um zumbido agudo para um ritmo trovejante. Tally resistiu à tentação de olhar para trás e manteve os olhos no paredão do penhasco. Ela o contornou de perto, voando baixo e sem ser vista.

Os ouvidos a avisaram quando o helicóptero subiu atrás dela. Tally voou mais rápido e se perguntou qual seria a velocidade máxima do veículo dos Enferrujados.

Ela nunca havia testado os limites de velocidade de uma prancha da Circunstâncias Especiais. Ao contrário dos modelos usados pelos medíocres, as pranchas dos Cortadores não tinham mecanismos de segurança que impedissem a pessoa de fazer algo estúpido. Se deixasse, as hélices girariam até superaquecerem ou coisa pior. Ela aprendera no treinamento de Cortadora que as hélices não falhavam delicadamente — era possível forçá-las até que se soltassem em uma explosão de metal incandescente.

Tally ligou a visão infravermelha e olhou para as hélices na frente do pé esquerdo, que já estavam vermelhas como as brasas de uma fogueira.

O helicóptero estava chegando perto, como um trovão que surgia por trás e acima de Tally, agitando o ar. Ela desceu ainda mais pelo penhasco, as ondas passavam por baixo da prancha como um borrão, cada protuberância na rocha ameaçava arrancar sua cabeça.

Quando o helicóptero passou por cima de Tally, ele estava a cem metros do solo e continuava subindo. Ela precisava agir.

Tally disparou por cima da beirada do penhasco e deu um rasante pelo solo até um ponto diretamente abaixo do helicóptero, fora do alcance de visão das janelas. Atrás dela, os dois aldeões foram reduzidos a meros pontinhos e, mesmo que ainda estivessem observando, só veriam um vestígio da prancha, pois o traje de camuflagem assumiu a cor do céu.

Durante a subida, a prancha começou a tremer como se golpeada por punhos invisíveis gerados pelo vórtex embaixo do helicóptero. O ar pulsava ao redor de Tally como um sistema de som com os graves no volume máximo.

De repente, a prancha lhe escapou dos pés e Tally se viu caindo por um momento. Então a superfície aderente quicou de volta. Ela verificou se uma das hélices havia falhado, mas todas continuavam girando. Então a prancha fugiu de novo. Tally percebeu que estava passando por áreas de baixa pressão dentro do redemoinho, que deixavam a prancha sem ar suficiente para sustentar o voo.

Ela dobrou os joelhos e subiu mais rápido, ignorando o brilho incandescente das hélices e os golpes da turbulência ao redor. Não tinha tempo para cautela, pois o helicóptero continuava subindo e ganhando velocidade, e logo estaria fora de alcance.

De repente, o vento e o barulho pararam — Tally chegara a uma zona de calmaria, como o olho de um furacão. Ergueu o rosto e percebeu que estava diretamente embaixo da barriga da máquina, protegida da turbulência criada pelas pás. Era a chance de subir a bordo.

Tally subiu mais alto e esticou as mãos com as luvas aderentes. Os braceletes antiqueda puxaram os braços para cima ao entrarem em contato com o metal da aeronave. Mais um metro e ela conseguiria...

Então, do nada, o mundo pareceu girar ao seu redor. O helicóptero virou a barriga para o lado e depois recuou. Ele fez uma curva fechada para o interior e deixou Tally desprotegida como se tivesse dado de cara com uma tempestade.

O vento a atingiu como uma onda gigante, deu uma rasteira em Tally e mandou a prancha para longe. Os ouvidos estalaram com as idas e vindas do vórtex do helicóptero. Por um terrível segundo, ela viu as pás gigantes se aproximando como um borrão e sentiu o corpo tremer com seu ritmo atordoante.

Mas, em vez de fatiá-la, a fúria das pás jogou Tally longe. Ela girou em pleno ar com o horizonte dando voltas ao seu redor. Por um instante, até mesmo seu senso de equilíbrio especial falhou, como se o mundo girasse caoticamente.

Após alguns segundos de queda livre, Tally sentiu um puxão nos pulsos e fez um gesto para chamar a prancha, que havia se estabilizado e disparou na sua direção em velocidade máxima. As hélices estavam tão quentes que ficaram mais brancas que o sol.

Ela pegou a prancha e a superfície superaquecida queimou suas mãos mesmo com as luvas. O cheiro do plástico aderente em ponto de ebulição invadiu suas narinas. O calor era tão intenso que o traje de camuflagem assumiu automaticamente a forma de armadura para tentar oferecer alguma proteção.

Ainda girando no ar, Tally ficou pendurada por um momento até que o formato de asa da prancha a estabilizasse. Ela então rolou para cima e assumiu a pose de pilotagem.

Tally mandou o traje copiar o azul do céu e olhou à frente — o helicóptero estava se afastando ao longe.

Ela hesitou. Percebeu que deveria desistir agora e voltar ao ponto onde os fugitivos foram recolhidos para esperar pelo próximo grupo. Com certeza os helicópteros deviam fazer essa viagem regularmente.

Mas Zane estava lá dentro e ela não poderia abandoná-lo agora. Shay e o restante da Circunstâncias Especiais já deviam estar a caminho.

Ela acelerou a prancha superaquecida. O helicóptero perdeu velocidade e altitude ao fazer a curva e logo foi alcançado.

Tally sentiu uma mudança na vibração debaixo dela. O calor da superfície começou a queimar as solas dos pés e fazer as hélices de metal se expandirem, alterando o controle e o barulho da prancha. Ela avançou até ser açoitada outra vez pela tempestade ao redor do helicóptero. O ar rugia durante sua nova aproximação.

Mas agora Tally sabia o que esperar. Aprendera o formato do vórtex invisível ao passar por ele pela primeira vez. Foi guiada pelo instinto em suas idas e vindas até a pequena bolha de proteção debaixo da máquina.

Agora a prancha guinchava de agonia, mas Tally forçou para que subisse até a armação inferior e esticou os braços...

Cada vez mais perto.

Tally sentiu o momento do colapso pelas solas dos pés, quando a vibração irregular da prancha virou de repente uma tremedeira frenética. O grito do metal atingiu os ouvidos na hora em que as hélices se desintegraram. Ela percebeu que era tarde demais e só podia ir para cima. Dobrou os joelhos e pulou...

No ápice do salto, Tally tentou agarrar em alguma coisa e os dedos rasparam as pranchas guardadas. Mas elas estavam muito compactadas e não ofereceram apoio, enquanto os esquis de pouso de cada lado estavam fora de alcance.

Ela começou a cair...

Tally acionou freneticamente os controles dos braceletes antiqueda e mandou que gastassem as baterias para atraí-la em direção às toneladas de metal acima com o máximo de energia possível. De repente, seus pulsos foram puxados por uma força poderosa, formada pela atração magnética combinada das vinte pranchas sendo ligadas. Tally foi presa à superfície mais próxima e quase teve os braços arrancados pelo súbito solavanco.

Embaixo da aeronave, o grito agudo da antiga prancha de Tally virou uma tosse rouca ao cair. Ela ouviu o rangido do metal se despedaçando ao despencar até que o redemoinho do helicóptero abafou o som.

Tally se viu presa à parte inferior do helicóptero. As vibrações da aeronave ecoavam pelo corpo como ondas se quebrando.

Por um momento, ela se perguntou se os pilotos e passageiros teriam ouvido a desintegração de sua prancha, mas então se lembrou do próprio voo de helicóptero no ano anterior. Para serem ouvidos sobre o rugido das pás, Tally e os guardiões tiveram que gritar.

Após alguns minutos pendurada pelos pulsos, ela desligou o magneto de um dos braceletes e balançou os pés para passá-los pelo esqui de pouso. Então desligou o outro bracelete e ficou pendurada de cabeça para baixo ao vento durante um instante de tensão, até que conseguiu se erguer e entrar em um espaço apertado entre as pranchas dos fugitivos. Dali, Tally observou a viagem prosseguir.

O helicóptero continuou rumo ao interior e a flora foi se tornando mais abundante à medida que o mar ficava para trás. A máquina atingiu uma velocidade e altitude ainda maiores até que o arvoredo virou um mero borrão verde lá embaixo. Só havia alguns pontos de flores brancas ali.

Segurando firme e com cuidado, Tally tirou as luvas e verificou as mãos. As palmas estavam queimadas e alguns pedaços de plástico derretido grudaram-se a elas, mas as tatuagens dinâmicas ainda pulsavam, mesmo aquelas interrompidas pela cicatriz do corte. O spray medicinal tinha caído com a prancha e todo o resto. Somente os braceletes antiqueda, a faca cerimonial e o traje de camuflagem haviam sobrevivido.

Mas ela conseguira. Tally finalmente se permitiu respirar aliviada. Ao ver o cenário passando lá embaixo, foi tomada pelo prazer de ter realizado um truque realmente sagaz.

Os dedos tocaram a velha barriga de metal do helicóptero. Zane estava a apenas alguns metros de distância. Ele também realizou um tremendo truque. Apesar das lesões e do dano cerebral, Zane quase havia chegado à Nova Fumaça. Não importava mais o que Shay pensasse de Tally, ela não poderia negar que Zane merecia o direito de fazer parte da Circunstâncias Especiais.

Depois de tudo aquilo, Tally não aceitaria uma resposta negativa.

Segundo o software interno de Tally, os primeiros sinais da Nova Fumaça surgiram lá embaixo uma hora depois.

Embora a floresta ainda fosse densa, apareceram alguns campos retangulares, com árvores cortadas e empilhadas para dar espaço para alguma construção. Então surgiram mais marcas de obras: enormes escavadeiras abrindo a terra e guindastes magnéticos movendo suportes flutuantes. Tally franziu a testa. A Nova Fumaça devia estar perdendo o juízo se achava que ia ficar impune diante de tanto desmatamento.

Mas então cenários mais familiares começaram a passar lá embaixo: os prédios baixos de uma zona industrial e as fileiras de casas de um subúrbio. Então surgiu a aglomeração de prédios altos no horizonte, e o céu foi tomado por carros voadores. Apareceram dormitórios e um anel de campos de futebol exatamente como a Vila Feia de sua própria cidade.

Tally balançou a cabeça. Tudo aquilo não poderia ter sido construído pelos Enfumaçados...

Então ela se lembrou das palavras de Shay na noite em que invadiram a Nova Perfeição para ver Zane — sobre como David e seus amigos haviam conseguido trajes de camuflagem com aliados misteriosos —, e entendeu a verdade.

A Nova Fumaça não era um acampamento qualquer escondido no mato, onde as pessoas cagavam em buracos no chão, comiam coelhos mortos e queimavam madeira como combustível. A Nova Fumaça estava bem ali, espalhada debaixo dela.

Uma cidade inteira havia se juntado à rebelião.

ATERRISSAGEM FORÇADA

Tally tinha que sair antes que o helicóptero pousasse.

Não queria ser encontrada na armação quando aterrissassem. Zane a veria e os guardiões provavelmente saberiam por sua beleza cruel que ela era uma agente de outra cidade. Mas quando o helicóptero começou a se aproximar de um heliporto, Tally não conseguiu ver um ponto seguro para pular.

Em sua cidade, um rio envolvia a ilha da Nova Perfeição. Mas ali não havia nenhuma massa de água em que pudesse pular e, pela altitude, não seria possível usar os braceletes antiqueda com segurança. A armadura do traje de camuflagem poderia protegê-la, mas o heliporto era localizado entre dois grandes prédios cercados de calçadas móveis cheias de pedestres frágeis.

Assim que o helicóptero começou a descer, ela notou que o heliporto era delimitado por uma cerca viva alta e grossa o suficiente para abafar a ventania das pás. Parecia ser cheia de espinhos, mas nada que o traje de camuflagem não pudesse enfrentar.

O helicóptero desacelerou quando o heliporto surgiu lá embaixo e Tally puxou o capuz para proteger o rosto. Assim que a aeronave manobrou para pousar, ela se deixou cair e se enrolou em uma bola como uma criança pulando em uma piscina.

O ombro esquerdo acertou a cerca viva com um estalo, galhos foram quebrados pela armadura e ela quicou para longe da barreira em uma explosão de folhas, girando no ar. Tally conseguiu aterrissar de pé, mas cambaleou em uma superfície instável... a calçada móvel que vira ao descer.

Ela balançou os braços, quase recuperando o equilíbrio, mas pisou no trecho da calçada móvel que seguia no sentido oposto. Girou e caiu de costas com os braços abertos, olhando atordoada para o céu.

— Ai — murmurou Tally. Os Especiais podiam ter ossos inquebráveis de cerâmica, mas ainda havia muita carne para machucar e nervos para reclamar.

O céu era tomado por dois prédios altos acima dela. Eles pareciam se mover delicadamente... Tally ainda estava sendo levada pela calçada móvel.

O rosto de um perfeito de meia-idade apareceu olhando para ela com uma expressão séria.

— Mocinha! Você está bem?

— Sim. Quase bem.

— Bem, eu sei que as regras de conduta mudaram, mas você ainda corre o risco de ser levada aos guardas por uma travessura como essa!

— Ah, sinto muito — disse Tally, sentindo dores ao ficar de pé.

— Imagino que esse traje deva protegê-la. — O homem continuou a falar em tom sério. — Mas você parou para pensar no resto de nós?

Com uma das mãos, Tally massageou as costas que deviam estar cheias de hematomas, e levantou a outra em defesa. Para um perfeito de meia-idade, o sujeito não era muito compreensivo.

— Eu disse que sinto muito. Eu precisava sair daquele helicóptero.

Com desdém, o homem falou.

— Bem, se não pode esperar para pousar, da próxima vez use uma jaqueta de bungee jump!

Tally foi tomada pela irritação. Aquele perfeito de meia--idade medíocre simplesmente não calava a boca. Cansada da conversa, Tally tirou o capuz e arreganhou os dentes.

— Talvez da próxima vez eu mire em *você!*

O homem encarou seus olhos escuros e selvagens, as tatuagens e o sorriso afiado, e apenas desdenhou dela de novo.

— Ou talvez quebre seu belo pescoço.

Ele fez uma expressão de satisfação e pisou no trecho mais rápido da calçada móvel, disparando dali sem olhar de novo para Tally.

Ela piscou, surpresa. Não era aquela a reação que esperava. Viu seu reflexo distorcido passar pelas janelas dos prédios ao ser levada pela calçada. Ela ainda era uma Especial, o rosto ainda tinha uma beleza cruel projetada para despertar os medos mais antigos da humanidade. Mas o homem sequer notou.

Tally balançou a cabeça. Talvez, naquela cidade, os agentes da Circunstâncias Especiais não trabalhassem escondidos e o sujeito já tivesse visto perfeitos cruéis antes. Mas qual a razão de ter uma aparência assustadora se todo mundo se acostumasse com ela?

Ela repassou a conversa na mente e percebeu que o sotaque do homem era parecido com o dos guardiões — rápido, curto e grosso. Devia estar na cidade natal deles.

Mas se estava na Nova Fumaça, onde estaria Shay? Tally aumentou o alcance da dermantena, mas não ouviu um sinal de resposta. Claro que ela podia estar fora da área de cobertura, afinal as cidades são grandes. Ou talvez tivesse desligado a antena, ainda aborrecida com a última traição de Tally.

Tally se virou para o local de pouso. As hélices do helicóptero ainda giravam. Talvez aquela *não fosse* a Nova Fumaça, apenas um posto de abastecimento. Tomando a calçada oposta, Tally rumou para o heliporto.

Um casal de novos perfeitos passou voando e Tally notou que eles haviam sido submetidos a cirurgias exclusivas. A mulher tinha a pele mais pálida do que seria permitido por qualquer Comissão da Perfeição, com cabelo ruivo e várias sardas pelo rosto como as de uma criança que não podia pegar sol. A pele do homem era de um marrom-escuro e os músculos eram aparentes demais.

Talvez aquilo explicasse a reação (ou falta de) do perfeito de meia-idade. Os novos perfeitos deviam estar se submetendo a cirurgias exclusivas para alguma festa à fantasia naquela noite. As operações realizadas ali eram mais radicais do que as permitidas na cidade de Tally, mas, pelo menos, isso significava que ela não destoaria da população enquanto tentava descobrir o que estava acontecendo.

Claro que a armadura preta do traje de camuflagem não era exatamente o último grito da moda. Com alguns ajustes, ela criou uma imitação das roupas que os dois novos perfeitos estavam usando, com listras de cores fortes como os trajes de uma criança de sua cidade natal. Sentiu que sobressaía ainda mais por causa dos tons berrantes, mas quando alguns outros novos perfeitos passaram voando — com rostos pálidos quase transparentes, narizes enormes e roupas de cores vivas —, Tally teve a impressão de que estava começando a se encaixar.

Os prédios não eram tão diferentes daqueles com que estava acostumada. Os dois ao lado do heliporto pareciam típicos edifícios de governo. Na verdade, o mais próximo tinha PREFEITURA escrito em letras de pedra, e a maioria dos pontos de descida da calçada móvel era marcada com nomes de agências do governo. À frente, havia as torres de festa e enormes mansões do que só podia ser a Nova Perfeição, e era possível ver ao longe os dormitórios dos feios e campos de futebol.

Porém, parecia estranho não haver um rio entre a Nova Perfeição e a Vila dos Feios. Seria fácil demais entrar de mansinho, nem representaria um desafio. Como os penetras seriam barrados?

Ela não tinha visto nenhum guarda até então. Será que *alguém* ali saberia o que sua beleza cruel representava?

Uma jovem perfeita entrou na calçada móvel ao seu lado e Tally decidiu testar se convenceria como uma local.

— Onde é a balada de hoje? — perguntou ela. Tentou imitar o sotaque local e torceu para que não parecesse medíocre por não saber.

— A *balada*? Você quer dizer a festa?

Tally deu ombros.

— Isso, claro.

A jovem riu.

— É só escolher. Tem um monte de festas.

— Claro que tem um monte, mas qual é a festa que precisa de cirurgia exclusiva para entrar?

— Cirurgia exclusiva? — A mulher olhou para Tally como se ela tivesse dito algo completamente medíocre. — Por acaso você acabou de descer do helicóptero?

Tally levantou as sobrancelhas.

— Hã, o helicóptero? É, tipo isso.

— Com uma cara dessas? — A jovem franziu a testa. Ela tinha a pele marrom-escura e unhas decoradas com minúsculos monitores, cada um exibia uma imagem diferente.

Tally se limitou a dar de ombros outra vez.

— Ah, entendi. Mal podia esperar para ficar parecida conosco, não é? — Ela riu de novo. — Olha, menina, você realmente devia andar com os outros recém-chegados, pelo menos até saber o que está acontecendo aqui. — A mulher apertou os olhos, enquanto os dedos acionavam uma interface. — Diego disse que eles vão estar no Terraço hoje à noite.

— Diego?

— A cidade. — Ela riu novamente e as unhas piscaram ao ritmo do som. — Uau, menina, você realmente acabou de descer do helicóptero.

— É, acho que sim. Valeu — disse Tally, se sentindo medíocre e desamparada, sem nada de especial. Sua força e velocidade não significavam coisa alguma naquela cidade, e mesmo a beleza cruel não parecia impressionar ninguém. Era como se voltasse a ser feia, quando saber quais eram as melhores festas e como se vestir era mais importante do que ser super-humana.

— Então, bem-vinda a Diego — falou a jovem perfeita. Ela pisou no trecho de alta velocidade e acenou como se estivesse sem graça por largar um mané sozinho em uma festa.

Ao se aproximar do heliporto, Tally ficou de olho para ver os Crims. Saiu da calçada móvel no ponto onde a cerca viva fora danificada por sua queda e olhou por um dos buracos que deixara para trás.

Os fugitivos tiraram os pertences do helicóptero, mas ainda tentavam se organizar. Como típicos avoados, eles estavam com problemas para identificar que prancha pertencia a quem. Cercaram o guardião, que tentava resolver a situação, como crianças querendo sorvete.

Zane estava esperando pacientemente e parecia tão contente quanto na ocasião em que os dois haviam fugido da cidade. Alguns dos outros Crims estavam ao redor dele, dando tapinhas em suas costas e se congratulando.

Um Crim entregou a prancha de Zane e os oito voaram em direção ao enorme prédio do outro lado da Prefeitura.

Tally percebeu que era um hospital. Fazia sentido. Qualquer forasteiro teria que passar por um exame para detectar doenças e cuidar de ferimentos e intoxicação alimentar da viagem. E como aquela cidade era a Nova Fumaça, os recém-chegados também receberiam tratamento para as lesões.

É claro, pensou Tally. Não era mais necessário que as pílulas de Maddy funcionassem perfeitamente. Todos os fugitivos acabariam chegando ali, onde havia um hospital com médicos de verdade para cuidar das lesões.

Tally deu um passo para trás, respirou devagar e finalmente admitiu para si mesma: a Nova Fumaça era mil vezes maior e mais poderosa do que ela e Shay imaginaram.

As autoridades estavam recebendo e curando os fugitivos de outras cidades. Pensando bem, até agora *nenhuma* das pessoas que encontrara tinha as lesões. Todas expressaram suas opiniões abertamente, como se não fossem avoadas.

Isso explicaria por que aquela cidade — "Diego", como chamou a mulher — havia derrubado os padrões da Comissão da Perfeição e deixado que todo mundo tivesse a aparência que bem quisesse. Eles até começaram a construir novas estruturas nas florestas ao redor, se expandindo para o mato.

Se tudo aquilo fosse verdade, não era de se estranhar que Shay não estivesse mais ali. Ela devia ter voltado para casa a fim de relatar a situação para a dra. Cable e a Circunstâncias Especiais.

Mas o que poderiam fazer a respeito? As cidades não podiam se intrometer no governo das outras, afinal de contas.

A Nova Fumaça poderia durar para sempre.

CIDADE MEDÍOCRE

Tally passou o dia andando pela cidade e maravilhada com como era diferente da sua.

Ela viu novos perfeitos e feios juntos, amigos que a operação não separou, e crianças passeando com os irmãos feios mais velhos em vez de ficarem isoladas na Vila dos Coroas com os pais. Essas pequenas mudanças eram quase tão surpreendentes quanto as mais variadas estruturas faciais, texturas de pele e modificações corporais que encontrou. *Quase.* Seria preciso um tempo para se acostumar com as coberturas de penas, os dedos mindinhos substituídos por pequenas cobras, os tons de pele do mais escuro até o mais pálido, e os cabelos que ondulavam como uma criatura submarina.

Grupinhos inteiros tinham a mesma cor de pele ou os mesmos traços faciais, como as famílias antes da operação. Tally ficou incomodada ao se lembrar como as pessoas se agrupavam em grupos, clãs e supostas raças parecidos entre si e odiavam quem era diferente na época dos Pré-Enferrujados. Mas ali todos pareciam conviver muito bem. Para cada grupinho de gente parecida, havia outro cheio de visuais variados.

Os perfeitos de meia-idade de Diego não pareciam tão empolgados com a moda das cirurgias exclusivas. A maioria parecia mais ou menos com os pais de Tally. Ela ouviu algumas reclamações da parte deles sobre os "novos padrões" e como as operações atuais eram horrorosas, uma desgraça. Mas os perfeitos de meia-idade reclamavam de uma maneira tão direta que Tally não tinha dúvida de que suas lesões haviam sido curadas.

Já os coroas pareciam estar mais ligados nas cirurgias exclusivas do que qualquer outra pessoa, o que era perturbador. Alguns tinham os mesmos rostos serenos, sábios e confiáveis que a Comissão da Perfeição ditava na cidade natal de Tally, mas outros tinham uma aparência bizarramente jovial. Na maioria das vezes, ela não sabia dizer que idade as pessoas tinham, como se os cirurgiões da cidade tivessem decidido misturar todas as etapas da vida em uma coisa só.

Tally até mesmo ouviu algumas pessoas que, pelo tom da conversa, ainda eram avoadas. Por alguma razão, seja por opinião filosófica ou por moda, elas decidiram manter as lesões nos cérebros.

Aparentemente, era possível fazer de tudo ali. Parecia que Tally havia aterrissado na Cidade Medíocre. Todo mundo era tão diferente que seu próprio rosto especial fora reduzido a... nada.

Como aquilo tudo aconteceu?

Não pode ter sido há tanto tempo. As transformações ainda pareciam estar ocorrendo ao redor de Tally, como uma pedra jogada em um lago.

Assim que conseguiu sintonizar a dermantena nas transmissões locais, ela descobriu que havia muita polêmica no ar. Ouviu discussões sobre a decisão de abrigar os fugitivos, os padrões de beleza, e, principalmente, sobre a nova construção nos limites da cidade. E nem sempre o nível do debate era equilibrado e educado como em sua cidade natal. Tally jamais tinha ouvido adultos discutindo daquela forma, nem mesmo em particular. Era como se um bando de feios dominasse as transmissões. Sem as lesões para tornar as pessoas aprazíveis, a sociedade vivia em constante estado de guerra por meio de palavras, imagens e ideias.

Era uma sensação avassaladora, quase como o modo de vida dos Enferrujados, ter que debater todas as questões em público em vez de deixar o governo fazer o seu trabalho.

E as mudanças já em vigor em Diego eram apenas o início, Tally percebeu. A cidade dava a impressão de estar fervendo com todas aquelas mentes emancipadas trocando opiniões, como algo prestes a explodir.

Naquela noite, Tally foi ao Terraço.

A interface da cidade indicou o caminho até o ponto mais alto de Diego, um parque em cima de um morro que dava vista para o centro. A primeira jovem perfeita que Tally encontrou estava certa: havia muitos fugitivos no parque, cerca de metade era de feios e o resto de novos perfeitos. Quase todos tinham os mesmos rostos com que chegaram à cidade, pois ainda não estavam preparados para ceder ao radicalismo das cirurgias exclusivas. Ela entendeu por que os novatos estavam juntos; após um dia pelas ruas de Diego, a visão de rostos tradicionais e aprovados pela Comissão da Perfeição era um alívio.

Tally torceu para que Zane estivesse ali. Não haviam passado tanto tempo separados desde a fuga, e ela se perguntava o que haviam feito com ele no hospital. Será que a retirada das lesões diminuiria a tremedeira? Como Zane decidiria se reinventar naquela cidade onde qualquer pessoa podia ter o visual que quisesse, onde a mera *possibilidade* de ser medíocre não existia?

Talvez ali ele fosse curado de uma maneira melhor do que em sua própria cidade. Com tanta prática em cirurgias bizarras, os médicos de Diego deviam ser quase tão bons quanto a dra. Cable.

Talvez, da próxima vez que se beijassem, as coisas fossem diferentes.

E mesmo que Zane continuasse o mesmo, pelo menos Tally poderia mostrar o quanto *ela* havia mudado. A jornada pelo mato e o que vira em Diego já faziam alguma diferença. Talvez agora fosse possível mostrar o que sentia de verdade por dentro, mais fundo do que qualquer operação pudesse alcançar.

Tally andou de mansinho pela escuridão fora do alcance dos globos flutuantes, ouvindo os recém-chegados. A música não estava alta, pois a festa era mais um evento para que as pessoas se conhecessem do que uma balada para beber e dançar. Ela ouviu vários tipos de sotaques, até mesmo de línguas do extremo sul. Todos os fugitivos estavam contando histórias de como chegaram até ali — viagens divertidas, difíceis ou aterrorizantes através do mato para alcançar os pontos de encontro espalhados por todo o continente. Alguns vieram em pranchas voadoras, outros caminharam, e certos fugitivos até mesmo disseram que roubaram carros-patrulha dotados de hélices e voaram com conforto pelo mato.

A festa foi crescendo enquanto Tally observava, como se fosse a própria interface de Diego, a chegada de mais fugitivos. Logo ela viu Peris e alguns outros Crims perto da beirada do penhasco. Zane não estava com eles.

Tally recuou ainda mais nas sombras, vasculhou a multidão com o olhar e se perguntou onde ele estaria. Claro que Zane devia imaginar que ela perdera o helicóptero e ainda estava no mato. Devia sentir alívio por ter se livrado dela...

— Oi, meu nome é John — disse uma voz atrás dela.

Tally virou e se viu cara a cara com um novo perfeito. Ele levantou as sobrancelhas ao notar sua beleza cruel e as tatuagens, mas a reação foi contida. Já devia estar acostumado com o resultado de cirurgias absurdas em Diego.

— Tally — respondeu ela.

— Que nome engraçado.

Tally franziu a testa. Ela própria achou que "John" soava bem medíocre, embora o sotaque parecesse familiar.

— Você é uma fugitiva, certo? — perguntou. — Tipo, isso é uma cirurgia nova que você está testando?

— Isso aqui? — Tally passou os dedos no rosto. Desde que acordara no quartel da Divisão de Circunstâncias Especiais após a operação, a beleza cruel era algo que a definia. No entanto, esse rapaz medíocre perguntava se ela estava *testando* a aparência de Cortadora como se fosse um novo penteado?

Mas não fazia sentido se entregar.

— É, acho que sim. Gostou?

Ele deu de ombros.

— Meus amigos falaram que é melhor esperar até conhecer as modas. Não quero parecer um tremendo mané.

Tally soltou a respiração devagar e tentou permanecer calma.

— Você acha que eu pareço uma mané?

— E eu lá sei? Acabei de chegar aqui. — Ele riu. — Não sei que aparência eu vou querer. Mas provavelmente vai ser algo, sei lá, menos *assustador*.

Assustador?, Tally pensou, sentindo a raiva aumentar. Ela poderia mostrar para aquele perfeito arrogante o que era assustador.

— Eu tiraria essas cicatrizes, se fosse você — acrescentou o sujeito. — São meio sinistras.

As mãos de Tally pegaram o rapaz pelo casaco novo e colorido. As unhas rasgaram o tecido enquanto ela o erguia do chão com os dentes afiados em um sorriso ameaçador.

— Ouça aqui, seu avoado-até-cinco-minutos-atrás, isso não é *moda*! Essas cicatrizes são uma coisa que você jamais vai...

Um ping baixo ecoou na cabeça de Tally.

— Tally-wa — disse uma voz familiar. — Solte o rapaz.

Ela fez uma expressão de surpresa e obedeceu.

A dermantena tinha sintonizado outro Cortador.

O rapaz estava rindo.

— Ei, que truque bacana! Não tinha visto os dentes antes.

— Cala a boca! — Tally soltou o casaco destruído e se virou para vascular a multidão.

— Você tem um grupinho? — continuou tagarelando o perfeito. — Aquele cara ali parece com você!

Ela seguiu o gesto e viu um rosto familiar vindo em sua direção através da multidão, as tatuagens girando de alegria.

Era Fausto, sorrindo e especial.

REUNIÃO

— Fausto! — gritou ela e percebeu que não era necessário. As dermantenas já haviam se conectado, formando uma rede de duas pessoas.

— Então ainda se lembra de mim? — brincou ele. A voz soava como um sussurro próximo aos ouvidos de Tally.

Ela ficou arrepiada ao perceber como essa intimidade fizera falta nas últimas semanas — a sensação de ser uma Cortadora, de pertencer a um grupo. Esqueceu o perfeito que a insultou e correu em direção a Fausto.

Tally deu um abraço nele.

— Você está bem!

— Estou melhor que bem — respondeu ele.

Tally se afastou. Estava tão chocada e cansada pelas coisas que o cérebro havia absorvido naquele dia... E agora Fausto se encontrava ali, bem na frente dela, são e salvo.

— O que aconteceu com você? Como escapou?

— Isso é uma longa história.

Ela assentiu, depois balançou a cabeça e disse:

— Estou tão confusa, Fausto. Esse lugar é tão medíocre. O que está acontecendo?

— Aqui em Diego?

— Sim. Não parece ser de verdade.

221

— É de verdade.

— Mas como tudo isso aconteceu? Quem *deixou* que acontecesse?

Ele olhou pensativo para as luzes da cidade além da borda do penhasco.

— Até onde eu sei, isso vem acontecendo há muito tempo. Essa cidade nunca foi como a nossa. Eles não tinham as mesmas barreiras entre perfeitos e feios.

Tally concordou com a cabeça.

— Não existe rio.

Ele riu.

— Talvez tenha sido o motivo. Mas eles sempre tiveram menos avoados que a nossa cidade.

— Como os guardiões que encontrei no ano passado. Eles não tinham as lesões.

— Nem os *professores*, Tally. Todo mundo aqui foi ensinado por perfeitos que não eram avoados.

Tally fez uma expressão de surpresa. Não era de estranhar que o governo de Diego tivesse sido solidário à Fumaça. Uma pequena colônia de livres pensadores não seria uma ameaça.

Fausto se aproximou.

— E sabe o que é mais estranho, Tally? Eles não têm nada parecido com a Circunstâncias Especiais aqui. Então, quando as pílulas começaram a circular, Diego não tinha como impedir. Não havia como manter o controle.

— Você quer dizer que os Enfumaçados *tomaram* a cidade?

— Eles não tomaram exatamente. — Fausto riu de novo.

— As autoridades continuam no poder. Mas a mudança aconteceu mais rápido aqui do que vai acontecer na nossa cidade. Depois que as pílulas entraram, levou mais ou menos um mês para a maioria das pessoas despertar e o sistema inteiro entrar em colapso. *Ainda* está em colapso, eu acho.

Tally assentiu e se lembrou de todas as coisas que vira nas últimas 12 horas.

— Nisso você tem razão. Esse lugar inteiro enlouqueceu.

— Você vai se acostumar. — O sorriso ficou maior.

Tally estreitou os olhos.

— E nada disso incomoda você? Já notou que estão desmatando nos limites da cidade?

— Claro, Tally-wa. Eles precisam expandir seu território. A população está crescendo rapidamente.

As palavras tiveram o impacto de um soco no estômago.

— Fausto... uma população não pode *crescer*. Eles não podem *fazer aquilo*.

— Eles não estão procriando, Tally. São apenas fugitivos. — Fausto deu de ombros como se não fosse nada demais e ela sentiu o estômago revirar. A beleza cruel, a intimidade da voz nos seus ouvidos e até mesmo as tatuagens dinâmicas e dentes afiados não eram desculpa para o que Fausto estava dizendo. A *natureza* estava em questão, sendo devastada a fim de abrir caminho para um bando de perfeitos gananciosos.

— O que os Enfumaçados fizeram com você? — perguntou ela com a voz seca.

— Nada que eu não tivesse pedido.

Tally balançou a cabeça freneticamente, sem querer acreditar.

Fausto suspirou.

— Venha comigo. Não quero que os garotos da cidade ouçam a gente. Existem umas regras esquisitas sobre ser especial. — Ele colocou uma das mãos no ombro de Tally para que fossem até o fundo da festa. — Você se lembra da nossa grande fuga no ano passado?

— Claro que lembro. Por acaso eu pareço uma avoada?

— Longe disso. — Fausto sorriu. — Bem, algo aconteceu depois que o localizador no dente do Zane foi desligado e você insistiu em ficar para trás com ele. Durante a fuga, nós, Crims, entramos em acordo com os Enfumaçados. — Ele parou quando passaram por uma turma de novos perfeitos que comparavam o resultado de uma nova cirurgia: uma pele que pulsava desde o mais pálido até o mais escuro de acordo com o ritmo da música.

Usando as dermantenas para transmitir as palavras, Tally protestou:

— Como assim, um acordo?

— Os Enfumaçados sabiam que a Circunstâncias Especiais estava recrutando. O número de Especiais aumentava a cada dia, a maioria deles composta pelos mesmos feios que tinham fugido para a Velha Fumaça.

Tally concordou com a cabeça.

— Você conhece as regras. Só os feios espertos viram especiais.

— Claro. Mas só então os Enfumaçados estavam começando a entender isso. — Eles estavam quase nas sombras do arvoredo do outro lado da festa. — E como Maddy ainda tinha o banco de dados da dra. Cable, ela pensou que poderia fazer uma cura para os Especiais.

Tally travou.

— Uma *o quê?*

— Uma cura, Tally. Mas eles precisavam de uma pessoa para testar. Alguém que pudesse dar uma autorização consciente, como a que você deu para ser curada antes de permitir ser transformada em perfeita.

Ela encarou Fausto e tentou avaliar a profundidade de seus olhos. Havia algo de errado com eles... eram sem graça, como champanhe sem bolhas.

Assim como Zane, faltava algo em Fausto.

— Fausto — falou Tally, baixinho. — Você não é mais especial.

— Eu dei autorização quando a gente estava fugindo. Todos concordaram. Se nós fôssemos capturados e virássemos Especiais, Maddy podia tentar nos curar.

Tally engoliu em seco. Então foi por isso que os Enfumaçados ficaram com Fausto e deixaram Shay escapar. Autorização consciente: a desculpa de Maddy para brincar com o cérebro das pessoas.

— Você permitiu ser cobaia das experiências de Maddy? Não se lembra do que aconteceu com *Zane*?

— Tinha que ser alguém, Tally. — Ele ergueu um injetor. — A cura funciona e é perfeitamente segura.

Ela arreganhou os dentes e sentiu um arrepio ao pensar nas nanoestruturas devorando o cérebro.

— Não me toque, Fausto. Não quero lhe fazer mal, mas farei se for necessário.

— Não, não vai — falou ele, baixinho, e avançou com uma das mãos em seu pescoço.

Tally pegou o injetor a poucos centímetros da garganta. Ela torceu com força para que Fausto largasse e ouviu o som de dedos quebrando. Então percebeu que a outra mão avançava com mais um injetor e se jogou no chão. O golpe errou seu rosto por pouco.

Fausto continuou atacando e tentando acertá-la com as agulhas usando as duas mãos. Ela se arrastou de costas sobre a grama, mal conseguindo escapar. Fausto dava golpes desesperados, mas Tally o deteve com um chute no peito e outro que pegou no queixo, e ele cambaleou para trás. Fausto não era a mesma pessoa de antigamente — talvez ainda fosse mais rápido do que um medíocre, mas não tanto quanto Tally. Havia perdido um pouco da segurança e da crueldade.

O tempo ficou mais devagar, até que ela viu uma abertura no ataque previsível. Tally deu um chute certeiro que arrancou um dos injetores das mãos dele.

Naquele momento, o traje de camuflagem detectou a descarga de adrenalina e as escamas formaram a armadura em volta de Tally. Ela rolou, ficou de pé e se atirou na direção de Fausto. O próximo golpe dele acertou o cotovelo dela e o injetor se espatifou contra a armadura. Tally acertou a bochecha de Fausto, que cambaleou para trás com as tatuagens girando freneticamente.

Tally ouviu de relance um som na escuridão — algo vinha em sua direção. A projeção infravermelha tomou conta da visão e os sentidos se expandiram enquanto se jogou novamente no chão. Havia uma dúzia de silhuetas brilhando nas árvores, metade delas em posição de arqueiros.

O som de penas passou por ela, as flechas com agulhas reluzentes nas pontas, mas Tally já estava recuando para a massa da festa. Ela se arrastou no meio da multidão, derrubou fugitivos e criou uma barreira de testemunhas caídas. Cerveja foi derramada por todos os lados e gritos assustados soaram mais alto do que a música.

Tally deu um pulo para ficar de pé e se enfiou ainda mais na multidão. Havia Enfumaçados em todas as direções, silhuetas que andavam com confiança entre os fugitivos atônitos, em número suficiente para sobrepujá-la. Claro que devia ter dezenas de Enfumaçados no Terraço, afinal tinham transformado Diego em sua base. Bastava que a acertassem com um injetor e a perseguição chegaria ao fim.

Fora uma avoada ao baixar a guarda, ao andar deslumbrada pela cidade como uma turista. E agora estava encurralada entre os inimigos e o penhasco que dava ao Terraço seu nome.

Tally correu em direção à escuridão da beirada.

Passou por um espaço aberto e mais flechas voaram em sua direção, mas ela se abaixou, bloqueou e rolou, usando todos os sentidos e reflexos. A cada movimento fluido, Tally tinha mais certeza de que não queria ficar como Fausto — apenas meio Especial, sem graça e vazia, *curada*.

Ela estava quase lá.

— Tally, espera! — falou Fausto pela rede, parecendo estar sem fôlego. — Você não tem uma jaqueta de bungee jump!

Ela riu.

— Não preciso de uma.

— Tally!

Veio então uma nova onda de flechas, mas Tally desviou e deu outro rolamento até quase a beirada. Ela se jogou entre dois fugitivos que observavam o novo lar e pulou em pleno vazio...

— O que deu em você? — gritou Fausto.

Ela caiu olhando as luzes de Diego. O paredão do penhasco passou rápido, coberto por uma malha metálica instalada para sustentar os arreios magnéticos dos alpinistas.

Lá embaixo havia a escuridão do resto do parque, interrompida apenas por alguns postes. Provavelmente o local estava cheio de árvores e outras coisas que empalariam Tally ao fim da queda.

Ela manobrou no ar com as mãos para se virar e ver seus perseguidores, uma fileira de silhuetas chegando uma por uma à beirada do penhasco. Nenhum Enfumaçado pulou atrás dela — vieram tão confiantes na emboscada que não trouxeram jaquetas de bungee jump. Claro que eles teriam pranchas voadoras por perto, mas até que as alcançassem já seria tarde demais.

Tally virou outra vez para olhar o chão nos últimos segundos da queda, esperando...

No último momento, ela provocou:

— Ei, Fausto, quer ouvir uma bizarrice? *Braceletes antiqueda.*

Doeu para cacete.

Os braceletes eram capazes de interromper uma queda sobre a malha magnética de uma cidade, mas foram projetados para tombos de prancha em baixa altitude, e não para saltos de penhascos.

Tally já tinha deslocado o ombro e aberto o pulso em algumas quedas sérias na época em que era feia. Naquelas ocasiões, pareceu que um gigante havia arrancado seus braços. Foram tombos que a fizeram desejar jamais pisar em uma prancha outra vez.

Mas nada jamais doeu como agora.

Os braceletes antiqueda entraram em ação cinco metros antes que ela atingisse o chão. Sem aviso, sem um aumento gradual do magnetismo. Tally parecia estar com dois longos cabos amarrados aos pulsos que deram um *estalo* para que parasse de cair no último momento possível.

Os pulsos e ombros gritaram de dor, uma sensação tão repentina e extrema que a mente apagou por um momento. Porém, sua química cerebral especial fez com que recuperasse a consciência e Tally foi obrigada a encarar a agonia do corpo ferido.

Ela ficou girando pelos pulsos enquanto a paisagem dava voltas sem parar e a cidade inteira rodava por causa da inércia. A cada rotação, a agonia aumentava até que Tally finalmente parou após a força da queda se esgotar. Os braceletes a depositaram no chão de maneira lenta e dolorosa.

Os pés não estavam firmes sobre a maciez da grama, que parecia debochar de Tally. Havia algumas árvores por perto e ela ouviu o som de um córrego. Seus braços estavam caídos, sem movimentos e ardiam de dor.

— Tally? — A voz de Fausto surgiu próxima aos ouvidos. — Você está bem?

— O que você acha? — respondeu ela e desligou a dermantena. Fora assim que os Enfumaçados descobriram sua localização, obviamente. Com Fausto como aliado, eles deviam estar seguindo seu rastro desde que chegara à cidade...

O que quer dizer que também deviam ter localizado Shay. Será que ela havia sido capturada? Tally não a vira entre os perseguidores...

Ela deu mais alguns passos, o que provocou ondas de dor nos ombros machucados. Imaginou se os ossos de cerâmica estavam quebrados, se os músculos de monofilamentos estavam danificados sem chance de conserto.

Tally cerrou os dentes e sofreu para levantar uma das mãos. O simples movimento doeu tanto que Tally arfou alto e, quando fechou os dedos, o punho pareceu fraco demais. Mas, pelo menos, o corpo estava obedecendo aos comandos.

Porém, não havia tempo para comemorar o fechamento de um punho. Os Enfumaçados chegariam em breve. Se algum deles tivesse coragem de pular do penhasco sobre uma prancha, ela não teria muito tempo.

Tally correu até as árvores próximas e cada passo provocou uma pontada de dor pelo corpo. Ela acionou o traje de camuflagem para copiar a folhagem escura. Até mesmo o movimento das escamas do traje pelos pulsos e ombros parecia queimá-la.

Tally sentiu um arrepio assim que os nanorrobôs de reparos começaram a trabalhar. Por mais que os braços estivessem machucados, levariam horas para ficar bons. Eles gritaram de dor quando Tally levou as mãos à cabeça para puxar o capuz. O movimento quase provocou um desmaio, mas outra vez seu cérebro especial permaneceu consciente.

Ofegando, Tally cambaleou até uma árvore cujos galhos mais baixos estavam próximos ao solo. Ela pulou, caiu em um pé só e se encostou no tronco enquanto tentava recuperar o fôlego. Após um longo momento, começou a árdua tarefa de subir na árvore sem usar as mãos, pisando de galho em galho com os tênis de solado aderente que lutavam para não cair.

Tally avançou dolorosamente com os dentes trincados e o coração disparado. Mas, de alguma forma, conseguiu subir lentamente, um metro de cada vez...

A visão infravermelha captou algo de relance entre as folhas e ela travou.

Uma prancha estava voando em silêncio, exatamente na altura dos olhos. Dava para ver a cabeça brilhante da Enfumaçada indo de um lado para o outro, procurando algum som no topo das árvores.

Tally diminuiu o ritmo da respiração e se permitiu sorrir. Os Enfumaçados tinham apostado que Fausto, o Especial domesticado, iria capturá-la e nem se importaram em usar trajes de camuflagem. Daquela vez, *ela* estava invisível.

Claro que o fato de não poder levantar os braços deixava a situação empatada.

Finalmente a dor deu lugar ao zumbido dos nanorrobôs, que começaram o reparo nos ombros e injetaram anestésicos. Desde que ela não se mexesse muito, as pequenas máquinas manteriam a agonia no nível de uma dorzinha.

Ao longe, Tally ouviu outros perseguidores sacudindo as folhas, achando que ela sairia do esconderijo como um pássaro assustado. Mas a Enfumaçada mais próxima continuava caçando em silêncio, ouvindo e observando. Ela estava de lado e a cabeça se movia para lá e para cá enquanto vasculhava as árvores. Pela silhueta, deu para notar que estava usando óculos infravermelhos.

Tally sorriu para si mesma. A visão noturna funcionaria tão bem quanto sacudir as árvores. Mas então a silhueta travou e olhou fixamente para ela. A prancha parou de voar.

Quase sem mexer a cabeça, Tally olhou para si mesma. O que estava aparecendo?

Então ela notou o problema. Depois de tantos dias vivendo no traje de camuflagem, depois de todas as aventuras a que a roupa fora submetida... aquele último pulo do Terraço finalmente fora a gota d'água.

O ombro direito estava descosturado. O rasgo brilhava quase branco na visão infravermelha e irradiava o calor de seu metabolismo como a luz do sol.

A silhueta se aproximou pelo ar, devagar e com cautela.

— Ei — avisou ela, nervosa. — Acho que encontrei algo aqui.

— O que é? — Veio a resposta.

Tally reconheceu a voz de quem respondeu. *David*, ela pensou e sentiu um arrepio. Estava tão próxima dele e mal conseguia fechar o punho.

A Enfumaçada fez uma pausa, mas continuou olhando fixamente para Tally.

— Tem um sinal quente nessa árvore, do tamanho de uma bola de beisebol.

Veio uma risada da direção de David e alguém gritou:

— Deve ser um esquilo.

— É quente demais para ser um esquilo, a não ser que ele esteja pegando fogo.

Tally esperou, apertou os olhos e tentou fazer com que o corpo diminuísse o ritmo e parasse de gerar tanta energia. Mas a Enfumaçada estava certa: com o coração disparado e os nanorrobôs reparando os ombros, Tally parecia estar pegando fogo.

Ela tentou levantar a mão esquerda para cobrir o rasgo, mas os músculos pararam de responder. Tudo o que podia fazer era permanecer ali e ficar imóvel.

Mais silhuetas brilhantes vieram em sua direção.

— David! — chamou alguém ao longe. — Eles estão chegando!

David praguejou e girou a prancha em pleno ar.

— Eles não vão ficar contentes em nos ver. Vamos sair daqui!

A garota que notou Tally deu um suspiro de frustração, manobrou a prancha e disparou atrás dele. Os demais Enfumaçados seguiram os dois avançando pelo topo das árvores em direção ao horizonte.

Quem estava chegando?, Tally se perguntou. Por que simplesmente a deixaram ali? De quem os Enfumaçados tinham medo em Diego?

Então ela ouviu o som de pés correndo pela floresta e percebeu de relance alguns pontos de amarelo brilhante pelo chão. Mais cedo, vira a mesma cor no uniforme dos operários e dos guardas — amarelo com tarjas pretas, como crianças vestidas de abelhas.

Tally se lembrou do que Fausto dissera sobre as autoridades de Diego ainda estarem no controle e deu um sorriso. Elas podiam tolerar a presença dos Enfumaçados, mas os guardas provavelmente não gostavam de tentativas de sequestro durante festas.

Ela se espremeu ainda mais contra o tronco da árvore. O rasgo no traje de camuflagem dava a sensação de ser uma ferida aberta. Se os guardas tivessem visão noturna, Tally seria notada como aconteceu com os Enfumaçados. Mais uma vez, tentou levantar a mão esquerda para cobrir o rasgo...

Uma pontada de agonia surpreendente provocou uma onda de vertigem e Tally gemeu de dor. Ela apertou os olhos e tentou não gritar outra vez.

De repente, o mundo pareceu inclinar-se. Tally abriu os olhos e percebeu, tarde demais, que um pé havia escorregado do galho. Por puro reflexo, as mãos procuraram algum apoio, mas a tentativa simplesmente disparou uma nova onda de agonia. Ela caiu sem controle e foi batendo contra a árvore, sentindo os ferimentos gritarem a cada galho que acertava até chegar ao chão.

Tally gemeu ao cair de braços e pernas abertos como um boneco jogado no chão.

Logo foi cercada pelos guardas vestidos de amarelo.

— Não se mexa! — ordenou um deles com rispidez.

Tally ergueu os olhos e soltou um gemido de frustração. Os guardas eram perfeitos de meia-idade comuns, estavam desarmados e nervosos como gatos cercando um *doberman* raivoso. Se não estivesse ferida, teria rido na cara deles e derrubado todos como se fossem dominós.

Mas, dada a situação, os guardas consideraram sua imobilidade um sinal de rendição.

VIOLAÇÕES DA MORFOLOGIA

Tally acordou em uma cela acolchoada.

O local tinha o mesmo cheiro do imenso hospital de sua cidade natal: o odor químico de desinfetante e o fedor de muitos seres humanos que eram lavados por robôs em vez de tomarem banho por conta própria. E, em algum lugar fora do alcance da visão, Tally percebeu que havia penicos sendo esterilizados.

Mas a maioria dos hospitais não tinha celas acolchoadas sem portas. Provavelmente havia uma bem escondida entre o revestimento. No teto alto, lâmpadas tubulares emanavam uma luz suave em tons pastéis, talvez com a intenção de acalmar os nervos.

Ao ficar sentada, Tally flexionou os braços e massageou os ombros. Os músculos ainda estavam rígidos e doloridos, mas sua força estava de volta. Seja lá o que os guardas usaram para nocauteá-la, havia deixado-a inconsciente por algum tempo. Durante o treinamento, Shay quebrara a mão de Tally para mostrar como funcionava o sistema de autorreparo e ela levou horas para ficar boa de novo.

Tally chutou as cobertas e ao olhar para si murmurou:

— Só pode ser brincadeira.

Eles substituíram o traje de camuflagem por uma camisola descartável com flores cor-de-rosa.

Tally se levantou e arrancou a roupa. Fez uma bola com a camisola e chutou para debaixo da cama. Era melhor ficar nua do que parecer ridícula.

Na verdade, foi um alívio finalmente ficar sem o traje de camuflagem. As escamas transportavam o suor e as células mortas para a superfície, mas nada superava um banho de verdade uma vez ou outra. Tally esfregou a pele e se perguntou se conseguiria tomar um banho naquele lugar.

— Alô? — falou para o quarto.

Como não obteve resposta, ela examinou de perto a parede. Várias microlentes hexagonais reluziam no revestimento acolchoado e revelavam a presença de minúsculas câmeras costuradas no tecido. Os médicos podiam ver qualquer coisa que Tally fizesse sob qualquer ângulo.

— Vamos lá, gente, eu sei que vocês podem me ouvir — falou alto e depois socou a parede com toda a força.

— *Ai!* — Ela xingou várias vezes enquanto sacudia a mão no ar. O revestimento acolchoado aparou o golpe, mas a parede por trás era feita de algo mais duro do que madeira ou pedra. Provavelmente era cerâmica de obra sólida. Tally não escaparia dali sem ajuda.

Ela voltou para a cama e se sentou. Ficou esfregando os dedos e suspirando.

— Por favor, tenha cuidado, mocinha — disse uma voz. — Vai acabar se machucando.

Tally olhou para a mão. Os nós dos dedos nem sequer estavam vermelhos.

— Só queria chamar a atenção de vocês.

— Atenção? Hum. Então essa é a questão.

Tally gemeu. Se havia algo mais chato do que ficar presa em um quarto para doentes, era ser tratada como uma criança que foi pega com uma bombinha de fedor. A voz falava em um tom grave e genérico para acalmá-la como se fosse um robô de terapia. Ela imaginou um comitê de médicos atrás da parede digitando respostas para o computador falar em um tom tranquilizador.

— Na verdade, a questão é que o meu quarto não tem uma *porta* — respondeu ela. — Eu infringi uma lei ou algo assim?

— Você está sendo mantida em observação por representar uma possibilidade de risco para si mesma e para outros.

Tally revirou os olhos. Quando saísse dali, o risco seria muito mais do que uma *possibilidade*. Mas ela apenas disse:

— Quem, eu?

— Você pulou do Penhasco do Terraço sem equipamento adequado, para início de conversa.

Tally ficou boquiaberta.

— Quer dizer que a culpa foi *minha*? Eu estava apenas falando com um velho amigo meu e, de repente, todos aqueles desvairados com arcos e flechas começaram a atirar em mim. O que eu devia fazer? Ficar parada e ser sequestrada?

A voz fez uma pausa antes de responder:

— Nós estamos examinando o vídeo do incidente. Admitimos, no entanto, que existem certos imigrantes aqui em Diego que podem causar problemas. Pedimos desculpas. Eles nunca se comportaram tão mal assim antes. Não se preocupe, pois estamos realizando uma mediação.

— Mediação? Tipo, vocês estão *conversando* com eles sobre o que aconteceu? Por que não prendem alguns desses imigrantes no meu lugar? Afinal de contas, *eu* sou a vítima aqui.

Houve outra pausa.

— Isso ainda vai ser decidido. Posso saber seu nome, cidade de origem e como você conhece esse "velho amigo"?

Tally passou os dedos pela roupa de cama. Assim como o revestimento da parede, havia microssensores nos lençóis, pequenas máquinas que detectavam suor e mediam o batimento cardíaco e a resistência galvânica da pele. Ela respirou devagar para controlar a raiva. Se ficasse concentrada, podiam monitorá-la o dia inteiro que não descobririam o menor sinal de uma mentira.

— Meu nome é Tally — disse com cuidado. — Eu fugi do norte. Ouvi que vocês tratavam *bem* os fugitivos.

— Imigrantes são bem-vindos. Sob o Novo Sistema, qualquer um pode pedir cidadania a Diego.

— O Novo Sistema? É assim que chamam? — Tally revirou os olhos. — Bem, esse Novo Sistema é uma porcaria se vocês prendem as pessoas simplesmente porque elas fugiram de desvairados. Por acaso eu falei que estavam com arcos e flechas?

— Fique tranquila, você não está sendo observada por causa de suas ações, Tally. Estamos mais preocupados com certas violações morfológicas.

Apesar da concentração, Tally sentiu um arrepio na espinha.

— Minhas o quê?

— Tally, seu corpo foi construído ao redor de um esqueleto de cerâmica reforçada. Suas unhas e dentes foram transformados em armas e os reflexos passaram por uma melhoria significativa.

Ela se sentiu enjoada ao perceber o que os guardas haviam feito. Pensando que Tally estava gravemente ferida, eles a levaram para o hospital, onde os médicos tinham feito um exame detalhado. O resultado deixou as autoridades muito nervosas.

— Não sei do que vocês estão falando — disse ela, tentando parecer inocente.

— Há algumas estruturas aparentemente artificiais no seu córtex superior que parecem responsáveis por mudar seu comportamento. Tally, você costuma ter reações repentinas de raiva ou euforia, impulsos antissociais ou sensação de superioridade?

Tally respirou fundo de novo e lutou para permanecer calma.

— A única sensação no momento é a de *estar presa* — falou, devagar e decidida.

— Por que tem cicatrizes nos braços, Tally? Alguém fez isso com você?

— O quê, *essas aqui?* — Tally riu e passou os dedos pela série de cortes. — De onde eu venho, elas estão na moda!

— Tally, talvez você não tenha noção do que fizeram com sua mente. Pode parecer natural querer se cortar.

— Mas são apenas... — Tally gemeu e balançou a cabeça. — Depois de todas as cirurgias absurdas que vi por aqui, vocês estão preocupados com algumas *cicatrizes?*

— Só estamos preocupados que elas sejam um sinal de desequilíbrio mental.

— Não me falem de desequilíbrio mental — rosnou Tally, decidindo desistir de fingir que estava calma. — Não sou eu que prendo as pessoas!

— Você compreende a disputa política que existe entre nossas cidades, Tally?

— Disputa política? — perguntou ela. — O que isso tem a ver *comigo?*

— Sua cidade tem um longo histórico de práticas cirúrgicas perigosas, Tally. Isso, somado à política de Diego em relação aos fugitivos, geralmente tem sido motivo de conflitos diplomáticos. O surgimento do Novo Sistema só piorou a situação.

Tally bufou.

— Então estão me prendendo por causa da minha cidade de origem! Por acaso vocês viraram *Enferrujados* de vez?

Houve uma longa pausa depois disso. Tally imaginou os médicos discutindo sobre o que deveriam digitar no software de vocalização.

— Por que estão me torturando? — gritou, tentando parecer com uma perfeita inofensiva e chorona. — Quero ver seus rostos!

Ela se encolheu na cama e fez som de choro, mas estava pronta para pular em qualquer direção. Aqueles idiotas provavelmente não tinham percebido que seus braços tinham se regenerado completamente enquanto dormia. Bastava apenas que uma porta se abrisse meio centímetro e ela estaria fora daquele hospital em um piscar de olhos, nua ou não.

Após outro momento de silêncio, a voz retornou.

— Infelizmente, Tally, não podemos soltá-la. Por causa das modificações corporais, você se enquadra na categoria de arma letal. E armas letais são ilegais em Diego.

Tally parou de fingir que estava chorando e ficou boquiaberta.

— Vocês querem dizer que sou *ilegal?* — gritou. — Como uma *pessoa* pode ser ilegal?

— Você não está sendo acusada de nenhum crime, Tally. A nosso ver, as autoridades da sua cidade são as culpadas.

Mas antes que possa sair desse hospital, suas violações morfológicas terão que ser corrigidas.

— Nem pensar! Vocês não vão tocar em mim!

A voz não reagiu ao rompante de raiva e manteve o mesmo tom tranquilizador.

— Tally, sua cidade vem se intrometendo nos assuntos das demais, especialmente na questão dos fugitivos. Nós acreditamos que você foi alterada contra sua vontade e enviada aqui para provocar instabilidade entre a população de imigrantes.

Eles imaginavam que Tally era uma inocente enganada, que nem sequer tinha consciência de ser uma agente da Circunstâncias Especiais. Claro que não tinham a mínima ideia de como a verdade era realmente complicada.

— Então me deixem voltar para casa — pediu baixinho, tentando converter a frustração em lágrimas. — Eu vou embora, prometo. Só me deixem ir. — Ela mordeu o lábio inferior com força. Os olhos ardiam, mas, como sempre, nenhuma lágrima caiu.

— Não podemos soltá-la em sua atual configuração morfológica. Você é simplesmente perigosa demais, Tally.

Vocês não têm ideia, pensou ela.

— Você pode ir embora de Diego se quiser, mas não até que sejam feitos alguns ajustes físicos.

— Não. — Tally foi tomada por um arrepio. Eles não podiam fazer isso.

— Não podemos soltá-la legalmente sem que seja desarmada.

— Mas eu não posso ser operada se não quiser. — Ela se imaginou fraca outra vez, ridícula, frágil e *medíocre*. — E quanto à... autorização consciente?

— Se preferir, não usaremos nenhum método experimental para alterar sua química cerebral. Através de terapia, é possível que você aprenda a controlar seu comportamento. Mas as modificações corporais perigosas serão corrigidas com técnicas cirúrgicas comprovadas. Não necessitamos de autorização consciente.

Tally abriu a boca novamente, mas nada saiu. Eles queriam torná-la medíocre outra vez sem sequer dar um jeito no *cérebro*? Que lógica cruel era aquela?

De repente, as quatro paredes impregnáveis pareciam sufocá-la, suas câmeras reluzentes e curiosas davam a impressão de debochar dela. Tally imaginou tudo o que era especial que tinha por dentro sendo arrancado por instrumentos frios de metal.

No breve momento em que beijou Zane, ela imaginou que queria ser normal. Mas agora que alguém ameaçava transformá-la em uma medíocre, Tally não suportava a ideia.

Queria ser capaz de olhar Zane sem sentir nojo, de tocá-lo e beijá-lo. Mas não se isso significasse ser transformada contra a própria vontade *outra vez...*

— Só me deixem ir — sussurrou.

— Infelizmente não podemos, Tally. Mas, quando terminarmos, estará tão bonita e saudável quanto qualquer outra pessoa. Pense assim, aqui em Diego você pode ter a aparência que quiser.

— A questão não é a minha *aparência!* — Tally deu um pulo para ficar de pé e correu até a parede mais próxima. Ela fechou o punho, puxou o braço para trás e deu o soco mais forte que conseguiu. Foi tomada pela dor outra vez.

— Tally, pare, por favor.

— Nem pensar! — Ela trincou os dentes e socou a parede de novo. Talvez se começasse a se machucar, alguém *teria* que abrir a porta.

E então veriam como ela era realmente perigosa.

— Tally, por favor.

Ela puxou o braço outra vez e acertou mais um golpe. Sentiu que o punho ameaçava quebrar contra a parede dura atrás do revestimento acolchoado e deixou escapar um suspiro de dor. Havia manchas de sangue na parede, mas Tally não podia recuar. Eles sabiam como ela era forte e isso precisava parecer de verdade.

— Você não nos deixa escolha.

Ótimo, ela pensou. *Entrem e tentem me impedir.*

Acertou a parede outra vez, deu mais um grito... mais sangue.

Então Tally sentiu algo além da dor e o corpo foi tomado pela tontura.

— Não — disse. — Não é justo.

Por baixo dos cheiros de desinfetante e penicos, tão suave que nenhum humano medíocre teria percebido, o odor penetrou nas narinas. Os Especiais geralmente eram imunes a gases atordoantes, mas Diego já conhecia seus segredos. Podiam ter projetado um gás só para eles...

Tally caiu de joelhos. Ela diminuiu a respiração, tentou desesperadamente se acalmar e inalar a menor quantidade de ar possível. Eles podiam não saber a extensão de suas defesas contra qualquer forma de ataque, nem a rapidez com que metabolizava toxinas.

Ela se recostou na parede e se sentiu mais fraca a cada segundo. De repente, o revestimento acolchoado pareceu *tão* confortável, como se alguém tivesse enchido o quarto de travesseiros. Tally conseguiu acionar sua interface com a mão esquerda para programar o alarme a cada dez minutos, assim teria chance de acordar antes que eles estivessem prontos para operá-la.

Tentou se concentrar, bolar um plano, mas o brilho das pequenas lentes na parede era tão lindo. As pálpebras se fecharam. Tally tinha que fugir, mas primeiro precisava dormir.

Dormir não era tão ruim assim, sério, era como voltar a ser avoada, sem nada para se preocupar, sem sentir raiva por dentro...

VOZES

Era bom ali. Bom e quieto.

Pela primeira vez em muito tempo, Tally não sentia raiva nem frustração. A tensão nos músculos havia passado, assim como a sensação de que tinha de *estar* em algum lugar, *fazer* alguma coisa, *provar* do que era capaz. Ali ela era apenas Tally, e essa simples noção passava sobre a pele como uma brisa agradável. Sentia algo especial na mão direita — ela estava borbulhante, como se alguém estivesse pingando champanhe morno em cima dela.

Tally abriu um pouco os olhos. Em vez de estar nítida e dinâmica como sempre, a visão meio fora de foco era agradável. Na verdade, ali parecia estar cheio de nuvens brancas e fofas. Como uma criança olhando para o céu, ela conseguia enxergar qualquer forma que quisesse. Tentou imaginar um dragão, mas o cérebro não conseguia formar a imagem de asas reais... e os dentes eram meio complicados.

Além disso, dragões eram muito assustadores. Tally, ou talvez outra pessoa que conhecera, teve uma experiência ruim com um dragão.

Era melhor imaginar os amigos: Shay-la e Zane-la, todo mundo que a amava. Isso era o que ela realmente queria, sair para ver os amigos assim que dormisse mais um pouco.

Tally fechou os olhos outra vez.

* * *

Ping.

— Oi, ping-la — disse ela.

O ping jamais respondia. Mas Tally gostava de ser educada.

— Por acaso ela acabou de falar alguma coisa, doutor? — perguntou alguém.

— Não é possível. Não com o que demos para ela.

— Você *viu* as leituras do metabolismo? — falou uma terceira voz. — Não vamos correr riscos. Verifique as correias.

Alguém resmungou e então foi mexer nas mãos e pés de Tally, um por um, em um círculo que começou na mão direita borbulhante e percorreu o sentido horário. Tally imaginou ser um relógio deitado ali, marcando as horas em silêncio.

— Não se preocupe, doutor. Ela não vai a lugar algum.

A voz estava errada quanto a isso porque, um momento depois, Tally *foi* a vários lugares flutuando de costas. Não conseguia abrir os olhos, mas parecia que estava em uma espécie de maca flutuante. Luzes pulsavam no teto com tamanha intensidade que penetravam pelas pálpebras. O ouvido interno sentiu que a maca fez uma curva à esquerda, diminuiu a velocidade e passou por cima de uma falha na malha magnética. Então Tally começou a acelerar e subir tão rápido que seus ouvidos estouraram.

— Muito bem — falou uma das vozes. — Esperem aqui pela equipe pré-operatória. *Não* a deixem sozinha e me chamem se ela se mexer.

— OK, doutor. Mas ela não está se mexendo.

Tally sorriu. Decidiu brincar que não se mexeria. No fundo da mente surgiu a ideia de que enganar a voz seria muito divertido.

* * *

Ping.

— Oi — respondeu ela e aí se lembrou de que não devia se mexer.

Tally ficou imóvel por um instante e então imaginou de onde vinham os pings. Eles estavam começando a irritar.

Ela mexeu os dedos para acionar uma interface na parte de dentro das pálpebras. O software interno não estava tão confuso quanto todo o resto e bastava usar os dedos para que funcionasse.

Tally descobriu que os pings serviam para acordá-la. Ela devia se levantar e fazer alguma coisa.

Suspirou baixinho. Ficar deitada ali era *tão* bom. Além disso, não se lembrava por que tinha programado o alarme, o que o tornava completamente sem sentido. Na verdade, ele era bem bobo. Tally teria rido, se rir não fosse tão difícil. Passou a achar todos os alarmes bobos.

Ela mexeu o dedo para desligá-lo, assim não seria mais importunada.

Mas a pergunta continuou a incomodá-la. O que ela deveria *fazer*? Talvez um dos outros Cortadores soubesse. Ela ligou a dermantena.

— Tally? — perguntou uma voz. — Finalmente!

Tally sorriu. Shay-la sempre sabia o que fazer.

— Você está bem? — disse Shay. — Onde esteve?

Ela tentou responder, mas falar era muito difícil

— Você está *bem*, Tally? — perguntou Shay depois de alguns instantes. Parecia preocupada agora.

Tally sorriu ao se lembrar que Shay andava aborrecida com ela. Agora Shay-la não parecia mais estar assim, apenas preocupada.

Ela fez um esforço e conseguiu murmurar:

— Estou com sono.

— Ah, droga.

Que estranho, pensou Tally. Duas vozes disseram "ah, droga" ao mesmo tempo e com a mesma entonação assustada. Uma era a voz de Shay dentro de sua cabeça e a outra era a *outra* voz que vinha escutando.

Aquilo estava ficando tão complicado quanto tentar imaginar dentes de dragão.

— Preciso acordar — disse Tally.

— Ah, *droga!* — falou a outra voz.

Ao mesmo tempo, Shay estava dizendo:

— Fique onde está, Tally. Acho que localizei sua transmissão. Você está no hospital, certo?

— Aham — murmurou. Ela reconheceu o cheiro do hospital, embora a outra voz tornasse difícil a concentração. Os gritos faziam a cabeça doer.

— Acho que ela está acordando! Alguém traga alguma coisa para anestesiá-la! — Blá-blá-blá...

— Nós estamos perto — disse Shay. — Imaginamos que você estivesse em algum lugar aí dentro. Sua cirurgia para reverter a especialização foi marcada para daqui a uma hora.

— Ah, certo — falou Tally e finalmente se lembrou do que devia fazer: escapar daquele lugar, o que seria *muito* difícil. Muito mais do que mexer a ponta dos dedos. — Socorro, Shay-la.

— Aguente firme, Tally, e tente *acordar!* Estou indo salvar você.

— Oba, Shay-la — sussurrou Tally.

— Mas desligue sua dermantena agora. Se eles examinaram você, podem estar escutando...

— OK. — Tally mexeu os dedos e a voz na cabeça se calou. A outra continuava gritando e reclamando em tom de preocupação. Estava começando a deixá-la com dor de cabeça.

— Doutor! Ela acabou de falar alguma coisa, mesmo depois daquela última dose! O que diabos ela é?

— Seja lá o que for, isso deve mantê-la dormindo — disse alguém e o sono tomou conta de Tally novamente.

E então ela voltou a parar de pensar.

LUZ

A consciência retornou com um clarão de luz.

A adrenalina disparou, como se Tally acordasse gritando de um pesadelo. A visão do mundo ficou subitamente nítida, tão aguçada quanto os dentes em sua boca, tão clara quanto uma lanterna nos olhos.

Ela se sentou com as costas rígidas, a respiração acelerada e as mãos fechadas em punhos. Shay estava ao pé da cama do hospital, mexendo nas correias dos tornozelos.

— Shay! — gritou Tally, sentindo o mundo ao redor tão intensamente que era *preciso* berrar.

— Isso acordou você, não foi?

— Shay! — O braço esquerdo de Tally ardia; alguém tinha acabado de lhe dar uma injeção. Ela sentiu o corpo ferver de energia com o retorno de toda a fúria e força. Puxou o pé contra a correia do tornozelo, mas o metal resistiu.

— Calma, Tally-wa — disse Shay. — Eu tiro.

— *Calma?* — murmurou Tally enquanto os olhos vasculhavam a sala. As paredes estavam repletas de máquinas ligadas e piscando. No centro havia um tanque cirúrgico borbulhando com líquido de suporte de vida e um tubo respiratório solto, esperando para ser usado. Bisturi e serras vibratórias estavam sobre uma mesa ao lado.

Havia dois homens inconscientes caídos no chão, vestidos com uniformes de hospital. Um era um perfeito de meia-idade, o outro era jovem o bastante para ter a pele cheia de pintas iguais às de um leopardo. Ao vê-los, Tally foi tomada de assalto pelas lembranças das últimas 24 horas: Cidade Medíocre, a captura, a ameaça da operação que a tornaria medíocre novamente.

Ela se contorceu contra as correias nos tornozelos, desesperada para fugir daquela sala *imediatamente*.

— Estou quase conseguindo — disse Shay para acalmá-la.

Tally sentiu um formigamento no braço direito e notou um feixe de tubos ligados a ele, formando um sistema de aparelhos de suporte para uma grande cirurgia. Ela arreganhou os dentes e os arrancou, espirrou sangue pelo chão branco e imaculado, mas não doeu — a mistura entre o anestésico e a substância que Shay usara para despertá-la fizeram Tally sentir uma fúria que bloqueava a dor.

Quando Shay finalmente soltou a segunda correia do tornozelo, Tally pulou no chão com os dedos crispados.

— Hum, talvez seja melhor você vestir isso — disse Shay ao jogar um traje de camuflagem para Tally, que olhou para si mesma. Estava usando outra camisola descartável, daquela vez um modelo rosa com dinossauros azuis.

— Qual é o problema com os hospitais? — gritou. Ela rasgou a camisola e enfiou um pé no traje.

— Fique quieta agora, Tally-wa — mandou Shay. — Eu desliguei os sensores, mas mesmo os medíocres podem ouvir você gritando desse jeito, sabe. E não ligue sua dermantena ainda. Isso vai entregar nossa presença.

— Foi mal, chefe. — Tally se levantou rápido demais e foi tomada por uma onda de vertigem. Contudo, conseguiu vestir as pernas do traje e puxá-lo até os ombros. Ao detectar o coração disparado, as escamas imediatamente ondularam e formaram a armadura preta.

— Não, ajuste o traje assim — sussurrou Shay com uma das mãos na porta. O dela estava da cor azul-claro, a mesma do uniforme do hospital.

Tally deixou o traje de camuflagem igual ao de Shay, mas ainda sentia a cabeça girando com tanta adrenalina.

— Você veio me salvar — disse, tentando falar baixo.

— Não podia deixar que fizessem isso com você.

— Mas achei que você me odiasse.

— Eu odeio *às vezes*, Tally, como nunca odiei alguém antes — falou Shay, com desdém. — Talvez seja por isso que eu sempre venha salvar você.

Tally engoliu em seco e olhou mais uma vez para o tanque cirúrgico, a mesa cheia de instrumentos de corte, todas as ferramentas que a teriam transformado em uma medíocre de novo. Ela teria sido "desespecializada", nas palavras de Shay.

— Obrigada, Shay-la.

— Sem problemas. Pronta para sair daqui?

— Espere, chefe. — Tally engoliu em seco. — Eu vi Fausto.

— Eu também. — Não havia raiva na voz de Shay, o tom simplesmente relatava um fato.

— Mas ele é...

— Eu sei.

— Você sabe... — Tally deu um passo à frente. A mente ainda girava por ter acordado e por conta de tudo o que estava acontecendo. — Mas o que vamos fazer a respeito dele, Shay?

252

— Nós temos que *ir*, Tally. Os outros Cortadores estão esperando a gente no telhado. Vai acontecer algo mais importante do que os Enfumaçados.

Tally franziu a testa.

— Mas o que...

Um alarme estridente soou no ar.

— Eles devem estar se aproximando! — gritou Shay. — Temos quer *ir!* — Ela pegou Tally pela mão e a arrastou pela porta.

Tally seguiu com a cabeça rodando e passos ainda inseguros. Fora da sala de operação, havia um longo corredor que se estendia para a direita e para a esquerda, por onde ecoava o alarme. Pessoas uniformizadas saíram pelas portas ao lado e formaram uma confusão no corredor.

Shay disparou e desviou dos médicos e enfermeiros atônitos como se fossem estátuas. Era tão veloz que os funcionários mal notaram o raio azul que passou entre eles.

Tally deixou as dúvidas de lado e seguiu, mas a tontura de quem acaba de acordar ainda não havia passado. Ela tentou desviar das pessoas da melhor forma possível e foi empurrando quem não saísse do caminho. Esbarrou em corpos e paredes, mas conseguiu prosseguir levada pela adrenalina.

— Parem! — gritou uma voz. — Vocês duas!

Na frente de Shay, havia um grupo de guardas de uniformes amarelos e pretos com bastões de choque brilhando sob a luz suave de tom pastel.

Shay não hesitou e avançou batendo com as mãos e os pés enquanto o traje virava a armadura preta. O ar foi tomado pelo cheiro de fagulhas conforme os bastões acertavam as escamas blindadas e piscavam como mosquitos sendo queimados por uma lâmpada. Ela girava freneticamente no meio da briga e mandava as figuras de amarelo para longe.

Quando Tally apareceu, só havia dois guardas de pé. Estavam encurralados e tentavam manter Shay a distância sacudindo os bastões de choque no ar. Tally chegou por trás da guarda feminina, quebrou seu pulso e a jogou contra o colega. Os dois caíram no chão.

— Não é necessário *quebrar* ninguém, Tally-wa.

Tally olhou para a mulher, que estava gritando de dor e agarrando o pulso.

— Ah, foi mal, chefe.

— Não é culpa sua, Tally. Vamos. — Ela empurrou a porta da escadaria e subiu cada andar com dois longos pulos. Tally seguiu logo atrás com a vertigem praticamente sob controle. Um pouco da adrenalina da injeção que a acordara estava passando durante a correria. As portas da escadaria se fecharam atrás delas e abafaram o alarme estridente.

Tally se perguntou o que havia acontecido com Shay. Onde ela esteve esse tempo todo? Há quanto tempo os outros Cortadores estavam em Diego?

Mas as perguntas podiam esperar. Ela simplesmente estava contente por ter sido solta, poder lutar ao lado de Shay e ser especial. Nada era capaz de deter as duas juntas.

Após subirem alguns andares, a escadaria chegou ao fim. Elas atravessaram a última porta até o telhado. O céu da noite reluzia com milhares de estrelas, belo e limpo.

Depois daquela cela acolchoada, era ótimo estar sob o céu aberto. Tally tentou respirar ar puro, mas o cheiro do hospital ainda saía pelas inúmeras chaminés dos exaustores ao redor.

— Ótimo, eles ainda não chegaram — disse Shay.

— Quem? — perguntou Tally.

Shay a conduziu pelo terraço até o imenso prédio escuro ao lado do hospital, a Prefeitura, Tally se lembrou. Shay olhou pela beirada.

As pessoas estavam saindo do hospital, os funcionários de azul-claro e branco, os pacientes de camisola. Alguns andavam, outros eram empurrados em macas flutuantes. Tally ouviu o alarme ecoar das janelas embaixo e percebeu que o tom havia mudado para um sinal de evacuação.

— O que está acontecendo, Shay? Eles não estão evacuando o prédio por causa da gente, estão?

— Não. — Shay virou para Tally e colocou a mão em seu ombro. — Preciso que preste atenção. Isso é importante.

— *Estou* prestando atenção, Shay. Só me conta o que está acontecendo!

— Tudo bem. Eu sei tudo sobre Fausto. Segui o sinal da dermantena dele assim que cheguei aqui, há mais de uma semana. Ele explicou tudo.

— Então você sabe... que ele não é mais especial.

Shay fez uma pausa.

— Não acho que você esteja certa quanto a isso, Tally.

— Mas ele está diferente, Shay. *Fraco*. Eu notei pelos...
— A voz de Tally sumiu quando observou a amiga mais de perto. Fez uma expressão de surpresa e perdeu o fôlego. Nos olhos de Shay havia uma brandura que nunca existiu antes. Mas aquela era *Shay*, ainda tão veloz e letal. Ela passou pelos guardas como uma foice.

— Ele não é fraco — disse Shay. — Nem eu.

Tally balançou a cabeça, se afastou e cambaleou para trás.

— Eles pegaram você também.

Shay concordou com a cabeça.

— Está tudo bem, Tally-wa. Eu não virei uma avoada. — Deu um passo à frente. — Mas você tem que me *ouvir*.

— Não se aproxime de mim! — rosnou Tally e contraiu as mãos.

— Espera, Tally, vai acontecer uma coisa importante.

Tally balançou a cabeça. Dava para ouvir a fraqueza na voz de Shay agora. Se não fosse pela tonteira, Tally teria notado desde o início. A verdadeira Shay não teria se preocupado com o pulso de uma guarda medíocre. E a verdadeira Shay — a Shay *especial* — jamais a teria perdoado tão facilmente.

— Você quer que eu fique igual a você! Como o Fausto e os Enfumaçados tentaram fazer!

— Não, não quero. Preciso que esteja do jeito que...

Antes que Shay pudesse dizer mais uma palavra, Tally virou e começou a correr o mais rápido possível para a beirada oposta do telhado. Ela não tinha braceletes antiqueda nem jaqueta de bungee jump, mas ainda era capaz de escalar como uma Especial. Se Shay fosse tão frouxa quanto Fausto, não seria mais tão destemida assim. Tally podia simplesmente escapar daquela cidade maluca e conseguir ajuda na sua própria...

— Não deixem que ela fuja! — gritou Shay.

Silhuetas humanas sem rosto surgiram entre as chaminés dos exaustores e antenas. Elas pularam da escuridão em direção a Tally e pegaram seus braços e pernas.

Fora tudo uma armadilha. Shay dissera para não ligar a dermantena para que assim eles pudessem tramar contra ela em silêncio.

Tally deu um soco e a mão machucada acertou uma armadura. Um Cortador anônimo segurou seu braço, mas ela tornou o traje escorregadio e escapou. Aproveitou o movimento e rolou de costas no chão, pegou impulso e pulou em cima de uma chaminé alta.

Ela tentou puxar o capuz sobre o rosto para ficar invisível antes que a alcançassem, mas um par de mãos com luvas segurou seus tornozelos e a derrubou. Ao cair da chaminé, foi agarrada por outra pessoa. Surgiram mais mãos para pegar seus braços e conter o frenesi de golpes. Ela foi arrastada de volta para o telhado com força e cuidado.

Tally resistiu, mas, mesmo sendo especial, havia muitos deles.

Eles puxaram os capuzes: Ho, Tachs, todos os outros Cortadores. Shay conseguira pegar cada um.

Eles sorriam gentilmente e tinham uma brandura medíocre e horrível no olhar. Tally resistiu e esperou pela picada do injetor no pescoço.

Shay parou diante dela e balançou a cabeça.

— Tally, que tal se acalmar?

Tally cuspiu na amiga.

— Você disse que estava me *salvando*.

— E eu *estou*. Se ao menos se acalmasse e me ouvisse. — Shay soltou um suspiro, irritada. — Depois que Fausto me deu a cura, eu chamei os Cortadores. Disse que me encontrassem no meio do caminho. Ao voltarmos para Diego, eu curei um por um.

Tally olhou para os rostos, alguns sorriam para ela como se fosse uma criança que não estava entendendo a brincadeira, e ela viu que não havia sinais de dúvidas ou de rebelião contra as palavras de Shay. Tinham virado um rebanho, eram iguais aos avoados.

A raiva virou desespero. Os cérebros dos Cortadores tinham sido infectados por nanoestruturas e estavam fracos e patéticos. Tally estava completamente sozinha.

Shay abriu os braços.

— Ouça, só hoje a gente voltou para cá. Sinto muito que os Enfumaçados tenham atacado você. Eu não deixaria. Essa cura não é do que você precisa, Tally.

— Então me *soltem*! — rosnou ela.

Shay fez uma pausa por um momento e então concordou com a cabeça.

— OK. Soltem Tally.

— Mas, chefe — disse Tachs —, eles já romperam as defesas. A gente tem menos de um minuto.

— Eu sei. Mas ela vai nos ajudar. Eu sei que vai.

Um por um, os outros soltaram Tally com cuidado. Ela ficou livre, mas continuava encarando Shay sem saber o que fazer a seguir. Ainda estava cercada e em desvantagem numérica.

— Não faz sentido correr, Tally. A dra. Cable está a caminho.

Tally ergueu uma sobrancelha.

— Para Diego? Vem pegar vocês?

— Não. — A voz de Shay vacilou, quase como a de uma criança prestes a chorar. — A culpa é toda nossa, Tally. Sua e minha.

— Culpa de *quê*?

— Depois do que nós fizemos com o Arsenal, ninguém acreditou que fossem os Crims ou os Enfumaçados. A gente foi sagaz demais, especial demais. Nós aterrorizamos a cidade inteira.

— Desde aquela noite — falou Tachs —, todo mundo passa para ver a cratera que vocês duas deixaram. Eles levam turmas inteiras de crianças para olhar.

— E a Cable está vindo aqui? — Tally franziu a testa. — Espera aí, você quer dizer que eles descobriram que foi a *gente*?

— Não, eles têm outra teoria. — Shay apontou para o horizonte. — Olhe.

Tally virou o rosto. No horizonte, atrás da Prefeitura, uma massa de luzes brilhantes tomou conta do céu. Enquanto observava, as luzes cresceram e ficaram mais fortes, reluzindo como estrelas em uma noite de verão.

Da mesma forma que aconteceu quando Tally e Shay foram perseguidas ao saírem do Arsenal.

— Naves voadoras — disse Tally.

Tachs concordou com a cabeça.

— Eles entregaram o controle militar da cidade para a dra. Cable. Tudo o que sobrou das defesas, pelo menos.

— Peguem suas pranchas — disse Shay. Os outros foram para os quatro cantos do telhado.

Shay colocou um par de braceletes antiqueda nas mãos de Tally.

— Você tem que parar de fugir e encarar o que a gente começou.

Tally não recuou diante do toque de Shay, confusa demais para se preocupar em ser curada. Dava para ouvir as máquinas se aproximando agora, um enxame de hélices que zumbia como um enorme motor se aquecendo.

— Ainda não entendi.

Shay ajustou os próprios braceletes e um par de pranchas voadoras surgiu da escuridão.

— Nossa cidade sempre odiou Diego. A Circunstâncias Especiais sabia da ajuda que davam para os fugitivos, dos helicópteros que levavam as pessoas à Velha Fumaça. Então, depois que o Arsenal foi destruído, a dra. Cable decidiu que só podia ter sido um ataque militar. Ela culpou Diego.

— Então, essas naves... elas estão vindo atacar essa *cidade*? — murmurou Tally. As luzes cresciam cada vez mais até que dezenas de naves voadoras formaram um círculo no céu, um grande vórtex que cercava a Prefeitura. — Nem a dra. Cable faria uma coisa dessas.

— Infelizmente, sim. E as outras cidades vão cruzar os braços e assistir, por enquanto. O Novo Sistema as deixou completamente assustadas. — Shay puxou o capuz do traje de camuflagem sobre a cabeça. — Hoje à noite, temos que ajudá-los aqui, Tally, temos que fazer o que for possível. E amanhã, eu e você precisamos voltar para casa e parar essa guerra que a gente começou.

— *Guerra?* Mas as cidades não... — A voz de Tally sumiu. O telhado sob seus pés começou a tremer e, encoberto pelo zumbido de centenas de hélices, ela ouviu um som pequeno e tímido vindo das ruas lá embaixo.

As pessoas estavam gritando.

Poucos segundos depois, a armada lá no alto abriu fogo e encheu o céu de luz.

Parte III
DESFAZENDO A GUERRA

O homem conta com o passado para encarar o futuro.

— Pearl S. Buck

O TROCO

Rajadas de tiros de canhão cortaram o ar, queimando através do campo de visão de Tally. As explosões agrediam os ouvidos e ondas de choque batiam em seu peito como se tentassem abrir seu corpo.

A armada de naves voadoras cuspiu fogo na Prefeitura, uma cascata de projéteis tão brilhantes que por um instante o prédio inteiro desapareceu. Mas Tally conseguia ouvir o som de vidro quebrado e metal retorcido através do espetáculo ofuscante.

Depois de alguns segundos, houve uma pausa no ataque e Tally vislumbrou a Prefeitura atrás da fumaça. O prédio estava cheio de buracos enormes com fogo ardendo por dentro, como se fosse uma abóbora de Halloween com vários olhos brilhantes.

Gritos aterrorizados ecoavam lá debaixo. Ela ficou tonta por um instante ao se lembrar do que Shay dissera: *"A culpa é toda nossa, Tally. Sua e minha."*

Tally balançou a cabeça devagar. O que estava vendo não podia ser verdade.

Não havia mais guerras.

— *Vamos!* — gritou Shay, pulando na prancha para começar a subir. — A Prefeitura está vazia à noite, mas temos que tirar todo mundo do hospital...

Tally finalmente conseguiu se mexer e pulou na prancha quando o bombardeio recomeçou. Shay disparou pela beirada do telhado, formando uma silhueta contra as explosões antes de desaparecer. Tally a seguiu depois de olhar pelo parapeito por alguns segundos para observar o caos lá embaixo.

O hospital não havia sido atingido, pelo menos não ainda, mas a multidão de pessoas aterrorizadas continuava saindo pelas portas. A armada não precisava atirar em ninguém para que houvesse mortes — elas seriam causadas pelo pânico e caos. As outras cidades veriam o ataque apenas como uma resposta proporcional ao que acontecera com o Arsenal: um prédio praticamente vazio por outro.

Tally ajoelhou na prancha para se segurar firme, desligou as hélices e caiu. As ondas de choque do ataque tornaram o ar palpável e arredio, como um mar revolto.

Os outros Cortadores já estavam lá embaixo com os trajes de camuflagem copiando o amarelo e preto dos uniformes dos guardas. Tachs e Ho conduziam a multidão para o outro lado do hospital, longe dos destroços que caíam da Prefeitura. Os demais resgatavam os pedestres que haviam caído entre os dois prédios. Todas as calçadas móveis tinham parado, jogando os passageiros no chão.

Tally girou no ar por um instante, fez uma expressão de surpresa e se perguntou o que fazer. Então viu um grupo de crianças saindo do hospital. Elas estavam em fila ao longo da cerca viva ao redor do heliporto, sendo contadas pelos responsáveis antes de irem para um lugar seguro.

Tally apontou a prancha para o heliporto e caiu tão rápido quanto a gravidade permitiu. Os helicópteros tinham sido usados para levar fugitivos de outras cidades para a Velha

Fumaça e agora para cá, para o Novo Sistema. Tally duvidava que o ataque da dra. Cable fosse poupá-los.

Ela parou bem acima da cabeça das crianças, que olharam boquiabertas e assustadas para cima.

— Saiam daqui! — gritou Tally para os responsáveis, que eram dois perfeitos de meia-idade com aquela aparência clássica de serenidade e experiência.

Como eles olharam com desconfiança, Tally se lembrou de ajustar as cores do traje para um tom de amarelo parecido com o uniforme dos guardas.

— Os helicópteros podem ser um alvo! — berrou.

Tally praguejou ao ver que os responsáveis continuavam atônitos. Não percebiam que aquela guerra envolvia os fugitivos, o Novo Sistema e a Velha Fumaça. Só sabiam que o céu estava explodindo e que precisavam contar todas as crianças antes de saírem dali.

Ela ergueu o olhar e viu uma nave reluzente sair da armada. A máquina fez uma curva bem aberta, descendo devagar em direção ao heliporto como uma ave de rapina preguiçosa.

— Leve as crianças para o outro lado do hospital agora! — gritou Tally e então subiu em direção à nave que se aproximava, imaginando o que poderia fazer contra ela. Daquela vez não possuía granadas nem aquela nanogosma devoradora. Estava sozinha e desarmada contra uma máquina militar.

Mas se a guerra fosse mesmo culpa sua, ela tinha que tentar.

Tally puxou o capuz sobre o rosto, calibrou o traje para camuflagem infravermelha e disparou em direção à Prefeitura. Tinha esperança de que a nave não a visse chegando contra o calor gerado pelos tiros de canhão e explosões.

Ao se aproximar do prédio que se desintegrava, o ar tremia ao redor de Tally, a onda de impacto das explosões batia contra seu corpo. Agora dava para sentir o calor do fogo e ouvir o som dos andares desmoronando um sobre o outro no momento em que os suportes flutuantes da Prefeitura falharam. A armada estava destruindo o prédio inteiro, reduzindo-o a pó, da mesma forma que ela e Shay tinham feito com o Arsenal.

Com aquele inferno às costas, Tally emparelhou com a nave e seguiu sua descida enquanto procurava por alguma fraqueza. O modelo era igual ao primeiro que vira sair do Arsenal: tinha um corpo inchado coberto de armas, asas e garras, voava sustentado por quatro hélices, e possuía uma blindagem preta e fosca que não refletia a tempestade de fogo atrás de Tally.

A nave apresentava cicatrizes de danos recentes. Tally percebeu que Diego provavelmente oferecera alguma resistência contra a armada — uma luta que não tinha durado muito.

Embora todas as cidades tivessem desistido de guerrear, algumas haviam abandonado a luta mais cedo do que as outras.

Tally olhou para baixo. O heliporto não estava muito distante e a fila de crianças se afastava dele com uma lentidão irritante. Ela praguejou e disparou contra a nave, torcendo para que fosse capaz de distraí-lo.

A máquina detectou sua aproximação no último instante e tentou agarrar a prancha com as garras de metal. Tally empinou para subir, mas manobrou tarde demais. As garras de metal da nave emperraram a hélice frontal, e a parada súbita jogou Tally para fora da prancha. Outras garras se fecharam no ar, mas ela, oculta pelo traje de camuflagem, passou por cima.

Tally caiu nas costas da nave. A máquina inclinou por conta do peso e do impacto da prancha, e quase virou de barriga para cima. Ela balançou os braços ao escorregar pela blindagem, e não caiu graças ao solado aderente do traje de camuflagem. Dobrou os joelhos e agarrou o primeiro apoio que encontrou, um fino pedaço de metal protuberante do corpo da nave.

A prancha quebrada passou direto com apenas uma hélice funcionando e a outra destruída, girando pelo ar como uma faca.

Conforme a nave tentava se estabilizar, o objeto que havia salvado Tally girou repentinamente em sua mão e ela o soltou. Havia uma pequena lente na ponta, como o olho comprido de um caranguejo. Tally correu para o meio das costas da máquina e torceu para que não tivesse sido vista.

Mais três câmeras compridas giraram freneticamente ao redor de Tally e olharam para todas as direções, vasculhando o céu atrás de mais ameaças. Mas nenhuma se virou para ela, pois as lentes apontavam para fora, e não para a própria nave.

Tally percebeu que estava sentada no ponto cego da máquina. As câmeras não conseguiam virar para vê-la e o chassi blindado não tinha sensores para detectar seus pés. Aparentemente, quem projetara a nave voadora jamais imaginara que haveria um adversário *em cima dela*.

Mas a máquina sabia que havia algo de errado, pois estava pesada demais. As quatro hélices não paravam de se mexer enquanto Tally ia de um lado para o outro, tentando se manter sobre ela. As garras de metal que não haviam sido danificadas pela prancha golpeavam aleatoriamente o ar ao procurar por um oponente, como se não pudesse enxergar.

Com o peso extra, a nave voadora começou a descer. Tally pendeu o corpo na direção da Prefeitura e a máquina começou a ser levada para lá enquanto caía. Era como pilotar a prancha mais instável e teimosa do mundo, mas gradualmente ela conseguiu afastar a nave do heliporto e da lenta fila de crianças.

Ao se aproximar da Prefeitura, as ondas de choque do ataque fizeram a máquina tremer. O calor do prédio em chamas começou a penetrar pelo traje de camuflagem e Tally sentiu que todo seu corpo estava suado. Atrás dela, as crianças pareciam ter finalmente saído da área do heliporto. Tudo o que precisava fazer agora era saltar da nave sem ser vista e sem que ela abrisse fogo.

Quando o chão estava a apenas dez metros, Tally pulou das costas da máquina e agarrou uma das garras danificadas ao passar, empenando aquele lado com a força da queda. Ela rodou em pleno ar acima da cabeça de Tally e as hélices guincharam pelo esforço de tentar se estabilizar. Mas a nave já tinha virado demais e, após uma breve resistência, o peso da garra danificada fez com que ela ficasse de cabeça para baixo.

Tally caiu de uma altura pequena. Os braceletes pararam sua queda e a pousaram no chão com delicadeza.

Lá em cima, a nave foi girando de lado e sem controle em direção à Prefeitura com as garras sacudindo. Bateu no primeiro andar do prédio e desapareceu em uma bola de fogo que alcançou Tally. O traje de camuflagem alertou que havia vários pontos de defeito na superfície. As escamas que absorveram a explosão pararam de se mexer e Tally sentiu o cheiro de cabelo queimado dentro do capuz.

Enquanto ela corria de volta para o hospital, a terra foi sacudida por violentos choques que a derrubaram. Quando olhou para trás, viu que a Prefeitura finalmente estava desmoronando. Depois de longos minutos de bombardeio, até mesmo o esqueleto metálico derreteu e cedeu diante do peso do prédio em chamas.

E estava praticamente em cima dela.

Tally ficou de pé novamente e ligou a dermantena. O falatório dos Cortadores que organizavam a saída das pessoas do hospital encheu sua cabeça.

— A Prefeitura está desmoronando! — disse ela enquanto corria. — Preciso de ajuda!

— O que está fazendo *aí*, Tally-wa? — perguntou Shay. — Assando marshmallows?

— Eu explico depois!

— Estamos a caminho.

Os tremores aumentaram e o calor ficou duas vezes mais forte quando toneladas de prédio em chamas vieram abaixo. Uma chuva de destroços queimando caiu sobre as calçadas móveis e botou fogo na superfície aderente. A luz atrás de Tally ficou mais forte e alongou sua sombra como se fosse a de um gigante.

Um par de sombras surgiu vindo da direção do hospital. Tally balançou os braços.

— Aqui!

Os Cortadores deram a volta por Tally e retornaram. Suas silhuetas escuras contrastavam com o prédio desmoronado.

— Levante as mãos, Tally-wa — falou Shay.

Tally pulou no ar com os braços esticados. Os dois Cortadores pegaram seus pulsos e a afastaram da Prefeitura para um lugar seguro.

— Você está bem? — gritou Tachs.

— Sim, mas... — A voz de Tally sumiu. Ao ser levada de costas, ela observou o colapso final do prédio em silêncio, atônita. A Prefeitura parecia se dobrar em si mesma como um balão sendo esvaziado. Então uma vasta nuvem de fumaça e destroços surgiu como uma onda escura que engolia os escombros em chamas.

A onda correu na direção deles, cada vez mais rápida...

— Hã, galera? — disse Tally. — Vocês podem ir mais...?

O choque, e seus escombros e ventos furiosos, atingiu os Cortadores, tirou Shay e Tachs de cima das pranchas e derrubou o trio no chão. Ao rolar, as escamas danificadas do traje de Tally espetaram seu corpo, até que ela finalmente parou.

Tally permaneceu deitada no chão, sem fôlego. A escuridão os engoliu.

— Vocês estão bem? — Shay perguntou.

— Sim, sagaz — disse Tachs.

Tally tentou falar, mas acabou tossindo, pois a máscara do traje parou de filtrar o ar. Ela arrancou a máscara, sentiu a fumaça incomodar os olhos e cuspiu para tirar o gosto de plástico queimado da boca.

— Fiquei sem prancha e o traje está arruinado — conseguiu dizer. — Mas estou bem.

— De nada — falou Shay.

— Ah, sim. Valeu, galera.

— Esperem aí — falou Tachs. — Ouviram isso?

Os ouvidos de Tally ainda zumbiam, mas, um momento depois, ela percebeu que os tiros de canhão haviam cessado. O silêncio era quase assustador. Ela ligou a visão infravermelha e olhou para o céu. Um vórtex reluzente de naves voadoras estava se formando acima, como uma galáxia girando em espiral.

— O que eles vão fazer agora? — perguntou Tally. — Destruir mais alguma coisa?

— Não — respondeu Shay, baixinho. — Ainda não.

— Antes de virmos para cá, nós, Cortadores, conhecíamos o plano da dra. Cable — disse Tachs. — Ela não quer destruir Diego, e sim transformá-la em uma cidade igual à nossa: rígida e controlada, onde *todo mundo* é um avoado.

— Quando a situação virar um caos — acrescentou Shay —, ela virá aqui assumir o controle.

— Mas as cidades não conquistam umas às outras! — disse Tally.

— Geralmente, não, Tally, mas não percebeu? — Shay virou para os destroços ainda em chamas da Prefeitura. — Fugitivos à solta, o Novo Sistema fora de controle, e agora o governo em ruínas... *isto* é uma Circunstância Especial.

CULPA

O hospital estava cheio de cacos de vidro.

Todas as janelas que davam para a Prefeitura tinham estourado com o choque. Tally e os outros Cortadores andaram sobre os estilhaços enquanto verificavam se havia ficado alguém para trás em cada quarto.

— Tem um coroa aqui — disse Ho a dois andares abaixo.

— Ele precisa de médico? — perguntou Shay.

— São só alguns cortes. O spray conserta.

— Deixe um médico examinar, Ho.

Tally parou de prestar atenção no falatório da dermantena e verificou o próximo quarto abandonado. Olhou mais uma vez para os escombros em chamas pelas janelas sem vidro. Dois helicópteros sobrevoavam o local lançando espuma sobre o fogo.

Ela poderia escapar agora, desligar a dermantena e desaparecer em meio ao caos. Os Cortadores estavam ocupados demais para persegui-la e o restante da cidade mal funcionava. Sabia onde eles haviam deixado as pranchas, e os braceletes antiqueda que recebeu de Shay conseguiriam acioná-las.

Mas depois do que ocorrera, não havia mais para onde ir. Se a Circunstâncias Especiais realmente estivesse por trás do ataque, voltar correndo para a dra. Cable estava fora de cogitação.

Tally teria até entendido se a armada tivesse atacado as novas obras para dar uma lição em Diego sobre o desmatamento. Não importa o que mais estivesse acontecendo na Cidade Medíocre, aquilo tinha que parar. As cidades não podiam simplesmente tomar a terra quando bem quisessem.

Mas elas também não podiam se atacar daquela maneira, explodindo prédios bem no centro urbano. Era assim que os coitados dos Enferrujados resolviam seus conflitos. Tally se perguntou como sua própria cidade havia esquecido as lições da história tão facilmente.

Por outro lado, era impossível não acreditar no que Tachs dissera: que o objetivo da dra. Cable ao destruir a Prefeitura era acabar com o Novo Sistema. De todas as cidades, apenas a de Tally havia se importado em descobrir onde ficava a Velha Fumaça. Apenas a cidade dela era obcecada com os fugitivos.

Tally estava começando a se indagar se todas as cidades tinham departamentos de Circunstâncias Especiais ou se eram como Diego, que permitiam o livre trânsito das pessoas. Talvez a cirurgia especial — aquela que tornou Tally o que ela era — fosse algo que a dra. Cable tivesse inventado sozinha. O que significaria que Tally realmente era uma aberração, uma arma perigosa, alguém que precisava ser curada.

Ela e Shay haviam começado aquela guerra estúpida, afinal. Pessoas normais e saudáveis não fariam uma coisa assim, fariam?

O próximo quarto também estava vazio, e havia restos de uma refeição interrompida pela evacuação. As janelas eram decoradas com cortinas que esvoaçavam ao vento provocado pelo helicóptero distante. Elas tinham sido rasgadas pela chuva de vidro e agora pareciam bandeiras brancas em frangalhos indicando rendição. Havia uma pilha de aparelhos em um canto, ainda funcionando, porém desconectados do paciente. Tally torcia para que a pessoa que esteve ligada aos tubos e fios ainda estivesse bem.

Era estranho se preocupar com um coroa anônimo qualquer. Mas os efeitos do ataque tinham mudado sua cabeça: as pessoas não pareciam mais meros coroas ou medíocres. Pela primeira vez desde que Tally virara uma Cortadora, ser *medíocre* não era como ser patético aos seus olhos. Ver como sua própria cidade agia fez com que ela não se sentisse tão especial, pelo menos no momento.

Tally se lembrou da época em que viveu como feia na Fumaça. Aquelas semanas mudaram a forma como enxergava o mundo. Talvez a vinda para Diego, com suas discussões e diferenças (e ausência de avoados), já tivesse começado a torná-la uma pessoa diferente. Se Zane tivesse razão, ela estava se reprogramando novamente.

Talvez na próxima ocasião em que o visse, as coisas poderiam ser diferentes.

Tally sintonizou um canal privado na dermantena.

— Shay-la? Preciso fazer uma pergunta.

— Claro, Tally.

— Qual é a diferença de estar curada?

Shay fez uma pausa e, através da antena, Tally ouviu sua respiração lenta e os estilhaços de vidro sendo pisados.

— Bem, quando Fausto injetou a cura em mim, eu nem notei. Levei alguns dias para reparar no que estava acontecendo, que eu havia começado a ver as coisas de maneira diferente. O engraçado foi que, quando ele explicou o que tinha feito, foi praticamente um *alívio*. Tudo é menos intenso agora, menos exagerado. Não preciso me cortar para dar conta do que sinto. Nenhum de nós precisa. Mas mesmo que as coisas não estejam tão sagazes, pelo menos eu parei de ficar furiosa a troco de nada.

Tally assentiu.

— Quando fiquei presa no hospital, foi assim que eles descreveram: fúria e euforia. Mas, agora, eu não sinto nada.

— Eu também, Tally-wa.

— E tem outra coisa que os médicos disseram sobre "sensação de superioridade".

— Sim, isso é o que está por trás da Circunstâncias Especiais, Tally-wa. É como nos ensinaram na escola sobre os "ricos" na época dos Enferrujados. Eles tinham as melhores coisas, viviam mais e não precisavam seguir as regras comuns. E todo mundo achava isso perfeitamente aceitável, mesmo que essas pessoas não tivessem feito nada para merecer esses privilégios a não ser ter os coroas certos. Pensar como um Especial faz parte do ser humano. Não é preciso muito esforço para convencer uma pessoa de que ela é melhor do que as outras.

Tally começou a concordar, mas então se lembrou do que Shay disse quando se separaram no rio.

— Mas você falou que eu já era assim, não foi? Mesmo na época em que a gente era feia.

Shay riu.

— Não, Tally-wa. Você não acha que é *melhor* do que as outras pessoas, e sim o centro do universo. É bem diferente.

Tally deu um riso forçado.

— Então por que não me curou? Você teve a chance quando eu estava desacordada.

Houve outra pausa e o barulho do helicóptero ao longe surgiu pela ligação com a antena de Shay.

— Porque eu sinto muito pelo que fiz.

— O quê?

— Ter transformado você em especial. — A voz de Shay saiu trêmula. — A culpa foi minha e não quero forçar uma nova mudança. Acho que você consegue se curar desta vez.

— Ah. — Tally engoliu em seco. — Obrigada, Shay.

— E tem mais uma coisa: vai ser muito útil você ainda ser uma Especial quando a gente voltar para acabar com esta guerra.

Tally franziu a testa. Shay ainda não havia explicado o plano em detalhes.

— Como eu vou ser útil sendo uma psicopata?

— A dra. Cable vai nos examinar para ver se não estamos mentindo. Seria bom se algum de nós ainda fosse um Especial de verdade.

Tally parou ao chegar à próxima porta.

— Falar a verdade? Não achei que a gente fosse *falar* com ela. Imaginei algo envolvendo aquela gosma prateada. Ou granadas, pelo menos.

Shay suspirou.

— Você está pensando como uma Especial, Tally-wa. Violência não vai ajudar. Se a gente atacar, eles vão pensar que é um contra-ataque de Diego, e a guerra só vai piorar. Temos que confessar.

— *Confessar?* — Tally estava olhando para outro quarto vazio, iluminado apenas pelo fogo da Prefeitura. Havia flores por todos os cantos e vasos quebrados pelo chão formando uma mistura de cacos coloridos, flores mortas e estilhaços da janela quebrada.

— Isso mesmo, Tally-wa. A gente tem que contar para todo mundo que fomos apenas eu e você que atacamos o Arsenal. Que Diego não teve nada a ver com isso.

— Ah, que beleza. — Tally olhou pela janela.

O incêndio na Prefeitura ainda durava, não importava quanta espuma fosse lançada pelos helicópteros. Shay disse que os escombros queimariam por dias porque a pressão do prédio derrubado geraria o próprio calor, como se o ataque tivesse dado à luz um pequeno sol.

Aquela visão horrível era culpa *delas*. Tally não parava de pensar nisso, como se jamais fosse se acostumar. Ela e Shay fizeram aquilo acontecer e agora tinham que desfazer a situação.

Mas ao pensar em confessar para a dra. Cable, Tally teve que lutar contra o impulso de fugir, de correr para as janelas abertas e pular, deixar que os braceletes parassem a queda. Poderia desaparecer no mato e jamais ser capturada. Nem por Shay. Nem pela dra. Cable. Invisível de novo.

Mas isso significava abandonar Zane naquela cidade atacada e ameaçada.

— E para que eles acreditem em você — continuou Shay —, não pode parecer que alguém manipulou o seu cérebro. A gente precisa manter você especial.

De repente, Tally sentiu a necessidade de ar fresco. Mas ao andar até a janela, o cheiro doce das flores mortas atacou seu nariz como o perfume de um coroa. Ela fechou os olhos cheios d'água e cruzou o quarto, ouvindo o eco dos próprios passos.

— Mas o que eles vão *fazer* conosco, Shay-la? — perguntou, baixinho.

— Não sei, Tally. Ninguém jamais admitiu ter começado uma guerra falsa antes, pelo menos até onde sei. Porém, o que mais podemos fazer?

Tally abriu os olhos e se debruçou na janela destruída. Respirou o ar puro, embora estivesse com cheiro de queimado.

— A gente não tinha a *intenção* de ir tão longe — sussurrou.

— Eu sei, Tally-wa. E foi tudo ideia minha, além de também ser culpa minha por você ser especial. Se pudesse ir sozinha, eu iria. Mas eles não vão acreditar em mim. Assim que examinarem meu cérebro, vão perceber que estou diferente, curada. A dra. Cable provavelmente preferiria achar que Diego manipulou minha mente do que admitir que comecei uma guerra a troco de nada.

Não tinha como contra-argumentar. A própria Tally mal conseguia acreditar que aquela pequena invasão tivesse causado tanta destruição. A dra. Cable não aceitaria a palavra de ninguém sem uma tomografia cerebral.

Ela olhou novamente para a Prefeitura em chamas e soltou um suspiro. Era tarde demais para correr, tarde demais para qualquer coisa que não fosse a verdade.

— OK, Shay, eu vou com você. Mas não enquanto não achar Zane. Preciso explicar uma coisa para ele.

E talvez tentar de novo, pensou. *Já estou diferente*. Tally olhou além da janela e imaginou o rosto de Zane.

— Afinal, o que eles podem fazer de pior, Shay-la? Transformar a gente em tolas de novo? Talvez não seja tão ruim...

Em vez da resposta, Tally ouviu um bipe baixo e insistente vindo da dermantena de Shay.

— Shay? Que barulho é esse?

A resposta veio em tom tenso.

— Tally, é melhor você descer aqui. Quarto 304.

Ela saiu da janela e passou por cima dos vasos quebrados e flores mortas a caminho da porta. O bipe ficou mais alto à medida que Shay se aproximava de alguma coisa. A ansiedade começou a tomar conta de Tally.

— O que está acontecendo, Shay?

Shay abriu o canal para os outros Cortadores com pânico na voz.

— Alguém chame um médico. — E repetiu o número do quarto.

— O que *foi*, Shay? — gritou Tally.

— Tally, eu sinto muito...

— O quê?

— É Zane.

PACIENTE

Tally correu com o coração disparado e a mente tomada pelo som do bipe.

Ela pulou o corrimão da escada de incêndio numa queda controlada pelo meio da escadaria. Quando chegou ao corredor do terceiro andar, viu Shay, Tachs e Ho do lado de fora de um quarto marcado como INTERNAÇÃO, olhando pela porta como uma multidão boquiaberta vendo um acidente.

Tally se enfiou entre eles e parou sobre os cacos de uma janela quebrada.

Zane estava deitado em uma cama de hospital com o rosto pálido. Havia várias máquinas ligadas ao cérebro e aos braços, cada uma emitindo bipes e piscando luzes vermelhas ao ritmo do som. Um perfcito de meia-idade com uniforme branco de médico estava sobre ele, levantando suas pálpebras para ver os olhos.

— O que aconteceu? — gritou Tally. O médico nem olhou. Shay chegou por trás dela e segurou seus ombros com força.

— Fique sagaz, Tally.

— *Sagaz?* — Ela se livrou das mãos de Shay. O sangue se encheu de adrenalina e raiva, que afastaram a sensação de torpor causada pelo ataque. — O que tem de *errado* com ele? O que ele está fazendo aqui?

— Vocês, avoadas, podem fazer *silêncio?* — disparou o médico.

Tally se virou para ele com os dentes arreganhados.

— *Avoadas?*

Shay abraçou Tally e a levantou. Com um movimento rápido, tirou a amiga do quarto, colocou-a de volta no chão e a empurrou para longe da porta.

Tally recuperou o equilíbrio e se agachou com os dedos crispados. Os outros Cortadores a encaravam enquanto Tachs fechava a porta com delicadeza.

— Pensei que você estivesse se reprogramando, Tally — falou Shay em um tom duro, sem se alterar.

— Eu vou reprogramar *você*, Shay! — disse Tally. — O que está acontecendo?

— Não sabemos, Tally. O médico acabou de chegar. — Shay juntou as palmas das mãos. — Controle-se.

A mente de Tally deu voltas e viu apenas ângulos de ataque e estratégias para passar pelos três e voltar à sala de internação. Mas ela estava em desvantagem numérica e, à medida que o impasse continuava, a raiva começou a virar pânico.

— Ele foi operado — sussurrou Tally, e a respiração ficou acelerada. O corredor começou a girar quando se lembrou dos Crims indo para o hospital ao saírem do helicóptero.

— É o que parece, Tally — falou Shay sem se alterar.

— Mas ele chegou a Diego há *dois dias* — disse Tally. — Os outros Crims estavam em uma festa na mesma noite em que chegaram aqui. Eu vi.

— Os outros Crims não tinham dano cerebral, Tally. Apenas as lesões de perfeitos. Você sabe que Zane era diferente.

— Mas o que pode dar *errado* em um hospital?

— Calma, Tally-wa. — Shay deu um passo à frente e colocou a mão com cuidado sobre seu ombro. — Tenha paciência, eles vão informar a gente.

Com uma pontada de raiva, Tally se concentrou na porta do setor de internação. Shay estava perto o bastante para levar um soco na cara, Ho e Tachs estavam distraídos com a chegada de um segundo médico; ela poderia passar por todo mundo se atacasse agora...

Mas a disputa entre a raiva e o pânico paralisava os músculos e dava um nó de desespero no estômago.

— Isso é por causa do ataque, não? — disse Tally. — É isso que deu errado.

— Não dá para saber.

— A culpa é *nossa*.

Shay balançou a cabeça e falou em tom de consolação, como se Tally fosse uma criança que acabara de despertar de um pesadelo.

— A gente não sabe o que está acontecendo, Tally-wa.

— Mas você encontrou Zane sozinho? Por que não tiraram Zane daqui?

— Talvez não pudesse ser retirado. Talvez fosse mais seguro ficar aqui ligado a essas máquinas.

Tally cerrou os punhos. Desde que virara especial, ela nunca se sentira tão incapaz, tão comum, tão impotente. De repente, tudo estava se tornando *medíocre*.

— Mas...

— Calma, Tally-wa. — Shay falou naquele tom calmo e irritante. — Só podemos esperar. É o que dá para fazer agora.

* * *

Uma hora depois, a porta abriu.

Dos vários funcionários do hospital que haviam entrado e saído sem parar do quarto de Zane, sobravam cinco médicos. Alguns deles passaram olhando nervosos para Tally ao perceberem quem ela era: a arma letal que havia escapado mais cedo.

Tally passou o tempo todo ansiosa, meio que esperando ser atacada, sedada e preparada para passar por uma reversão da cirurgia especial outra vez. Mas Shay e Tachs permaneceram ao lado dela, encarando os guardas que haviam chegado para vigiá-los. Uma coisa tinha que ser dita a favor da cura de Maddy: o procedimento deixara os outros Cortadores mais pacientes do que Tally. Eles mantiveram uma calma perturbadora, enquanto Tally não parava de se mexer e tirava sangue da palma das mãos com as unhas de tanto fechá-las.

O médico pigarreou.

— Infelizmente trago más notícias.

A mente de Tally não registrou as palavras de primeira, mas ela sentiu Shay pegar firme em seu braço, como se imaginasse que fosse saltar em cima do homem e matá-lo.

— Durante algum momento da evacuação do prédio, o corpo de Zane rejeitou o novo tecido cerebral. O aparelho de monitoramento alertou a equipe médica, mas é claro que não havia ninguém por perto. As máquinas tentaram nos chamar, mas a interface da cidade estava muito sobrecarregada com a evacuação para passar a mensagem.

— Sobrecarregada? — falou Tachs. — Você quer dizer que o hospital não tem uma rede própria?

— Existe um canal de emergência — disse o médico. Ele olhou na direção da Prefeitura e balançou a cabeça como se ainda não acreditasse que houvesse sido destruída. — Mas ele passa pela interface da cidade, que deixou de existir. Diego nunca enfrentou um desastre como esse antes.

Foi o ataque... a guerra, Tally pensou. *A culpa é minha.*

— O sistema imunológico pensou que o novo tecido cerebral era uma infecção e agiu de acordo. Fizemos o possível, mas quando o encontramos, o mal já havia sido feito.

— Mal... em que sentido? — perguntou Tally. As mãos de Shay a seguraram com mais força.

O médico olhou para os guardas. Pelo canto de olho, Tally notou que eles estavam nervosos e prontos para uma briga. Todos morriam de medo dela.

Ele pigarreou.

— Vocês têm noção de que Zane chegou aqui com dano no cérebro, não é?

— Sim, temos — falou Shay com a voz ainda calma.

— Zane disse que queria acabar com as tremedeiras e lapsos cognitivos. E pediu que melhorássemos seu controle físico o máximo possível. Era arriscado, mas ele deu a autorização consciente.

Tally baixou o olhar. Zane quis recuperar os velhos sentidos e torná-los ainda melhores, para que assim ela não o visse como fraco e medíocre.

— Foi aí que ocorreu a maior rejeição — continuou o médico. — Ele perdeu as funções que tentamos consertar.

— Perdeu? — A mente de Tally dava voltas. — As funções motoras?

— E as funções superiores, especialmente a fala e a cognição. — O receio do médico desapareceu e seu rosto assumiu a clássica expressão de preocupação, serenidade e compreensão de um perfeito de meia-idade. — Ele nem sequer consegue respirar por conta própria. Achamos que não vai recuperar a consciência. Jamais.

Os guardas sacaram os bastões de choque. Tally podia sentir a eletricidade no ar.

O médico respirou fundo.

— E a questão é que... precisamos do leito.

Tally desmoronou, mas o apoio de Shay não deixou que ela caísse no chão.

— Temos dezenas de baixas — continuou o médico. — Alguns funcionários da Prefeitura do turno da noite escaparam terrivelmente queimados. Precisamos destas máquinas, o quanto antes, melhor.

— E quanto a Zane? — perguntou Shay.

O médico balançou a cabeça.

— Ele vai parar de respirar se o desligarmos. Normalmente, não teríamos tanta pressa, mas hoje...

— É uma circunstância especial — falou Tally, baixinho.

Shay puxou a amiga para perto e sussurrou em seu ouvido:

— Tally, temos que ir. Precisamos sair desse lugar. Você é perigosa demais.

— Eu quero ver Zane.

— Tally-wa, não é uma boa ideia. E se você perder a cabeça? Pode acabar matando alguém.

— Shay-la — rosnou Tally. — Deixe que eu veja Zane.

— Não.

— Deixe ou vou matar todo mundo. Você não será capaz de me impedir.

Os braços de Shay estavam em volta de Tally, mas ela sabia que conseguiria se soltar. O traje de camuflagem ainda funcionava o suficiente para ficar escorregadio e permitir que Tally fugisse e atacasse, começando pelas gargantas...

Shay mudou de posição e algo pontudo foi pressionado contra o pescoço de Tally.

— Eu posso injetar a cura em você agora.

— Não, não pode. A gente tem uma guerra para impedir. Você precisa do meu cérebro destruído do jeito que está.

— Mas *eles* precisam dessas máquinas. Você está apenas...

— Deixe que eu seja o centro do universo por *mais cinco minutos*, Shay. Então eu vou embora e deixo Zane morrer. Prometo.

Shay soltou um longo suspiro.

— Todos vocês, saiam da frente.

A cabeça e os braços ainda estavam conectados, e o coro incessante de bipes havia sido substituído por uma batida constante.

Mas Tally podia perceber que ele estava morto.

Ela já havia visto um cadáver antes. Quando a Circunstâncias Especiais foi destruir a Velha Fumaça, o coroa responsável pela biblioteca dos rebeldes foi morto tentando escapar. (A morte dele havia sido sua culpa também, Tally se lembrou agora. Como *esse* pequeno fato fugiu de sua memória?) O corpo do velho pareceu deformado na morte, tão distorcido quanto o mundo ao redor. Até a luz do sol pareceu errada naquele dia.

Mas, agora, ver Zane morto era bem pior por causa de seus olhos especiais. Cada detalhe era cem vezes mais nítido: a cor errada da pele, a pulsação estável demais na garganta, o jeito como as unhas estavam deixando de ser cor-de-rosa e ficando brancas.

— Tally... — A voz de Tachs ficou embargada.

— Sinto muito — disse Shay.

Tally olhou para seus colegas Cortadores e percebeu que eles não conseguiriam entender. Podiam ainda ser fortes e rápidos, mas a cura de Maddy tornara suas mentes medíocres outra vez. Não conseguiriam perceber como a morte era realmente enlouquecedora, como era totalmente *sem propósito* em todos os sentidos.

O incêndio ainda ardia lá fora, um belo espetáculo que debochava do céu escuro e perfeito. Era isso que ninguém compreendia: que Zane não merecia ficar fora de um mundo tão lindo e borbulhante.

Tally tocou sua mão. Seus dedos ultrassensíveis notaram que a pele estava mais fria do que deveria.

Tudo isso era sua culpa. Tally forçara Zane a ir até ali para se tornar o que *ela* queria; ficou perambulando pela cidade em vez de protegê-lo; começou a guerra que acabou com ele.

Aquele era o preço final por seu imenso ego.

— Sinto muito, Zane. — Tally deu as costas. De repente os cinco minutos eram tempo demais para ficar ali com os olhos ardendo, sem conseguir chorar. — OK, vamos nessa — sussurrou.

— Tally, tem certeza? Nem se passaram...

— Vamos *nessa!* Para as pranchas. Essa guerra tem que acabar.

Shay colocou a mão no seu ombro.

— OK. Vamos assim que o sol surgir. Podemos voar direto, sem avoados para nos atrasar, sem tomar o caminho turístico do localizador dos Enferrujados. Estaremos em casa em três dias.

Ela abriu a boca para exigir que fossem para casa imediatamente, mas ficou calada diante do cansaço estampado no rosto de Shay. Tally passara a maior parte das últimas 24 horas inconsciente, mas Shay viajara para encontrar os Cortadores e curá-los, resgatara Tally da cirurgia e liderara o grupo naquela longa e terrível noite. Os olhos mal ficavam abertos.

Além disso, a batalha não era mais de Shay. Ela não pagara o mesmo preço que Tally.

— Você está certa — disse ela ao perceber o que tinha que fazer. — Vá dormir.

— E quanto a você? Está bem?

— Não, Shay-la, não estou bem.

— Foi mal, eu quis dizer... você vai machucar alguém?

Tally balançou a cabeça e mostrou a mão, que não estava tremendo.

— Viu só? Estou sob controle, talvez pela primeira vez desde que virei especial. Mas não consigo dormir. Vou esperar por você.

Em dúvida, Shay fez uma pausa, talvez pressentindo o que Tally tinha em mente. Mas a expressão de preocupação foi tomada pelo cansaço e ela abraçou Tally mais uma vez.

— Só preciso de algumas horas. Ainda sou especial o bastante.

— Claro. — Tally sorriu. — Vamos assim que o sol surgir.

Ela saiu do quarto com os demais Cortadores, passou pelos médicos e os guardas nervosos, e se afastou para sempre de Zane e de todo o futuro que imaginaram. E, a cada passo, Tally sabia que não devia deixar apenas Zane para trás, mas sim todo mundo.

Shay somente a atrasaria.

A CAMINHO DE CASA

Tally foi embora assim que Shay adormeceu.

Não fazia sentido as duas se renderem. Shay tinha que ficar em Diego; naquele momento, os Cortadores eram a única coisa parecida com uma força militar que a cidade possuía. E, de qualquer forma, a dra. Cable não acreditaria em Shay porque seu cérebro mostraria os sinais da cura de Maddy. Ela não era mais especial.

Mas Tally era. Ela manobrou e desviou dos galhos da floresta, pilotou de joelhos dobrados e braços estendidos como asas, voou mais rápido que jamais voara antes. Tudo apresentava uma nitidez sagaz: o vento quente no rosto, as oscilações da gravidade debaixo dos pés. Ela levou duas pranchas e pilotava uma enquanto a outra seguia, para trocar a cada dez minutos. Com o peso dividido entre as duas, voar em velocidade máxima por dias seguidos não queimaria as hélices.

Ela alcançou o limite de Diego bem antes de o sol surgir, o céu laranja mal começara a se tornar radiante como um vaso imenso despejando luz sobre a natureza. A beleza do mundo doía como um golpe de navalha. Tally teve a certeza de que jamais precisaria se cortar outra vez.

Agora, ela carregava a faca dentro de si. Uma faca que estava sempre a cortando, toda vez que engolia, toda vez que tirava a mente do esplendor da natureza.

A floresta foi ficando mais esparsa à medida que Tally se aproximava dos grandes desertos causados pelas flores brancas. Quando notou o vento áspero com os grãos de areia, ela apontou para o mar, onde os sustentadores ganhariam velocidade ao passarem sobre a ferrovia.

Taily tinha apenas sete dias para acabar com a guerra.

De acordo com Tachs, a Circunstâncias Especiais pretendia esperar uma semana para a situação em Diego piorar. A destruição da Prefeitura iria emperrar o funcionamento da cidade por meses e a dra. Cable imaginava que os não avoados se rebelariam contra o governo caso suas necessidades não fossem atendidas.

E se a rebelião não ocorresse dentro do prazo, a Circunstâncias Especiais simplesmente atacaria de novo e destruiria mais partes da cidade para piorar as condições de vida.

O software de Tally tocou o alarme — haviam se passado mais dez minutos. Ela chamou a outra prancha e pulou no espaço vazio entre as duas, ficando por um momento com nada além de terra e plantas rasteiras embaixo de si, até que fez um pouso perfeito.

Tally deu um sorriso cruel. Se tivesse caído, não haveria malha magnética para aparar a queda, apenas areia dura passando a cem quilômetros por hora. Mas as dúvidas e incertezas que sempre a importunaram, aquelas de que Shay reclamava mesmo após Tally ter virado uma Cortadora, haviam finalmente sumido.

O perigo não importava mais. Nada mais importava.

Ela era realmente especial agora.

* * *

Tally chegou à ferrovia costeira no crepúsculo.

As nuvens sobre o mar a encararam a tarde inteira e, assim que o sol se pôs, um véu escuro encobriu as estrelas e a lua. Uma hora após o anoitecer, os trilhos perderam o calor acumulado durante o dia e a ferrovia ficou invisível mesmo com a visão infravermelha. Tally se orientou pelos ouvidos e usou o rugido das ondas quebrando para se manter no curso. Sobre os trilhos, os braceletes a salvariam da queda caso caísse.

Assim que surgiu a aurora, Tally voou sobre um acampamento cheio de fugitivos. Ouviu gritos ao passar por eles e ao olhar para trás viu que o vento provocado pela prancha espalhou brasas da fogueira sobre a grama seca. Os fugitivos se agitaram para impedir que o fogo se espalhasse. Bateram nas chamas com os sacos de dormir e casacos enquanto gritavam como um bando de avoados.

Tally continuou voando, pois não tinha tempo para dar meia-volta e ajudar.

Ela se perguntou o que aconteceria com todos os fugitivos que continuavam a cruzar o mato. Será que Diego podia ceder sua pequena esquadrilha de helicópteros para trazê-los? Quantos cidadãos a mais o Novo Sistema podia abrigar, agora que estava lutando pela própria existência?

Claro que Andrew Simpson Smith não tinha como saber que havia uma guerra. Ele continuaria a distribuir os localizadores, que não levariam a lugar algum. Os fugitivos chegariam aos pontos de encontro, mas não receberiam nenhuma carona. Aos poucos perderiam as esperanças, ficariam sem comida e paciência e decidiriam voltar para casa.

Alguns sobreviveriam, mas todos eram garotos da cidade, sem noção dos perigos da natureza. Sem uma Nova Fumaça para recebê-los, a maioria sucumbiria no mato.

Na segunda noite de voo sem descanso, Tally caiu.

Ela tinha acabado de notar que uma prancha não estava funcionando direito. Havia algum defeito microscópico na hélice frontal causando superaquecimento. Tally vinha observando o problema nos últimos minutos, com uma projeção infravermelha tapando a visão normal, e não viu a árvore.

Era um pinheiro isolado com as folhas balançando ao vento que soprava do mar. A prancha atingiu um galho em cheio e jogou Tally longe, de ponta-cabeça.

Os braceletes encontraram o metal da ferrovia bem a tempo. Não pararam o tombo instantaneamente, como fariam se fosse uma queda vertical, mas fizeram o corpo de Tally quicar ao longo dos trilhos. Por alguns instantes, ela se sentiu como se estivesse amarrada à frente de um antigo trem, vendo o mundo passar voando pelos lados, enquanto os trilhos sumiam na escuridão como um borrão debaixo dos pés.

Tally imaginou o que aconteceria se a linha do trem fizesse uma curva. Seria conduzida pela curva ou jogada sem a menor cerimônia no chão? Ou seria atirada pelo penhasco...

Porém, os trilhos prosseguiam em linha reta e, após uns cem metros, Tally foi perdendo impulso e acabou pousando graças aos braceletes. Ela estava com o coração disparado, mas incólume. Ambas as pranchas encontraram seu sinal um minuto mais tarde, surgindo da escuridão como amigos envergonhados por terem ido embora sem se despedir.

Tally percebeu que deveria dormir. Podia não dar tanta sorte na próxima vez que se distraísse. Mas logo o sol nasceria, e a cidade estava a menos de um dia de viagem. Ela subiu na prancha superaquecida e voou a toda velocidade, prestando atenção em cada mudança de som da hélice defeituosa.

Logo depois da aurora, surgiu um barulho estridente e Tally pulou da prancha, que se desintegrou em uma bola incandescente de metal. Ela aterrissou na outra e se virou para olhar os destroços caírem no mar e levantarem um jato de água e vapor.

Tally voltou a olhar para a cidade, sem jamais diminuir a velocidade.

Quando avistou as Ruínas de Ferrugem, ela rumou para o interior.

A antiga cidade fantasma era repleta de metal, o que permitiria que Tally poupasse as hélices da prancha restante ao diminuir a velocidade pela primeira vez desde que deixara Diego. Voou em silêncio pelas ruas vazias e viu os carros queimados que significavam o último dia dos Enferrujados. Tally estava cercada por prédios em escombros, locais familiares em que ela havia se escondido na época em que era Enfumaçada. Imaginou se algum feio esperto ainda se escondia aqui à noite. Talvez as ruínas não tivessem mais o apelo de antigamente, agora que havia uma cidade de verdade para onde fugir.

Mas elas ainda continuavam assustadoras, como se toda aquela desolação estivesse cheia de fantasmas. As janelas pareciam olhar para Tally e traziam lembranças da primeira noite que Shay a levara ali, quando ambas eram feias. Shay aprendeu o caminho secreto com Zane, é claro — ele foi a principal razão de Tally Youngblood não ser apenas mais uma avoada, vivendo feliz e sem noção nas torres da Nova Perfeição.

Talvez depois de confessar à dra. Cable, Tally pudesse voltar para lá com as memórias tristes finalmente apagadas...

Ping.

Tally parou, sem acreditar no que ouvia. O sinal surgiu na frequência dos Cortadores, mas nenhum deles poderia ter chegado ali antes dela. Não havia identificação, era como se tivesse vindo de ninguém. Só podia ser algum sinalizador abandonado durante uma missão de treinamento, nada além de um sinal qualquer nas ruínas.

— Alô? — sussurrou ela.

Ping... ping... ping.

Tally ergueu as sobrancelhas. O sinal não foi por acaso, parecia uma resposta.

— Você consegue me ouvir?

Ping.

— Mas não pode falar nada? — Tally franziu a testa.

Ping.

Ela suspirou e percebeu o que estava acontecendo.

— Beleza. Belo truque, feio. Mas eu tenho coisas mais importantes para fazer. — Religou as hélices e apontou para a cidade.

Ping... Ping.

Tally parou, sem saber se devia ignorar os ping. Qualquer feio esperto o suficiente para entrar na frequência dos Cortadores podia ter informações úteis. Não faria mal saber como andavam as coisas pela cidade antes de confrontar a dra. Cable.

Ela verificou a potência do sinal. Era alto e claro. Quem quer que o estivesse transmitindo não se encontrava longe.

Tally seguiu pela rua vazia prestando atenção ao sinal. Ficou um pouco mais forte para a esquerda. Ela apontou para aquela direção e voou por mais um quarteirão.

— OK, moleque. Um ping significa sim, e dois não. Sacou? Ping.

— Eu conheço você?

Ping.

— Hum. — Tally continuou até o sinal ficar mais fraco e deu meia-volta. Retornou devagar por onde veio. — Você é um Crim?

Ping... Ping.

O sinal ficou mais forte e Tally olhou para cima. Viu o prédio mais alto das ruínas, um velho esconderijo dos Enfumaçados e o local mais lógico para instalar uma estação transmissora.

— Você é um feio?

Houve uma longa pausa. E então um único Ping.

Tally começou a subir devagar enquanto os sustentadores magnéticos da prancha usavam a antiga estrutura de metal da torre como apoio. Ela expandiu o alcance dos sentidos e prestou atenção em todos os sons.

O vento mudou e trouxe um cheiro familiar capaz de embrulhar o estômago.

— EspagBol? — Ela balançou a cabeça. — Então você veio desta cidade?

Ping... ping.

Ela ouviu barulho de movimento nos escombros de algum andar de cima. Tally saiu da prancha, entrou por uma janela quebrada e ajustou o traje de camuflagem danificado para copiar o entulho. Ela observou as laterais da janela e olhou para cima.

E lá estava ele, olhando para baixo.

— Tally? — chamou.

Ela fez uma expressão de surpresa. Era David.

DAVID

— O que você está *fazendo* aqui? — perguntou ela.

— Estava esperando por você. Sabia que viria por esse caminho... pelas ruínas mais uma vez.

Tally subiu em sua direção, pulou nas vigas de ferro e cobriu a distância em poucos segundos. Ele estava encolhido em um canto que não havia desmoronado completamente, com espaço apenas para o saco de dormir aberto ao lado. O traje de camuflagem estava calibrado para se confundir com as sombras do interior da ruína.

Uma refeição instantânea apitou avisando que estava pronta e Tally sentiu o cheiro revoltante de EspagBol outra vez.

Ela balançou a cabeça.

— Mas como você...?

David mostrou um aparelho tosco em uma das mãos e uma antena direcional na outra.

— Depois que curamos Fausto, ele nos ajudou a montar isso aqui. Sempre que um de vocês se aproximava, nós detectávamos as suas dermantenas. Era possível até mesmo escutar as conversas.

Tally ficou agachada em uma viga de ferro com a mente dando voltas após três dias de viagem sem parar.

— Não perguntei como me enviou um ping. Como chegou até aqui tão rápido?

— Ah, isso foi fácil. Quando você a deixou para trás, Shay percebeu que sua teoria estava certa: Diego precisa mais dela do que de você. Mas não precisam de mim. — David pigarreou. — Então peguei o próximo helicóptero até um ponto de encontro a meio caminho daqui.

Tally suspirou e fechou os olhos. Shay disse que ela *pensava como uma Especial*. Podia ter pegado uma carona pela maior parte do caminho. Esse era o problema com saídas dramáticas: às vezes elas fazem a pessoa parecer uma avoada. Mas foi um alívio saber que a preocupação em relação aos fugitivos era infundada. Diego ainda não os abandonara.

— Então *por que* você veio, afinal?

Uma expressão decidida formou-se no rosto de David.

— Vim para ajudar você, Tally.

— Olha só, David, só porque estamos *mais ou menos* do mesmo lado, não significa que eu queria você por perto. Não era melhor ter ficado em Diego? Está rolando uma guerra, sabe.

Ele deu de ombros.

— Eu não gosto muito de cidades e não sei nada sobre guerras.

— Bem, nem eu, mas estou fazendo o possível. — Ela chamou a prancha, que flutuava lá embaixo. — E se a Circunstâncias Especiais me pegar com um Enfumaçado, não vai ser fácil convencê-los de que estou falando a verdade.

— Mas, Tally, você está bem?

— Essa é a segunda vez que alguém faz essa pergunta estúpida — disse baixinho. — Não, eu não estou bem.

— É, acho que foi mesmo estupidez. Mas estamos preocupados com você.

— Quem? Você e Shay?

Ele balançou a cabeça.

— Não, eu e minha mãe.

Tally soltou uma risada curta e grossa.

— Desde quando Maddy se preocupa comigo?

— Ela tem pensado muito em você ultimamente — respondeu David enquanto pousava no chão o EspagBol que nem havia tocado. — Minha mãe precisou estudar a cirurgia especial para descobrir como revertê-la. Ela sabe como é estar na sua pele.

Tally se levantou com as mãos contraídas, aproximou-se dele e deixou cair uma chuva de poeira no abismo do centro do prédio. Com os dentes arreganhados, ela falou encarando David.

— *Ninguém* sabe como é estar na minha pele nesse momento, David. Eu juro: ninguém.

Ele sustentou o olhar sem piscar, mas Tally podia sentir o *cheiro* do medo e de toda a fraqueza que saía pelos poros dele.

— Foi mal — falou David sem alterar a voz. — Não falei nesse sentido... Isso não tem a ver com Zane.

Ao ouvir o nome dele, algo se rompeu dentro de Tally e a fúria passou. Ela caiu agachada, respirando com dificuldade. Por um momento, teve a sensação de que o rompante de raiva tirara algo pesado de seus ombros. Foi a primeira vez desde a morte de Zane que alguma coisa, até mesmo a fúria, conseguiu penetrar o desespero.

Mas a sensação durou apenas alguns segundos, e então Tally foi tomada pelo cansaço de dias ininterruptos de viagem.

Ela apoiou a cabeça nas mãos.

— Deixa para lá.

— Eu trouxe algo para você que talvez seja necessário.

Tally ergueu os olhos. Havia um injetor nas mãos de David.

Ela balançou a cabeça demonstrando cansaço.

— É melhor que eu não me cure, David. A Circunstâncias Especiais não vai me escutar a não ser que eu seja um deles.

— Eu sei, Tally. Fausto explicou o plano para nós. — Ele tampou a agulha. — Mas fique com isso. Talvez depois de contar a eles o que aconteceu, você queira se transformar.

Tally franziu a testa.

— Não acho que faça sentido ficar pensando no que vai acontecer *depois* da confissão, David. A cidade pode ficar meio aborrecida comigo, então talvez eu não tenha muita escolha.

— Duvido, Tally. Isso é o que é mais incrível a seu respeito. Não importa o que sua cidade faça, você sempre parece ter uma escolha.

— Sempre? — falou com desdém. — Não *parece* que eu tive escolha quando Zane morreu.

— Não... — David balançou a cabeça. — Foi mal de novo. Eu não paro de falar coisas estúpidas. Mas você se lembra da época em que era perfeita? *Você* se transformou e liderou os Crims para fora da cidade.

— Zane liderou a gente.

— Ele tomou a pílula. Você, não.

Tally gemeu.

— Não me *lembre* disso. Foi assim que Zane acabou naquele hospital!

— Espere, espere. — David levantou as mãos. — O que estou tentando dizer é que foi *você* que superou a perfeição.

— Sim, eu sei, eu sei. E isso me fez muito bem. E a Zane.

— Na verdade, foi bom sim, Tally. Depois de ver o que você fez, minha mãe percebeu um detalhe importante sobre a reversão da cirurgia. Sobre a cura da tolice.

Tally ergueu os olhos e se lembrou das teorias de Zane na época em que eram perfeitos.

— Você quer dizer sobre se tornar borbulhante por conta própria?

— Exatamente. Minha mãe percebeu que não era necessário se livrar das lesões, e sim estimular o cérebro para ignorá-las. Por isso a nova cura é mais rápida e segura. — Ele estava falando depressa e os olhos brilhavam nas sombras. — Por isso conseguimos mudar Diego em apenas dois meses. Por causa do que *você mostrou para nós.*

— Então eu sou culpada por aquelas pessoas transformarem os mindinhos em cobras? Que beleza.

— Você é a culpada pela liberdade que elas encontraram, Tally. Pelo fim da operação.

Tally deu uma risada amarga.

— O fim de Diego, você quer dizer. Assim que Cable puser as mãos naquelas pessoas, elas vão desejar nunca terem visto as pílulas da sua mãe.

— Ouça, Tally. A dra. Cable é mais fraca do que você pensa. — Ele se aproximou. — É isso que eu vim até aqui dizer: depois da instauração do Novo Sistema, alguns dos empresários das indústrias de Diego nos ajudaram. Produção em massa. Nós contrabandeamos duzentas mil pílulas no mês passado. Se você conseguir abalar a Circunstâncias Especiais por alguns dias, sua cidade vai começar a mudar. O medo é a única coisa que impede a instauração do Novo Sistema aqui também.

— Medo de quem quer que tenha atacado o Arsenal, você quer dizer. — Ela suspirou. — Então é tudo culpa minha outra vez.

— Pode ser. Mas se você conseguir acabar com o medo aqui, todas as cidades do mundo vão começar a prestar atenção. — David pegou na mão dela. — Você não vai acabar apenas com a guerra, Tally, vai dar um jeito em *tudo*.

— Ou ferrar com tudo de vez. Alguém já pensou no que vai acontecer com a natureza se todo mundo se curar ao mesmo tempo? — Ela balançou a cabeça. — Eu só sei que tenho que acabar com essa guerra.

Ele sorriu.

— O mundo está mudando, Tally. Você fez com que isso acontecesse.

Tally se afastou e ficou calada por um tempo. Qualquer coisa que dissesse podia inspirar outro discurso sobre como ela era maravilhosa. Tally não se sentia assim, apenas exausta. David parecia contente sentado ali, provavelmente pensando que as palavras estavam surtindo efeito, mas o silêncio de Tally não significava nada além de que estava cansada demais para falar.

Para Tally Youngblood, a guerra tinha passado e deixado rastro de destruição fumegante para trás. Ela não podia dar um jeito em tudo pela simples razão de que não havia mais jeito para a única pessoa com quem se importava.

Maddy podia curar todos os tolos do mundo, e Zane ainda assim continuaria morto.

Contudo, uma questão continuava incomodando.

— Então você está dizendo que, na verdade, sua mãe agora *gosta* de mim?

David sorriu.

— Ela finalmente percebeu como você é importante para o futuro. E para mim.

Tally balançou a cabeça.

— Não diga coisas assim sobre mim e você.

— Foi mal, Tally, mas é verdade.

— Seu pai *morreu* por minha causa, David. Porque eu traí a Fumaça.

Ele balançou a cabeça devagar.

— Você não traiu a gente. Foi manipulada pela Circunstâncias Especiais como um monte de outras pessoas. E foram as experiências da dra. Cable que mataram meu pai, e não você.

Tally suspirou. Sentia-se cansada demais para discutir.

— Bem, estou contente que Maddy não me odeie mais. E, falando na dra. Cable, preciso encontrar com ela e dar um fim a essa guerra. Já acabamos?

— Sim. — Ele pegou a refeição e os pauzinhos, olhou para a comida e falou em tom baixo. — Isso é tudo o que eu queria dizer. Exceto..

Ela gemeu.

— Ouça, Tally, você não é a única pessoa que perdeu alguém. — Ele estreitou os olhos. — Depois que meu pai morreu, eu quis desaparecer também.

— Eu não estou desaparecendo, David, nem fugindo. Estou fazendo o que é preciso, certo?

— Tally, o que estou tentando dizer é que estarei aqui quando você terminar.

— Você? — Ela balançou a cabeça.

— Você não está sozinha, Tally. Não finja que está.

Ela tentou se levantar e fugir daquela baboseira toda, mas de repente a torre pareceu girar. Ela agachou outra vez.

Outra saída dramática tosca.

— OK, David, por acaso eu não vou a lugar algum até que durma um pouco. Acho que devia ter pegado carona naquele helicóptero.

— Use meu saco de dormir. — Ele abriu espaço e segurou a antena. — Eu acordo você se alguém vier bisbilhotar. Está segura aqui.

— Segura. — Tally passou espremida por David e sentiu por um instante o calor do seu corpo. Lembrou seu cheiro quando estiveram juntos no que parecia ter sido anos atrás.

Foi estranho. Ela sentira nojo de seu rosto feio da última vez que o encontrara, mas depois de ter visto tantas cirurgias bizarras em Diego, a cicatriz em sua sobrancelha e o sorriso torto pareciam apenas moda.

E uma moda que não era assim tão horrível.

Mas ele não era Zane.

Tally entrou no saco de dormir e olhou pelo chão esburacado as fundações em escombros cem metros abaixo.

— Hã, só não deixe que eu role ao dormir, OK?

Ele sorriu.

— Tudo bem.

— E me dê isto. — Ela pegou o injetor da mão dele e guardou em um dos bolsos do traje de camuflagem. — Posso precisar algum dia.

— Talvez não precise, Tally.

— Não me deixe confusa — murmurou ela.

Tally recostou a cabeça e dormiu.

REUNIÃO DE EMERGÊNCIA

Ela seguiu o rio até em casa.

Enquanto passava pela água branca, com a vista familiar da Nova Perfeição à frente, Tally se perguntou se aquela seria a última vez que veria seu lar do lado de fora. Por quanto tempo uma pessoa ficava presa por atacar a própria cidade, destruir acidentalmente suas defesas e provocar uma guerra falsa?

Assim que chegou à área de cobertura das estações repetidoras da cidade, os noticiários inundaram a dermantena de Tally como uma onda gigante. Havia mais de cinquenta canais cobrindo a guerra, narrando sem parar como a armada de naves voadoras penetrara nas defesas de Diego e reduzira a pó a Prefeitura. Todo mundo estava feliz com aquilo, como se o bombardeio de um inimigo indefeso fosse uma queima de fogos de artifício ao fim de uma comemoração muito aguardada.

Era estranho ouvir a Circunstâncias Especiais ser mencionada a cada cinco segundos. Como haviam entrado em ação assim que o Arsenal fora destruído, como manteriam todos seguros. Há uma semana, a maioria das pessoas nem sequer *acreditava* nos Especiais, e de repente eles eram os salvadores da cidade.

Na verdade, a guerra tinha um canal próprio que listava uma série de regras chatas a serem memorizadas. O toque de recolher para os feios estava mais severo do que nunca e, pela primeira vez desde que Tally se lembrava, os novos perfeitos tinham limites sobre o que podiam fazer e aonde podiam ir. Andar de balão estava completamente proibido e o voo de prancha só era permitido sobre parques e campos esportivos. E desde a noite em que a destruição do Arsenal tinha iluminado o céu, as queimas de fogos de artifício foram canceladas na Nova Perfeição.

Porém, ninguém parecia estar reclamando, nem mesmo as turmas como a dos Esquentados, que praticamente viviam em seus balões durante o verão. Obviamente, mesmo que duzentas mil pessoas tivessem sido curadas, ainda restava quase um milhão de avoados. Talvez o número de cidadãos que quisesse protestar ainda fosse pequeno para ser ouvido.

Ou talvez as pessoas não levantassem a voz por medo da Circunstâncias Especiais.

Ao passar pelo limite da Vila dos Coroas, a dermantena de Tally entrou em contato com uma nave que patrulhava as fronteiras da cidade. A máquina fez uma rápida revista eletrônica antes de perceber que ela era uma agente da Circunstâncias Especiais.

Tally se perguntou se alguém já tinha sacado como passar pelas novas patrulhas ou se todos os feios espertos haviam fugido para Diego ou sido cooptados pela Circunstâncias Especiais. Tudo mudara tanto nas poucas semanas que esteve ausente. Quanto mais se aproximava da cidade, menos ela parecia com sua casa, especialmente agora que Zane jamais apreciaria aquela vista outra vez...

Tally respirou fundo. Hora de acabar logo com aquilo.

— Mensagem para a dra. Cable.

A interface da cidade avisou que sua ligação foi colocada em uma fila de espera. Aparentemente, a líder da Circunstâncias Especiais andava ocupada naqueles dias.

Mas, um momento depois, outra voz respondeu

— Agente Youngblood?

Tally franziu a testa. Era Maxamilla Feaster, uma das subcomandantes de Cable. Os Cortadores sempre se reportaram diretamente à doutora.

— Quero falar com a doutora — disse Tally.

— Ela não está disponível, Youngblood. Está em reunião com o Conselho Municipal.

— Ela está no centro da cidade?

— Não. No quartel-general.

Tally parou a prancha.

— No quartel-general da Divisão de Circunstâncias Especiais? Desde quando o Conselho Municipal se reúne lá?

— Desde que entramos em guerra, Youngblood. Muita coisa aconteceu enquanto você e seus delinquentes passeavam no bosque. Onde os Cortadores estavam, afinal?

— É uma longa história que preciso contar para a doutora cara a cara. Diga que estou chegando e que o tenho a dizer é extremamente importante.

Houve uma pausa curta e então a voz da mulher retornou, aborrecida.

— Ouça, Youngblood. Estamos em guerra, e a dra. Cable atualmente preside o Conselho. Ela tem uma cidade inteira para governar e não dispõe de tempo para dar o tratamento de sempre para vocês Cortadores. Então, conte qual é a situação ou não verá "a doutora" tão cedo. Entendeu?

Tally engoliu em seco. A dra. Cable estava governando a cidade inteira? Talvez confessar para ela não fosse suficiente. E se a doutora estivesse gostando tanto do poder a ponto de não querer acreditar na verdade?

— OK, Feaster. Apenas diga para ela que os Cortadores estiveram em Diego na última semana lutando na guerra, certo? E que tenho informações importantes para o Conselho sobre a segurança da cidade. Está bom para você?

— Você esteve em Diego? Como conseguiu... — Feaster começou a falar, mas Tally cortou a ligação. Dissera o bastante para atrair a sua atenção.

Ela se inclinou sobre a prancha e acionou as hélices. Rumou em velocidade máxima para a zona industrial e torceu para chegar lá antes que a reunião do Conselho Municipal acabasse.

Eles eram a plateia perfeita para sua confissão.

O quartel-general da Circunstâncias Especiais ficava em uma extensa região da zona industrial. Ocupava um prédio baixo e sem graça, mas era maior do que parecia, pois tinha 12 andares subterrâneos. Se o Conselho Municipal temia outro ataque, aquele era o esconderijo mais lógico. Tally tinha certeza de que a dra. Cable recebera os conselheiros de braços abertos, feliz por o governo estar tremendo de medo em seu porão.

Tally observou de cima do enorme morro inclinado que dava para o quartel-general. Na época em que eram feios, ela e David pularam de prancha dali de cima para o telhado.

Desde então, foram instalados sensores de movimento para evitar que se repetissem invasões como aquela. Mas nenhuma fortaleza era projetada para impedir que um de seus agentes entrasse, especialmente quando o tal agente tem notícias importantes.

Tally ligou a antena outra vez.

— Mensagem para a dra. Cable.

Daquela vez, a resposta da subcomandante Feaster foi imediata.

— Pare de brincadeiras, Youngblood.

— Quero falar com a Cable.

— Ela continua reunida com o Conselho. Você tem que falar *comigo* primeiro.

— Não tenho tempo para explicar duas vezes, Maxamilla. Meu relatório interessa ao Conselho inteiro. — Ela parou para respirar fundo e devagar. — Outro ataque se aproxima.

— Outro o *quê?*

— Um ataque que vai acontecer *muito* em breve. Diga para a doutora que chego em dois minutos. Vou direto para a reunião do Conselho.

Tally desligou a dermantena outra vez para cortar novas respostas grosseiras. Deu meia-volta com a prancha e disparou pelo lado inclinado do morro, então se virou para encarar o pico novamente e flexionou os dedos.

O truque era entrar da maneira mais dramática possível e passar por todo mundo até chegar à reunião do Conselho Municipal. A dra. Cable provavelmente adoraria que uma de suas Cortadoras de estimação entrasse correndo para dar informações valiosas, prova de que sua Circunstâncias Especiais estava fazendo seu trabalho.

Claro que o anúncio não seria aquele que a dra. Cable estava esperando. Tally acelerou a prancha e exigiu ao máximo das hélices e dos sustentadores. Ela subiu o morro, ganhando velocidade no caminho.

Ao chegar ao topo, o horizonte sumiu, o chão desapareceu e Tally voou em direção ao céu.

Ela desligou as hélices, dobrou os joelhos e agarrou a prancha com os dedos.

O silêncio acompanhou a queda de Tally enquanto o telhado do quartel-general ficava cada vez maior. Ela abriu um sorriso. Como aquela podia ser a última vez em que faria algo tão sagaz assim, com todos os sentidos especiais absorvendo o mundo em detalhes, então era melhor aproveitar e curtir.

A cem metros do impacto, as hélices entraram em ação. A prancha foi pressionada contra o corpo de Tally durante o esforço para frear. Os braceletes empurraram seus pulsos ao serem forçados pela pressão da queda.

A prancha se chocou com força contra o telhado. Tally saiu rolando de cima dela e começou a correr. Vários alarmes foram disparados, mas com um simples gesto a antena de Tally desativou o sistema de segurança. Ela gritou pedindo um acesso de emergência pela porta usada pelos carros voadores, que estava à frente.

Houve uma pequena pausa e então a voz nervosa de Feaster respondeu:

— Youngblood?

— Preciso entrar, e já!

— Eu contei para a dra. Cable o que disse. Ela quer que você vá diretamente para a reunião do Conselho. Eles estão no auditório de cirurgia do Nível J.

Tally se permitiu um sorriso. O plano estava funcionando.

— Entendido. Abra a porta.

— Certo.

Com um som de metal sendo arranhado, a área de pouso embaixo de Tally começou a abrir como se o telhado estivesse se dividindo em dois. Ela caiu pela abertura e trocou a luz do sol brilhante pela semiescuridão. Aterrissou em cima de um carro voador da Circunstâncias Especiais, rolou para o chão e continuou correndo, ignorando os atônitos funcionários do hangar.

A voz surgiu em seu ouvido outra vez.

— Deixei um elevador esperando bem à sua frente.

— É lento demais — Tally falou, arfando, e parou em frente aos elevadores. — Abra uma porta para um vão.

— Você está brincando, Youngblood?

— Não! Cada segundo é precioso! Abra!

Um instante depois, outra porta se abriu para a escuridão. Tally entrou no vão.

O solado aderente dos tênis rangeu enquanto ela quicava de um lado ao outro do fosso, mal conseguindo controlar a queda. Tally desceu dez vezes mais rápido do que qualquer elevador. Pela frequência do quartel-general, ela ouviu a voz de Feaster avisar que abrissem caminho. Um foco de luz surgiu no fosso: era a porta já aberta do Subnível J esperando por Tally.

Ela agarrou a soleira da porta do andar de cima e passou pela abertura, já correndo ao aterrissar. Avançou em velocidade máxima enquanto os Especiais se espremiam contra a parede para abrir caminho, como se Tally fosse um mensageiro Pré-Enferrujado que trazia notícias para o rei.

Na entrada do auditório de cirurgia, Maxamilla Feaster esperava com dois Especiais em uniforme de combate.

— É bom que isso seja importante, Youngblood.

— Acredite, é sim.

Feaster assentiu e a porta se abriu. Tally entrou correndo.

Ela parou de repente. O auditório estava em silêncio, o anel de cadeiras vazias olhava lá de cima para Tally. Não havia dra. Cable, nem Conselho Municipal.

Ninguém além de Tally Youngblood, ofegante e sozinha.

Ela deu meia-volta.

— Feaster? O que é isso...?

A porta se fechou e Tally ficou presa na sala.

Pela dermantena, Tally reconheceu que Feaster se divertia com aquilo.

— Apenas espere aí dentro, Youngblood. A dra. Cable virá assim que terminar a reunião com o Conselho.

Tally balançou a cabeça. A confissão seria inútil se Cable não quisesse acreditar. Precisava haver testemunhas.

— Mas isto está acontecendo *agora!* Por que acha que vim correndo desse jeito?

— Por quê? Talvez para contar ao Conselho que Diego não teve nada a ver com o ataque ao Arsenal? E que na verdade foi você?

Tally ficou boquiaberta, sem conseguir falar. Ela repassou devagar as palavras de Feaster na mente, sem acreditar no que ouvira.

Como eles podiam saber?

— O que você está dizendo? — Tally finalmente conseguiu se expressar.

O deleite cruel de Maxamilla Feaster aumentou ainda mais.

— Tenha paciência, Tally. A dra. Cable vai explicar.

As luzes se apagaram e ela ficou na mais completa escuridão. Recomeçou a falar, mas percebeu que a dermantena estava muda.

CONFISSÃO

A escuridão absoluta pareceu durar horas. Uma fúria incandescente ardia dentro de Tally, um incêndio florestal que ficava mais forte a cada segundo. Conteve a vontade de sair correndo a esmo pelo breu, destruir tudo o que encontrasse pela frente e abrir caminho pelo teto aos andares superiores até alcançar o céu aberto.

Mas Tally se forçou a sentar no chão e respirar fundo, tentando ficar calma. A mente deu voltas com a ideia de que ia *perder* para a dra. Cable novamente. Assim como perdeu quando a Fumaça foi invadida, na ocasião em que se entregou para ser transformada em perfeita, e quando ela e Zane escaparam apenas para serem recapturados.

Tally se esforçava para conter a raiva. Apertava os punhos com tanta força que parecia que os dedos iam quebrar. Sentia a mesma impotência de quando vira Zane deitado, moribundo...

Mas não podia se dar ao luxo de perder novamente. Não agora, quando o futuro estava em jogo.

Então esperou na escuridão, lutando contra a raiva.

Finalmente a porta se abriu e revelou a silhueta familiar da dra. Cable. Do teto, surgiu a luz de quatro refletores diretamente nos olhos de Tally. Sem enxergar por um instante, ela escutou mais Especiais entrarem antes de a porta se fechar atrás deles.

Tally deu um pulo e ficou de pé.

— Onde está o Conselho Municipal? Preciso falar com eles com urgência.

— Infelizmente o que você tem a dizer pode perturbá-los e não queremos que isso aconteça. O Conselho anda muito nervoso esses dias. — A silhueta da dra. Cable riu. — Eles estão no Nível H, ainda tagarelando entre si.

Dois andares acima... Ela chegou tão perto apenas para fracassar outra vez.

— Bem-vinda, Tally — disse a dra. Cable, baixinho.

Tally olhou ao redor para o auditório vazio.

— Obrigada pela festa surpresa.

— Era você que planejava nos surpreender, eu suponho.

— Como? Com a verdade?

— A verdade? Vinda de você? — A dra. Cable riu. — O que poderia ser mais surpreendente que isso?

Tally sentiu um acesso de fúria, mas respirou bem fundo e devagar.

— Como você soube?

A dra. Cable deu um passo em direção à luz e sacou uma pequena faca do bolso.

— Creio que isso seja seu. — Ela atirou a faca no ar e o objeto girou, reluzindo sob os refletores, até se cravar fundo no chão entre os pés de Tally. — As células de pele que encontramos nela com certeza eram.

Tally olhou para a faca.

Era a mesma que Shay atirara para disparar o alarme do Arsenal, a mesma que Tally usara para se cortar naquela noite. Ela abriu o punho fechado e olhou para a palma. As tatuagens dinâmicas ainda giravam interrompidas pela cicatriz. Tally vira Shay limpar as impressões digitais da faca, mas algum vestígio de pele deve ter permanecido...

Eles provavelmente encontraram as células e realizaram um teste de DNA logo após o ataque; e sabiam o tempo todo que Tally Youngblood estivera no Arsenal.

— Eu sabia que um dia vocês iriam se dar mal por causa deste péssimo hábito — murmurou a doutora. — A sensação de se cortar é realmente tão maravilhosa? Preciso pesquisar isso melhor da próxima vez que fizer Especiais tão jovens.

Tally ajoelhou e pegou a faca do chão. Sentiu o peso na mão e se perguntou se conseguiria acertar a garganta da dra. Cable. Mas a mulher era tão rápida e especial quanto Tally.

Ela não podia mais se dar ao luxo de agir como um Especial. Precisava *pensar* no jeito de sair daquela situação.

Jogou a faca no chão.

— Só me responda uma coisa — disse a dra. Cable. — Por que fez isso?

Tally balançou a cabeça. Contar a verdade significaria falar de Zane, o que só tornaria mais difícil manter o controle.

— Foi um acidente.

— Um acidente? — A dra. Cable riu. — Destruir metade das defesas da cidade é um acidente e tanto.

— A gente não planejava soltar aquelas nanoestruturas.

— A gente? Os Cortadores?

Tally balançou a cabeça. Também não havia motivo para mencionar Shay.

— Uma coisa meio que levou à outra...

— Com certeza. É sempre assim que as coisas acontecem com você, não é, Tally?

— Mas por que mentiu para todo mundo?

A dra. Cable suspirou.

— Isso é óbvio, Tally. Eu não podia contar que *você* quase desmantelou as defesas da cidade. Os Cortadores eram a minha menina dos olhos, meus Especiais *especiais*. — Ela abriu o sorriso afiado. — Além disso, você me deu uma oportunidade esplêndida para me livrar de um velho oponente.

— O que Diego fez para você?

— Eles apoiavam a Velha Fumaça e dão abrigo aos nossos fugitivos há anos. Então Shay relatou que alguém estava fornecendo trajes de camuflagem e enormes quantidades daquelas horríveis pílulas para os Enfumaçados. Quem mais poderia ser? — A voz ficou mais forte. — As outras cidades estavam apenas esperando que alguém atacasse Diego e seu Novo Sistema e padrões morfológicos arrogantes. Você simplesmente me deu um motivo. Você sempre foi tão *útil*, Tally.

Ela apertou bem os olhos e torceu para que, de alguma forma, as palavras da dra. Cable pudessem ser ouvidas na reunião do Conselho. Se ao menos soubessem como a doutora mentira para eles...

Mas a cidade inteira estava aterrorizada demais para pensar com clareza, animada demais com o próprio contra-ataque, disposta demais a aceitar o governo daquela mulher cruel.

Tally balançou a cabeça. Ela passou os últimos dias concentrada em se reprogramar, mas, na verdade, precisava reprogramar *todo mundo*.

Ou talvez apenas a pessoa certa...

— E quando tudo isso termina? — perguntou, baixinho. — Quanto tempo vai durar a guerra?

— Ela nunca vai acabar, Tally. Estou conseguinao fazer muitas coisas que não poderia fazer antes e, acredite, os avoados estão se divertindo ao assistir ao noticiário. E só foi preciso uma *guerra*, Tally. Eu devia ter pensado nisso há anos! — A mulher deu um passo à frente e os refletores iluminaram sua beleza cruel. — Não percebe? Nós entramos em uma nova era. De agora em diante, *todo dia* é uma Circunstância Especial!

Tally concordou devagar com a cabeça e deu um sorriso.

— É muito legal de sua parte explicar isso para mim. E para todo mundo.

A dra. Cable levantou uma sobrancelha.

— Como é?

— Cable, eu não vim aqui contar o que aconteceu ao Conselho Municipal. Eles são um bando de frouxos se colocaram você no poder. Vim para ter certeza de que *todo mundo* soubesse das suas mentiras.

A mulher soltou uma sonora gargalhada.

— Não me diga, Tally, que existe alguma espécie de vídeo explicando que a culpa da guerra é *sua*? Você pode ter sido famosa entre os avoados e feios um dia, mas ninguém acima dos 20 anos conhece você.

— Não, mas eles conhecem você, agora que assumiu o poder. — Tally tirou o injetor do bolso do traje de camuflagem. — E agora que assistiram sua explicação sobre essa guerra estúpida, eles vão se lembrar de você *para sempre*.

A dra. Cable franziu a testa.

— O que é isso?

— Um transmissor via satélite que não pode ser bloqueado. — Tally tirou a tampinha da agulha. — Está vendo essa pequena antena? Fantástica, não é?

— Não é possível transmitir aqui embaixo. — A dra. Cable fechou os olhos e as sobrancelhas tremeram enquanto verificava a rede.

Tally continuou falando, sorrindo cada vez mais.

— Eles fazem as cirurgias mais bizarras em Diego. Trocaram meus olhos por câmeras com som estéreo e as unhas por microfones. A cidade inteira está acompanhando sua explicação.

A dra. Cable abriu os olhos e falou com desdém

— Não há nada na rede, Tally. Seu brinquedinho não funciona.

Tally ergueu as sobrancelhas e olhou intrigada para a parte debaixo do injetor.

— Ops, esqueci de apertar "enviar". — Ela mexeu os dedos...

A dra. Cable pulou com a mão esticada para pegar o injetor e, na mesma fração de segundo, Tally virou a agulha no ângulo certo...

O golpe arrancou o injetor de sua mão. Tally ouviu quando o aparelho caiu no canto da sala e se quebrou.

— Francamente, Tally — disse a dra. Cable, sorrindo. — Para alguém que é tão inteligente você às vezes age como uma idiota.

Tally abaixou a cabeça e fechou os olhos. Estava respirando devagar, procurando algo no ar...

E então sentiu um cheiro fraco de sangue.

Ela abriu os olhos e viu a dra. Cable verificando a mão, um pouco chateada pela picada do injetor. Shay disse que não notara a cura de primeira, que levara dias para fazer efeito.

Enquanto isso, Tally não queria que a doutora se perguntasse como se ferira com a "antena" ou examinasse o injetor quebrado. Talvez fosse necessária uma distração.

Tally fez uma expressão de fúria.

— Você está me chamando de *idiota?*

Ela acertou um chute no estômago da dra. Cable, tirando seu fôlego.

Os outros Especiais reagiram imediatamente, mas Tally já estava correndo na direção de onde ouvira o injetor cair. Ela pisou com força no aparelho em pedaços para quebrá-lo ainda mais, e depois deu um chute rodado no queixo do oponente mais próximo. Pulou para a primeira fileira de assentos e correu pelos encostos sem pisar no chão.

— Agente Youngblood — gritou outro guarda. — Não queremos lhe fazer mal.

— Mas infelizmente vai ser necessário! — Ela deu meia-volta e retornou para o lugar onde o primeiro guarda caíra. Naquele momento, a porta do auditório abriu com violência e um bando de gente de uniforme de seda cinza entrou correndo na sala.

Tally pulou ao lado do guarda desacordado e caiu de novo sobre os cacos do injetor. Outro guarda acertou um soco em seu ombro e Tally rolou até a primeira fileira de assentos. Ela pulou e se atirou nele, ignorando os demais Especiais que avançavam em sua direção.

Alguns segundos depois, Tally estava caída com o rosto contra o chão e os braços presos nas costas. Ela se contorceu e esmagou os últimos pedaços do injetor debaixo do corpo. Então alguém chutou suas costelas e Tally perdeu o fôlego.

Mais guardas pularam em cima dela, era como se um elefante estivesse sentado em suas costas. A visão do auditório ficou turva. Tally estava sendo esmagada até perder a consciência.

— Tudo certo, doutora — disse um dos Especiais. — Ela está sob controle.

Cable não respondeu. Tally torceu o pescoço para ver. A doutora estava curvada e continuava ofegante.

— Doutora? — perguntou o Especial. — A senhora está bem?

Dê um tempo, Tally pensou. *E ela vai estar bem, bem melhor...*

DESMORONANDO

Tally observou a transformação ocorrer de dentro de uma cela.

De início, as mudanças surgiram aos poucos. Durante alguns dias, a dra. Cable parecia ser a desequilibrada de sempre, cheia de arrogância ao exigir informações do que estava acontecendo em Diego. Tally não se fez de rogada e inventou várias histórias sobre como o Novo Sistema estava desmoronando, enquanto tentava notar algum sinal da cura.

Porém, décadas de vaidade e crueldade demoram a desaparecer. O tempo pareceu parar dentro das quatro paredes da cela de Tally. Os Cortadores não foram programados para viver fora da natureza, especialmente daquela, confinados em espaços apertados. Ela precisou reunir forças para não enlouquecer. Olhava desesperada para a porta, lutava contra a raiva que vinha em ondas e resistia ao desejo de se cortar com as próprias unhas e dentes.

Foi assim que conseguiu se reprogramar para Zane: sem se cortar mais. Não cederia à fraqueza agora.

Era mais difícil se controlar quando Tally pensava que estava 12 andares abaixo da terra, como se a cela fosse um caixão enterrado no solo. Era como se tivesse morrido e alguma máquina maligna da dra. Cable a mantivesse viva na cova.

A cela lembrava o modo como os Enferrujados viviam, em salas apertadas de ruínas desoladas, em cidades superlotadas como prisões que alcançavam o céu. Toda vez que a porta abria, Tally imaginava que seria operada e acordaria como uma avoada ou um modelo de Especial ainda mais psicopata. Os interrogatórios da dra. Cable eram praticamente um motivo de alegria — qualquer coisa era melhor do que ficar sozinha naquela cela vazia.

E, então, ela finalmente começou a perceber que a cura estava fazendo efeito... devagar. Aos poucos a dra. Cable não parecia tão segura de si e capaz de tomar decisões.

— Eles estão revelando os meus segredos para *todo mundo!* — A doutora começou a murmurar um dia, passando os dedos nos cabelos.

— Quem?

— *Diego* — disse a doutora com nojo. — Ontem à noite eles puseram Shay e Tachs no ar em uma transmissão mundial. Os dois mostraram as cicatrizes e me chamaram de monstro.

— Que falso da parte deles — disse Tally.

A dra. Cable olhou para Tally com raiva.

— E estão transmitindo exames detalhados do seu corpo, chamando você de uma "violação morfológica"!

— Quer dizer que sou famosa de novo?

Cable concordou com a cabeça.

— Você é infame, Tally. Todos estão com medo de você. O Novo Sistema pode ter deixado as outras cidades nervosas, mas elas parecem achar que minha pequena gangue de psicopatas de 16 anos é ainda pior.

Tally sorriu.

— A gente era muito sagaz.

— Então como você deixou Diego capturar você?

— É, aquilo foi péssimo. — Tally deu de ombros. — E ainda por cima era apenas um bando de guardas. Eles usavam uniformes idiotas, pareciam umas abelhas.

A dra. Cable olhou para ela e começou a tremer como o pobre Zane.

— Mas você era tão forte, Tally. Tão rápida!

Tally deu de ombros outra vez.

— Ainda sou.

A dra. Cable balançou a cabeça.

— Por enquanto, Tally. Por enquanto.

Após duas semanas de silêncio e solidão, alguém teve pena do tédio de Tally e ligou a tela da cela. Ela se espantou ao ver a rapidez com que a dra. Cable perdeu o controle sobre a cidade. Os noticiários pararam de reprisar a batalha triunfante dos militares, que deu espaço para novelas tolas e jogos de futebol. Um por um, o Conselho Municipal afrouxou os novos regulamentos.

Aparentemente, a cura de Maddy tomara o cérebro de Cable na hora certa: o segundo ataque a Diego nunca se concretizou.

É claro que as outras cidades podem ter tido algo a ver com isso. Elas nunca gostaram do Novo Sistema, mas gostavam menos ainda de uma guerra de verdade. Pessoas tinham morrido, afinal de contas.

Quando as experiências cirúrgicas da dra. Cable vieram à tona, as insistentes declarações de Diego de que não havia atacado o Arsenal começaram a ganhar crédito. Os noticiários passaram a questionar o que realmente teria ocorrido naquela noite, especialmente depois que um coroa, o curador do museu que testemunhou o ataque, tornou pública a sua história. Ele afirmou que uma espécie de nanoestrutura dos Enferrujados foi solta por dois invasores anônimos — que pareciam ser mais jovens e avoados do que mal-intencionados — em vez de um exército inimigo.

Então, os noticiários começaram a veicular reportagens favoráveis a Diego, incluindo entrevistas com sobreviventes feridos no ataque à Prefeitura. Tally sempre pulava essas matérias, que geralmente terminavam listando as 17 pessoas mortas no ataque — especialmente a única vítima que era, ironicamente, um fugitivo daquela cidade.

Eles também sempre mostravam o retrato dele.

Discussões sobre a guerra — e sobre praticamente tudo — passaram a ocorrer. Os desentendimentos se intensificaram à medida que Tally assistia, ficavam a cada dia menos educados e contidos, até que a coisa esquentou para valer no debate sobre o futuro da cidade. As pessoas falavam em novos padrões morfológicos, em permitir que feios e perfeitos andassem juntos, e até mesmo em expansão para a natureza.

A cura estava se firmando ali como fizera em Diego, e Tally imaginava que tipo de futuro ela tinha ajudado a criar. Será que os perfeitos da cidade agiriam como Enferrujados agora? Se espalhariam pela natureza, provocariam uma superpopulação no planeta e destruiriam tudo em seu caminho? Quem sobraria para detê-los?

A própria dra. Cable pareceu sumir dos noticiários. Sua influência diminuiu, sua personalidade enfraqueceu diante dos olhos de Tally. Ela parou de visitar a cela e, logo após isso, o Conselho Municipal finalmente a retirou do poder, argumentando que a crise e seu período na presidência haviam chegado ao fim.

E então começaram a falar em reverter as cirurgias especiais.

Os Especiais eram perigosos, psicopatas em potencial e a própria ideia de uma cirurgia especial era injusta. A maioria das cidades jamais criou seres assim, à exceção de alguns bombeiros e guardiões que tiveram os reflexos melhorados. Talvez, como consequência daquela guerra sem sentido, fosse hora de se livrar dos Especiais.

Depois de um longo debate, a cidade natal de Tally começou o processo; um gesto de paz para o resto do mundo. Um por um, os agentes da Circunstâncias Especiais foram revertidos ao estado de cidadãos normais e saudáveis. A dra. Cable sequer protestou.

Tally se sentia cada vez mais oprimida pelas paredes da cela, como se a ideia de uma nova mudança a esmagasse. Ela se via na tela e imaginava os olhos selvagens transformados em lacrimosos e a aparência reduzida à mediocridade. Até mesmo as cicatrizes nos braços desapareceriam. Tally percebeu que não queria perdê-las, pois serviam para lembrar de tudo por que passara, do que conseguira superar.

Shay e os outros ainda estavam em Diego, ainda livres, e talvez conseguissem fugir antes que aquilo acontecesse com eles. Podiam viver em qualquer lugar: os Cortadores haviam sido projetados para o mato, afinal.

Mas Tally não tinha para onde fugir, nem como se salvar.

Finalmente, certa noite, os médicos foram buscá-la.

OPERAÇÃO

Tally ouviu duas vozes nervosas do lado de fora. Saiu da cama, foi até a porta e colocou a mão na parede de cerâmica à prova de Especiais. Os chips na palma de sua mão transformaram os murmúrios em palavras...

— Tem certeza de que isso vai funcionar com ela?

— Até agora funcionou.

— Mas ela não é, tipo, uma superaberração?

Tally engoliu em seco. Claro que era. Tally Youngblood era a mais famosa psicopata de 16 anos do mundo. Os detalhes mortíferos de seu corpo foram transmitidos para o planeta inteiro.

— Calma, eles criaram essa versão especialmente para ela.

Versão do quê? Ela se perguntou.

Então ouviu um assobio... gás penetrando na cela.

Tally deu um pulo para longe da porta e tomou os últimos goles de ar antes que o gás se espalhasse. Virou de um lado para o outro freneticamente e olhou para as quatro paredes opressoras tentando encontrar alguma fraqueza pela milionésima vez. Procurou novamente por alguma forma de escapar...

O pânico aumentou. Não *podiam* fazer aquilo outra vez. Ela não era culpada por ser tão perigosa. *Eles* a fizeram daquela forma!

Mas não havia saída.

Enquanto prendia a respiração e sentia a adrenalina bater forte, Tally começou a ver pontinhos vermelhos. Ficou um minuto sem respirar. A sagacidade trazida pelo pânico estava passando. Mas ela não podia desistir.

Se ao menos conseguisse pensar direito...

Ela olhou para o braço cheio de cicatrizes. Havia se passado mais de um mês desde o último corte. Parecia que todas as decepções que sofrera estavam prestes a estourar pelas veias. Talvez se Tally se cortasse outra vez, conseguiria descobrir como sair dali.

Pelo menos os últimos momentos como Especial seriam sagazes...

Ela colocou as unhas na pele e cerrou os dentes afiados.

— Sinto muito, Zane — murmurou.

— Tally! — Uma voz surgiu como um sussurro em sua cabeça.

Ela fez uma expressão de surpresa. Pela primeira vez desde que fora jogada na cela, o sinal da dermantena não estava bloqueado.

— Não fique aí parada, sua tonta! Finja que está desmaiando!

Os pulmões doloridos de Tally puxaram o ar. O cheiro do gás tomou conta de sua cabeça. Ela sentou no chão e viu pontinhos vermelhos.

— Isso, bem melhor. Continue fingindo.

Tally respirou fundo, mal conseguia se conter agora. Mas algo de estranho estava acontecendo: as nuvens escuras iam embora à medida que o oxigênio a deixava mais alerta.

O gás não estava funcionando.

Ela se encostou na parede com os olhos fechados e o coração ainda disparado. O que estava acontecendo? Quem era essa pessoa na sua cabeça? Shay e os outros Cortadores? Ou era...

Tally se lembrou das palavras de David: *Você não está sozinha.*

Ela fechou os olhos, tombou de lado e deixou a cabeça bater no chão. Ficou esperando ali, imóvel.

Um momento depois, a porta abriu.

— Como isso demorou. — A voz estava nervosa e permanecia hesitante no corredor.

Alguns passos.

— Bem, como você disse, ela é uma espécie de superaberração. Mas agora vai se tornar normal.

— E tem *certeza* de que ela não vai acordar?

Um pé cutucou sua lateral.

— Viu? Caiu dura.

O chute disparou uma onda de raiva em Tally, mas durante o mês de solidão ela aprendera a se controlar. Quando o pé a cutucou de novo, Tally se deixou rolar de costas.

— Não se mexa, Tally. Não faça nada. Espere por mim...

Apesar da vontade de sussurrar *quem é você?*, Tally não quis arriscar. Os dois enfermeiros estavam debruçados sobre ela e pegaram seu corpo para colocar sobre uma maca flutuante.

Ela permitiu que a levassem.

Cuidadosamente Tally prestou atenção aos ecos.

As salas da Circunstâncias Especiais estavam muito mais vazias agora. A maioria dos perfeitos cruéis já tinha sido transformada. Ela ouviu alguns trechos de conversas aqui e ali, mas nenhum tinha o tom aguçado da voz de um Especial.

Tally se perguntou se a deixaram por último.

A viagem de elevador foi curta, provavelmente apenas um andar para cima, onde ficavam as principais salas de cirurgia. Ela ouviu uma porta dupla ser aberta e sentiu o corpo fazer uma curva fechada. A maca flutuou para dentro de uma sala menor cheia de superfícies de metal e cheiro de antisséptico. Tally estava desesperada para pular da maca e lutar até chegar à superfície.

Ela tinha escapado daquele mesmo prédio quando era feia. Se os outros Especiais realmente não existissem mais, ninguém conseguiria detê-la...

Mas Tally manteve o controle e esperou que a voz dissesse o que fazer.

Repetia para si mesma: *Eu não estou sozinha.*

Eles tiraram sua roupa e a colocaram em um tanque cirúrgico. Os sons da sala foram abafados pelas paredes de plástico. Tally sentiu a mesa fria nas costas e a garra metálica de um braço hidráulico tocar seu ombro. Imaginou que o aparelho fosse usar um bisturi para cortar a Cortadora pela última vez, para arrancar tudo o que a tornava especial.

Sentiu uma fita epidérmica ser apertada contra seu braço. As agulhas aplicaram um anestésico local antes de penetrarem fundo nas veias. Tally se perguntou quando eles injetariam anestésicos pesados e se seu metabolismo seria capaz de mantê-la acordada.

Quando o tanque foi fechado, a respiração de Tally acelerou e ela entrou em pânico. Torceu para que os dois enfermeiros não notassem as tatuagens dinâmicas girando pelo rosto todo.

Contudo, eles pareciam bem ocupados. Máquinas estavam sendo ligadas pela sala inteira, zumbindo e emitindo bipes, enquanto braços hidráulicos se mexiam ao redor para testar as pequenas serras.

Duas mãos entraram no tanque e enfiaram um tubo respiratório em sua boca. O plástico tinha gosto de desinfetante e o ar que fluía por ele era estéril e artificial. Tally quase engasgou quando o tubo foi ligado e se prendeu ao redor de seu nariz e cabeça.

Ela queria arrancar aquele troço e *lutar*.

Mas a voz dissera para esperar. Quem quer que tivesse tornado o gás inofensivo devia ter um plano. Ela precisava permanecer calma.

Então o tanque começou a encher.

O líquido entrou por todos os lados e envolveu seu corpo nu. Era espesso e viscoso, cheio de nutrientes e nanoestruturas para manter os tecidos vivos enquanto os cirurgiões a cortavam em pedaços. A temperatura era a mesma de seu corpo, mas Tally sentiu um arrepio quando o líquido entrou em seus ouvidos. Os sons da sala foram abafados e viraram quase um silêncio.

O nível do líquido subiu além do nariz e dos olhos, cobrindo Tally completamente...

Ela respirou o ar reciclado do tubo e tentou manter os olhos fechados. Agora que mal conseguia ouvir, ficar sem enxergar era uma tortura.

— Estou a caminho, Tally — sussurrou a voz na cabeça.

Ou foi sua imaginação?

Tally estava presa e imobilizada agora, e a cidade finalmente se vingaria: os ossos seriam serrados para que ela ficasse da altura média dos perfeitos; os ângulos do rosto seriam suavizados; perderia os belos músculos e ossos, os chips no maxilar e nas mãos, e as unhas letais; os olhos escuros e perfeitos seriam trocados. Fariam dela uma tola novamente.

Só que daquela vez estava acordada e sentiria tudo...

Então Tally ouviu o barulho de algo batendo com força contra a lateral de plástico do tanque e abriu os olhos.

O líquido deixava sua visão turva, mas ela conseguiu ver uma agitação através das paredes transparentes do tanque e ouviu outra batida abafada. Uma das máquinas que piscavam tombou no chão.

Seu salvador estava ali.

Tally entrou em ação, arrancou a fita do braço e pegou o tubo para tirar da boca. O aparelho resistiu e agarrou com força atrás da nuca para não se soltar. Ela mordeu e usou os dentes de cerâmica para romper o plástico. O tubo parou de se mexer e borbulhou pela última vez no rosto de Tally.

Ela tentou agarrar as bordas do tanque para se erguer e pular fora. Mas havia uma barreira transparente no caminho.

Droga!, ela pensou enquanto os dedos procuravam por alguma brecha nas paredes de plástico. Nunca tinha visto um tanque cirúrgico em uso. Quando estavam vazios, o topo ficava sempre *aberto!* Tally arranhou as laterais com as unhas e deixou marcas à medida que o pânico aumentava.

Mas as paredes não quebravam...

Seu ombro resvalou no bisturi de um braço hidráulico e Tally viu surgir uma nuvem cor de rosa de sangue. As nanoestruturas presentes no líquido cirúrgico levaram apenas alguns segundos para estancar o sangramento.

Bem, isso vem a calhar, ela pensou. *Claro que respirar cairia bem também!*

Ela olhou através do líquido turvo. A luta continuava: uma silhueta contra várias outras. *Anda logo!*, pensou enquanto tentava pegar o tubo novamente. Ela o enfiou na boca, mas o aparelho estava morto, entupido pelo líquido cirúrgico.

Havia pouco menos que um centímetro de ar no topo do tanque. Ela subiu para respirar aquela mínima quantidade de oxigênio que não duraria muito tempo. Precisava *sair* daquela porcaria!

Tally tentou arrebentar a parede do tanque com socos, mas o líquido era muito espesso e viscoso. Seu punho se movia em câmera lenta, era o mesmo que socar dentro de um vidro de mel.

Tally começou a ver pontinhos vermelhos... os pulmões estavam vazios.

Então ela notou a imagem borrada de uma silhueta caindo em sua direção ao ser empurrada durante a luta. A pessoa se chocou contra a lateral do tanque, que ficou instável sobre a base.

Talvez essa fosse a solução.

Tally começou a se balançar de um lado para o outro, agitando o líquido ao seu redor e fazendo o tanque oscilar cada vez mais. Os bisturis cortavam seus ombros enquanto se jogava nas paredes. As nanoestruturas reparavam seu corpo e zumbiam ao ritmo dos pontinhos vermelhos no campo de visão. O líquido ganhou o tom cor-de-rosa.

Mas o tanque finalmente estava virando.

O mundo pareceu se inclinar ao redor de Tally, o líquido girando enquanto o tanque tombava. Ela ouviu o som abafado do choque do plástico no chão e viu rachaduras se espalharem pelas paredes. O líquido vazou e o som retornou aos seus ouvidos quando Tally tomou o primeiro gole de ar.

Ela enfiou as unhas no plástico rachado, rasgou e conseguiu sair do tanque cirúrgico.

Nua e sangrando, Tally cambaleou ofegante para frente. O líquido ficou grudado no corpo como se ela tivesse saído de uma banheira de mel. Havia médicos e enfermeiros caídos em uma pilha, o líquido escorria em direção a eles.

Seu salvador estava a sua frente.

— Shay? — Tally limpou os olhos. — David?

— Eu não falei para não se mexer? Ou você sempre precisa destruir *tudo*?

Tally fez uma expressão de surpresa, não conseguia acreditar nos próprios olhos.

Era a dra. Cable.

333

LÁGRIMAS

Ela parecia ter mil anos. Os olhos haviam perdido o brilho cruel e a escuridão profunda. Assim como Fausto, ela virara champanhe sem bolhas. Finalmente curada.

Mas ainda conseguia fazer ar de desdém.

— O que...? — tentou dizer Tally, ofegante.

— Estou resgatando você — respondeu a dra. Cable.

Tally olhou para a porta e tentou ouvir alarmes e passos. A dra. Cable balançou a cabeça.

— Eu construí este lugar, Tally. Conheço seus truques. Ninguém está vindo. Só me deixe descansar um pouco. — Ela desabou sentada no chão molhado. — Estou velha demais para isso.

Tally olhou para a antiga inimiga com as mãos ainda contraídas em garras mortíferas. Mas a dra. Cable estava ofegante e tinha um corte no lábio que começava a sangrar. Ela parecia uma coroa bem velha cujos tratamentos de prolongamento de vida estavam vencidos.

A não ser pelos três médicos inconscientes caídos aos seus pés.

— Você ainda tem reflexos especiais?

— Eu não sou nada especial, Tally. Sou ridícula. — A velha deu de ombros. — Mas ainda sou *perigosa*.

— Ah. — Tally tirou mais líquido cirúrgico dos olhos. — Mas demorou a me salvar.

— É, e você foi bem esperta, Tally, ao retirar o tubo respiratório *primeiro*.

— Claro, seu plano foi ótimo, me deixar aqui até que eles quase... — Tally fez uma expressão de surpresa. — Hã, *por que* você está me salvando?

A dra. Cable sorriu.

— Eu conto, Tally, se você responder a uma pergunta primeiro. — Seus olhos ficaram aguçados por um momento. — O que fez comigo?

Foi a vez de Tally sorrir.

— Eu curei você.

— Eu sei disso, sua idiota. Mas *como?*

— Lembra quando você pegou meu transmissor? Não era um transmissor, e sim um injetor. Maddy fez uma cura para os Especiais.

— Aquela mulher miserável outra vez. — A dra. Cable abaixou o olhar de novo para o chão molhado. — O Conselho reabriu as fronteiras da cidade. As pílulas de Maddy estão por toda parte.

Tally concordou com a cabeça.

— Eu notei.

— Tudo está desmoronando — rosnou a dra. Cable, erguendo o olhar para Tally. — Não vai demorar muito para começarem a avançar pela natureza, você sabe.

— Sim, eu sei. Igual a Diego. — Tally suspirou ao se lembrar do incêndio florestal de Andrew Simpson Smith. — A liberdade acaba destruindo as coisas, eu acho.

— E você chama isso de *cura*, Tally? É soltar um câncer pelo mundo.

Tally balançou a cabeça devagar.

— É para isso que você está aqui, dra. Cable? Para me culpar por tudo?

— Não, estou aqui para soltar você.

Tally olhou para o alto. Só podia ser um truque, uma maneira de a dra. Cable finalmente se vingar. Mas sentiu uma pontada de esperança ao pensar em estar a céu aberto outra vez.

Ela engoliu em seco.

— Mas eu, tipo, não destruí seu mundo?

A dra. Cable encarou Tally por um longo momento com os olhos turvos e lacrimosos.

— Sim. Mas você é a última, Tally. Eu vi Shay e os outros nos canais de propaganda de Diego. Eles estão diferentes. Acho que foi a cura de Maddy. — A doutora suspirou devagar. — Eles estão tão diferentes quanto eu. O Conselho reverteu a operação de quase todos nós.

Tally concordou com a cabeça.

— Mas por que eu?

— Você é a única Cortadora de verdade que sobrou — disse a dra. Cable. — A última dos meus Especiais criados para viver na natureza, para existir fora das cidades. Você pode escapar da cura e desaparecer para sempre. Não quero ver meu trabalho se extinguir, Tally. Por favor...

Ela fez uma expressão de surpresa, pois nunca se considerou uma espécie de animal em extinção. Mas não queria discutir. Sua mente vibrava com a ideia de liberdade.

— Vá embora, Tally. Pegue um elevador até o telhado. O prédio está praticamente vazio e eu desliguei a maioria das câmeras. E, francamente, ninguém vai conseguir detê-la. *Vá embora* e, por mim, *continue a ser especial*. O mundo pode precisar de você um dia.

Tally engoliu em seco. Sair andando parecia tão simples.

— Que tal uma prancha?

— Há uma esperando por você no telhado, é claro. — A dra. Cable falou com desdém. — Por que vocês, delinquentes, cismam com essas coisas?

Tally olhou para os três homens inconscientes no chão.

— Eles vão ficar bem. — A dra. Cable manteve o tom de desdém. — Eu sou médica, sabe.

— Claro que é — murmurou Tally enquanto se ajoelhava para tirar com cuidado o uniforme de um dos enfermeiros. Quando se vestiu, sentiu o líquido molhar a roupa, mas pelo menos não estava mais nua.

Ela deu um passo até a porta, mas se virou para encarar a dra. Cable.

— Não está preocupada que eu peça para me curarem? Então não sobraria mais nenhum de nós.

A mulher ergueu os olhos e a expressão de derrota mudou, o velho brilho maligno estava de volta.

— Minha fé em você sempre foi recompensada, Tally Youngblood. Por que eu deveria começar a me preocupar agora?

Quando chegou a céu aberto, Tally ficou parada por um longo momento olhando para a noite acima. Cable estava certa: não sobrara ninguém para detê-la.

As estrelas e a lua nova emitiam um brilho tênue e o vento carregava os cheiros da natureza. Depois de um mês de ar reciclado, a brisa fresca do verão tinha um sabor especial. Tally respirou fundo para absorver o mundo sagaz.

Ela finalmente estava livre da cela, do tanque cirúrgico, da dra. Cable. Ninguém a transformaria contra a própria vontade de novo, nunca mais. Não haveria mais Circunstâncias Especiais.

Mas mesmo ao ser tomada pelo alívio, Tally sentiu uma dor por dentro. A liberdade a feria.

Zane continuava morto, afinal de contas.

O gosto de sal chegou aos lábios de Tally trazendo a lembrança daquele último beijo à beira-mar. Era a cena em que pensava a cada hora dentro da cela: a última vez que falou com Zane, o teste no qual falhou ao afastá-lo. Mas, de alguma forma, a memória parecia diferente agora, era longa, lenta e doce na mente — como se não tivesse percebido a tremedeira de Zane, como se permitisse que o beijo durasse...

Tally sentiu o gosto de sal outra vez e finalmente percebeu as bochechas quentes. Tocou no rosto, sem acreditar, até que viu as pontas dos dedos brilhando sob a luz das estrelas.

Os Especiais não choravam, mas suas lágrimas finalmente haviam chegado.

RUÍNAS

Antes de ir embora da cidade, Tally ligou a dermantena e descobriu que havia quatro mensagens para ela.

A primeira era de Shay, dizendo que os Cortadores estavam em Diego. Depois da ajuda durante o ataque à Prefeitura, eles se tornaram a força de defesa da cidade, além de bombeiros, socorristas e heróis de última hora. O Conselho Municipal havia até mudado as leis para que os Cortadores mantivessem suas violações morfológicas, pelo menos por enquanto.

A não ser pelas unhas e dentes, que tiveram que ser alterados.

Como a Prefeitura ainda era uma pilha de escombros, Diego precisava de toda a ajuda possível. Embora a cura já estivesse invadindo outras cidades e mudando aos poucos o continente inteiro, a cada dia chegavam novos fugitivos a Diego, prontos para aceitar o Novo Sistema.

A velha cultura estática dos avoados foi substituída por um mundo onde a mudança era fundamental. Algum dia, outra cidade alcançaria o progresso de Diego, pois de agora em diante os costumes com certeza se modificariam. Contudo, por enquanto, Diego ainda era o lugar que havia mudado antes de todos. A cidade era um destino obrigatório que crescia a cada dia.

A mensagem original de Shay era atualizada a cada hora, como um diário dos desafios que os Cortadores enfrentavam ao ajudar na reconstrução de uma cidade que se transformava diante de seus olhos. Shay dava a impressão de que queria que Tally soubesse de tudo, para que pudesse participar assim que finalmente estivesse livre.

Porém, Shay dissera que sentia muito pela reversão dos Especiais. Todos os Cortadores tinham ouvido falar no assunto, a cura era um gesto de paz de conhecimento geral. Eles queriam desesperadamente resgatar Tally, mas não podiam atacar outra cidade agora que eram oficialmente a força de defesa de Diego. Não podiam recomeçar uma guerra que estava tão perto de acabar. Tally era capaz de entender isso, certo?

Mas Tally Youngblood sempre seria uma Cortadora, fosse especial ou não...

A segunda mensagem era da mãe de David.

Ela disse que o filho deixara Diego e fora para o mato. Os Enfumaçados estavam se espalhando pelo continente e ainda trabalhavam para contrabandear a cura até as cidades que continuavam a realizar a operação da perfeição. Em breve mandariam uma expedição para o extremo sul e outra através dos mares para os continentes a leste. Parecia que, em toda parte, havia fugitivos saindo das cidades e criando suas próprias Novas Fumaças, inspirados por rumores de feios de lugares distantes.

Havia um mundo inteiro esperando para ser libertado, caso Tally quisesse dar uma ajuda.

Maddy encerrou a mensagem com as seguintes palavras: "Junte-se a nós. E se vir meu filho, diga que o amo."

A terceira mensagem era de Peris.

Ele e os outros Crims tinham deixado Diego. Estavam trabalhando em um projeto especial para o governo, mas não gostavam muito de ficar dentro da cidade. Eles perceberam que era meio falso viver em um lugar onde *todo mundo* era Crim.

Então Peris e os demais viajavam pelo mato para recolher os aldeões que os Enfumaçados tinham libertado. Os Crims passaram a ensiná-los sobre a tecnologia, a maneira como funcionava o mundo fora das reservas e como *não* começar incêndios florestais. Eventualmente, os aldeões com quem os Crims trabalhavam iriam retornar às aldeias para ajudar seus povos a se integrarem ao mundo.

Em troca, os Crims estavam aprendendo tudo sobre a natureza, como caçar, pescar e sobreviver com o que a terra fornecia, adquirindo o conhecimento dos Pré-Enferrujados antes que se perdesse outra vez.

Tally sorriu ao ler as últimas frases:

Tem um cara aqui, Andrew qualquer coisa, que afirma que lhe conhece. Como isso aconteceu? Falou para dizer para você: "Continue desafiando os deuses." Tipo isso.

De qualquer forma, a gente se vê em breve, Tally-wa. Melhores amigos para sempre, finalmente!

Peris

Tally não respondeu a nenhuma mensagem, não por enquanto. Subiu o rio de prancha e voou pela última vez sobre as cachoeiras que jamais veria de novo.

O luar iluminava a água branca e cada espirro das cachoeiras reluzia como uma explosão de diamantes. O gelo tinha derretido no ar quente do início do verão, liberando o cheiro de pinheiro da floresta que tinha sabor de xarope. Tally não ligou a visão infravermelha e deixou que os outros sentidos explorassem a escuridão sozinhos.

Cercada por toda aquela beleza, Tally sabia exatamente o que tinha que fazer.

As hélices entraram em ação quando ela tomou o velho caminho de sempre, a trilha que levava ao veio natural de ferro descoberto por um feio esperto há gerações. Tally passou com os sustentadores ligados e rumou para a escuridão das Ruínas de Ferrugem.

Os edifícios mortos a cercavam, enormes monumentos às pessoas que haviam se espalhado aos bilhões pelo planeta e ficado gananciosas e numerosas demais.

Tally prestou atenção ao passar pelos carros queimados e janelas quebradas. Seus olhos especiais retornaram o olhar vazio de um crânio que se esfarelava. Ela nunca queria esquecer aquele lugar.

Não diante de tantas mudanças...

A prancha subiu pela estrutura de ferro do prédio mais alto, o lugar a que Shay a levara na primeira noite em que estivera fora da cidade, há quase um ano exatamente. Flutuando pelos sustentadores magníficos, Tally voou pelo interior vazio do edifício e viu a cidade silenciosa se espalhar pelas janelas destruídas.

Mas quando alcançou o topo, David não estava mais lá.

O saco de dormir e outros equipamentos haviam desaparecido, só restavam as embalagens vazias das refeições instantâneas espalhadas pelo canto que não tinha desmoronado completamente. Eram muitos restos de refeições! David tinha esperado bastante tempo por ela.

Ele também tinha levado a antena tosca que usara para contatá-la.

Tally ligou a dermantena e sentiu o sinal se espalhar pela cidade morta e vazia. Esperou com os olhos fechados por alguma resposta.

Mas não ouviu ping algum. Um quilômetro não era nada na natureza.

Ela voou até o topo da torre e passou por um dos buracos do telhado, onde batia um vento cortante. A prancha continuou subindo até os sustentadores perderem o contato com a estrutura de ferro do arranha-céu. Então as hélices entraram em ação e ficaram vermelhas pelo esforço de voar ainda mais alto.

— David? — perguntou Tally, baixinho.

Ela continuou sem resposta.

Então se lembrou do velho truque de Shay, da época em que eram feias.

Tally ajoelhou na prancha que oscilava ao vento e abriu o compartimento de carga. A dra. Cable tinha colocado spray medicinal, plástico adaptável, pederneiras e até mesmo uma única refeição de EspagBol, em nome dos velhos tempos.

Os dedos de Tally se fecharam sobre um sinalizador.

Ela o acendeu e ergueu com uma das mãos. O vento cortante espalhou uma série de faíscas tão longa quanto o fio de uma pipa.

— Eu não estou sozinha — disse.

Então ela voltou para dentro do arranha-céu dos Enferrujados e se encolheu no canto do chão quebrado, sentindo o impacto da fuga. Estava quase tão exausta para se importar se alguém tinha visto ou não o sinal.

David chegou ao amanhecer.

O PLANO

— Onde você esteve? — perguntou ela, sonolenta.

David desceu da prancha, cansado e com a barba por fazer, mas de olhos arregalados.

— Eu fiquei tentando entrar na cidade e encontrar você.

Tally franziu a testa.

— As fronteiras foram reabertas, não foram?

— Talvez para quem saiba como as cidades funcionam...

Ela riu. David passara os 18 anos de sua vida na natureza. Não sabia como lidar com coisas simples como robôs de segurança.

— Eu finalmente consegui — continuou ele. — Mas aí tive dificuldade em encontrar o quartel-general da Circunstâncias Especiais.

— Mas viu meu sinalizador.

— Sim, vi. — David sorriu, mas estava prestando atenção em Tally. — O motivo por que eu tentei... — Ele engoliu em seco. — Eu consigo captar os canais da cidade com minha antena e soube que eles iriam transformar todos vocês em algo menos perigoso. Você ainda é...?

Tally o encarou.

— O que você acha, David?

Ele olhou no fundo de seus olhos por um longo momento e então suspirou, balançando a cabeça.

— Você parece apenas a Tally de sempre para mim.

Ela abaixou o olhar e a visão ficou turva.

— Qual é o problema?

— Nada, David. — Tally balançou a cabeça. — Você apenas destruiu cinco milhões de anos de evolução outra vez.

— O *quê?* Eu disse algo errado?

— Não. — Ela sorriu. — Você disse a coisa certa.

Tally trocou o EspagBol guardado na prancha por uma lata de MacaThai de David, e eles começaram a comer as refeições instantâneas.

Ela contou como usou o injetor para transformar a dra. Cable, falou sobre o mês no cativeiro e como finalmente escapou. Explicou que os debates que David ouviu nos noticiários significavam que a cura estava se firmando e finalmente transformando a cidade.

Os Enfumaçados venceram, até mesmo ali.

— Então você ainda é especial? — perguntou finalmente.

— Meu corpo é. Mas o resto, acho que foi... — Tally engoliu em seco antes de usar a expressão de Zane. — Reprogramado.

David sorriu.

— Eu sabia que você ia conseguir.

— Foi por isso que esperou aqui, não foi?

— Claro. Alguém tinha que fazer isso. — Ele pigarreou. — Minha mãe acha que estou correndo o mundo para espalhar a revolução.

Tally olhou para a cidade arruinada.

— A revolução está indo muito bem por conta própria, David. Ninguém pode detê-la agora.

— Sim. — Então ele suspirou. — Mas não consegui resgatar você.

— Não sou eu que preciso de resgate, David. Não mais. Ah, é! Esqueci de contar que a Maddy mandou uma mensagem para você.

Ele ergueu as sobrancelhas.

— Ela mandou uma mensagem para mim *por você?*

— Sim. "Eu te amo..." — Tally engoliu em seco de novo. — Pediu para que eu dissesse isso. Então talvez ela saiba onde você está, afinal de contas.

— Talvez sim.

— Vocês, medíocres, *conseguem* ser tão previsíveis — disse Tally, sorrindo. Ela vinha prestando atenção em David, catalogando todos os defeitos, as feições assimétricas, os poros da pele, o nariz grande demais. A cicatriz.

Ele não era mais um feio; aos seus olhos, era apenas David. E pode ser que tivesse razão. Talvez ela não precisasse fazer aquilo sozinha.

David odiava cidades, afinal de contas. Não sabia como usar uma interface ou chamar um carro voador, e suas roupas feitas à mão sempre pareceriam estúpidas em uma festa. E, com certeza, ele não nascera para viver em um lugar onde as pessoas tinham cobras no lugar dos mindinhos.

E, acima de tudo, Tally sabia que, não importava o resultado final de seu plano e as coisas horríveis que tenha sido forçada a fazer pelo mundo, David sempre lembraria quem ela era de verdade.

— Eu tenho uma ideia — disse ela.

— Sobre aonde você vai agora?

— Sim. — Tally concordou com a cabeça. — É tipo um plano... para salvar o mundo.

David fez uma pausa com os pauzinhos a meio caminho da boca. O EspagBol pingou de volta na embalagem. Sua expressão deixou transparecer uma série de emoções, tão fáceis de serem lidas como as de qualquer feio: confusão, curiosidade e um toque de compreensão.

— Posso ajudar? — ele simplesmente perguntou.

Tally assentiu.

— Por favor. Você é o homem certo para o trabalho.

E então ela explicou tudo.

Naquela noite, ela e David voaram até a fronteira da cidade e pararam quando a rede de estações repetidoras captou sua dermantena. As três mensagens de Shay, Peris e Maddy continuavam lá, esperando por ela. Tally não parava de mexer os dedos.

— Olha aquilo! — disse David, apontando.

O horizonte da Nova Perfeição brilhava com fogos subindo e estourando na forma de flores vermelhas e púrpuras. Os fogos de artifício estavam de volta.

Talvez estivessem celebrando o fim do governo da dra. Cable, ou as novas transformações que se espalhavam pela cidade, ou o fim da guerra. Ou talvez aquela comemoração marcasse os últimos dias da Circunstâncias Especiais, agora que o último Especial tinha fugido para o mato.

Ou quem sabe eles estivessem agindo como avoados outra vez.

Ela riu.

— Você nunca tinha visto fogos de artifício antes, não é? Ele balançou a cabeça.

— Não tantos assim. São *sensacionais*.

— É, as cidades não são tão ruins, David. — Tally sorriu e torceu para que as queimas de fogos tivessem retornado agora que a guerra estava acabando. Com todas as mudanças que iam abalar a cidade, talvez aquela tradição específica jamais devesse acabar. O mundo precisava de mais fogos de artifício, especialmente agora que haveria uma falta de coisas lindas e inúteis.

Ao se preparar para falar, Tally foi tomada por um arrepio nos nervos. Pensasse ou não como uma Especial, a mensagem teria que sair convincente e sagaz. O mundo dependia dela.

E, de repente, Tally estava pronta.

Enquanto permaneciam parados diante do brilho da Nova Perfeição, com os olhos acompanhando a subida dos fogos e o estouro repentino, ela falou claramente sobre o rugido da água e deixou que o chip na mandíbula captasse suas palavras.

Tally mandou para todos eles, Shay, Maddy e Peris, a mesma resposta...

MANIFESTO

Eu não preciso ser curada. Assim como não preciso me cortar para sentir ou pensar. De agora em diante, ninguém reprograma a minha mente, a não ser eu.

Em Diego, os médicos disseram que eu poderia aprender a controlar o meu comportamento, e foi o que fiz. Todos vocês ajudaram, de uma maneira ou de outra.

Mas sabem de uma coisa? Não é o meu comportamento que me preocupa agora, é o de vocês.

É por isso que não vão me ver por um tempo, talvez um longo tempo. David e eu vamos ficar aqui no mato.

Todos vocês dizem que precisam de nós. Bem, talvez sim, mas não para ajudá-los. Vocês já têm ajuda suficiente incluindo os milhões de novas mentes borbulhantes prestes a serem libertadas, e todas as cidades que finalmente vão despertar. Juntos, são mais do que capazes de mudar o mundo sem a gente.

De agora em diante, David e eu vamos ficar no seu caminho.

A liberdade acaba destruindo as coisas, sabem.

Vocês têm as suas Novas Fumaças, novas ideias, novas cidades e Novos Sistemas. Bem... nós somos a nova Circunstâncias Especiais.

Sempre que vocês avançarem demais na natureza, nós estaremos esperando, prontos para fazer com que recuem. Lembrem-se de nós sempre que decidirem cavar uma nova fundação, represar um rio ou cortar uma árvore. Preocupem-se conosco. Por mais voraz que a raça humana se torne agora que os perfeitos estão despertando, a natureza ainda tem presas. Presas especiais, presas feias. Nós.

Estaremos em algum lugar do mato — vigiando. Prontos para lembrá-los do preço que os Enferrujados pagaram por terem ido longe demais.

Eu amo todos vocês. Mas é hora de nos despedirmos por enquanto.

Cuidem bem do mundo ou, da próxima vez em que a gente se encontrar, a coisa pode ficar feia.

Tally Youngblood

Este livro foi composto na tipografia Sabon LT Std,
em corpo 11/16, e impresso em
papel off-white no Sistema Cameron da
Divisão Gráfica da Distribuidora Record.